Scarlet
스칼렛

www.b-books.co.kr

Scarlet
스칼렛
www.b-books.co.kr

나쁜 relationships
Bad 관계

나쁜 관계
Bad relationships

1판 1쇄 찍음 2017년 7월 24일
1판 1쇄 펴냄 2017년 7월 31일

지은이 | 황한영
펴낸이 | 정 필
펴낸곳 | **(주)뿔미디어**

편집장 | 박경희
기획 · 편집 | 박경희
표지 디자인 | 박현진

출판등록 | 2002년 9월 11일 (제1081-1-132호)
주소 | 경기도 부천시 원미구 소향로 17, 303(두성프라자)
전화 | 032)651-6513 / 팩스 032)651-6094
E-mail | scarlets2012@hanmail.net
블로그 | http://blog.naver.com/dahyangs
비북스 | http://b-books.co.kr

값 9,000원

ISBN 979-11-315-8070-7 03810

※파본은 구입하신 서점에서 교환하여 드립니다.

나쁜 *relationships*
Bad 관계

황한영
장편 소설

SCARLET ROMANCE
STORY

contents

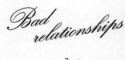

프롤로그

　카페에 잔잔하게 울려 퍼지던 클래식 음악의 곡이 바뀌는 순간
이었다. 30분 동안 꾹 다물고 있던 정훈의 입이 마침내 열렸다.

　"그만하자, 우리."

　그리 말하는 목소리가 너무도 담백해서, 윤아는 그가 꼭 농담
을 하는 것만 같았다. 하지만 농담이 아니라는 건 누구보다 그녀
가 더 잘 알고 있었다.

　함께한 시간이 자그마치 5년이었다. 그런데 농담을 하는 눈과
진담을 하는 눈을 구분 못 할 리가 없다.

　"갑자기 이러는 이유가 뭔데?"

　'갑자기'라고. 말을 하면서도 스스로가 우스워서 그녀는 아랫
입술을 질끈 깨물었다. 결혼을 약속한 5년 연애의 끝이 '갑자기'

일 리가 없는데 말이다.

"미안하다."

"그래. 미안하겠지, 당연히. 1, 2년이 아니라 5년이나 만났는데. 결혼하자고, 평생 함께하자고, 무릎 꿇고 프러포즈까지 했었는데. 병신같이 나는 그 말을 믿고 기다리는 중이었는데. 당신도 그걸 다 아는데. 이 상황에서 어떻게 안 미안할 수가 있겠어."

한껏 빈정거리던 윤아가 차갑게 그를 보며 쏘아붙였다.

"그런데 정훈 씨. 나 지금 사과 듣고 싶다고 한 거 아니었잖아? 이유가 뭐냐고 물었어."

"……."

"여자, 생겼니?"

"……."

그는 끝까지 입을 다물고만 있었다. 그리고 그 침묵은 그 어떤 대답보다 확실하게 그의 마음을 알게 했다. 윤아의 입술을 비집고 픽, 실소가 흘렀다.

"그래, 그렇구나. 여자가 생긴 거구나."

고개가 절로 끄덕여졌다. 최근 들어 그의 행동에 대해 '왜'라는 질문을 끊임없이 해 왔었다. 그런데 지금에서야 명쾌한 해답을 들은 것이다.

사실 전혀 눈치를 채지 못했다면 거짓말이다. 아무리 둔하다지만 그녀 역시 여자였고, 여자의 촉이라는 건 무서운 거니까.

그가 조금 변한 것 같다고 생각했었다. 이제 와 생각해 보니 아무래도 조금, 아니, 많이 늦었던 것 같지만 말이다.

그래도 설마 여자 문제일까, 하는 생각은 하지 못했다. 5년이라는 시간 동안 쌓인 신뢰가 있었으니까. 그저 권태기가 길어지는 거라고 생각했다. 그녀 역시 처음 같은 마음은 아니었으니까. 권태기라면 이해를 해 줄 수도 있을 것 같았다.

매일 하던 통화가 점점 짧아지기 시작하더니, 어느 순간엔 하루 종일 연락 한 통 하지 않는 날도 생겼다. 사랑한다는 말보다 바쁘다는 말을 더 많이 듣게 됐고, 함께 밤을 보낼 때에도 섹스는 커녕 제대로 된 스킨십조차 나누지 않게 됐다.

우리 괜찮은 거 맞아?

목구멍 끝까지 차오른 그 말을 수십 번도 넘게 삼켰었다. 입 밖으로 꺼내면 정말로 문제가 생길 것 같아서, 이대로 저만 참으면 다 괜찮을 것만 같아서, 저도 모르게 미련을 떨었다.

5년의 연애는, 그리고 서른의 나이는, 누구보다 똑 부러지던 그녀를 미련퉁이로 만들어 버렸다.

"정말 후회하지 않을 수 있겠어?"

제 앞에 놓인 커피 잔을 매만지며 그녀가 천천히 물었다.

"내가 아닌 그 여자 선택한 거."

그가 고개를 푹 숙였다.

"……미안해, 정말."

미안하다는 말은 이제 지긋지긋했다. 평생을 살면서 들어야 할 미안하다는 말을, 최근 그에게서 다 들은 것 같았다.

약속을 갑자기 취소할 때도, 생일을 깜빡 잊고 넘어갔을 때도, 그는 그저 미안하다고 했다. 꼭 미안하다는 말이면 다 되는 것처럼.

그를 빤히 바라보던 윤아가 자리에서 일어섰다. 그러곤 맞은편에 앉아 있던 정훈의 옆으로 바짝 다가섰다.

"고개 들어, 정훈 씨."

차분한 그녀의 말에 정훈이 천천히 고개를 들었다. 두 사람의 시선이 허공에서 마주쳤다. 그 순간이었다. 윤아의 손이 허공을 가르며 정훈의 뺨을 내려친 건.

짝!

매서운 마찰음이 커피숍 안을 크게 울렸다. 주위 사람들의 시선이 일제히 이쪽으로 향하는 게 느껴졌다. 하지만 윤아는 아랑곳 않고 정훈을 노려볼 뿐이었다.

왼손 약지에 끼워져 있던 반지를 빼서 바닥에 신경질적으로 내던졌다. 심플한 디자인이긴 하지만 다이아가 박혀 있는, 꽤 고가의 반지가 커피숍 바닥에 아무렇게나 뒹굴었다.

그 처량한 모습이 왠지 지금의 제 모습과 비슷한 것 같아 새삼 울컥한다.

"다신, 보지 말자."

그가 건넸던 이별의 말처럼 담백한 마지막 인사였다. 차갑게 그를 내려다보던 윤아는 이내 휙 돌아섰다.

혹시나, 하는 미련이 더해져서일까. 카페를 가로질러 나가는 걸음이 무거웠다. 하지만 정훈은 끝내 그녀를 잡지 않았다.

이젠 그만 인정해야 했다. 5년의 연애가 끝났다는 걸.

Bad relationships

하룻밤, 그리고

쾅!

호텔 방문이 거칠게 열렸다. 그와 동시에 하나로 뒤엉킨 남녀가 쏟아질 듯 방 안으로 들어왔다.

툭.

윤아의 등이 벽에 밀쳐지면서 벽에 걸려 있던 액자가 바닥으로 떨어졌다. 발치에 액자가 부딪혔다. 하지만 그러거나 말거나 두 사람은 아랑곳 않고 서로를 탐하는 데에만 열중하고 있을 뿐이었다.

"으음. 음."

딱 붙어 있는 입술을 비집고 누구의 것인지 알 수 없는 신음이 흘러나왔다. 키스의 농도가 짙어질수록 두 사람은 더 가까이 엉켜 들어 갔다.

긴 머리카락 사이로 손가락을 집어넣어 윤아를 단단하게 받치고 있던 남자의 한 손이 천천히 아래로 내려갔다. 그러고는 거침없이 그녀의 짧은 치마 속으로 훅 들어왔다.

얇은 속옷 너머로 닿는 남자의 손길에 윤아의 몸이 움찔거렸다.

"흐읏!"

윤아의 입에서 짧은 신음이 흘렀다. 하지만 키스를 멈추지는 않았다. 남자의 손 역시 아랑곳 않고 아주 자연스럽게 팬티를 옆으로 슬쩍 젖히더니, 거침없이 그 속을 파고들었다.

그녀의 아래는 이미 촉촉하게 젖어 있었다. 원을 그리듯 입구를 문지르던 남자의 기다란 손가락을 가볍게 집어삼킬 만큼.

남자의 입술을 비집고 꽉 잠긴 목소리가 튀어나왔다.

"뭐야. 벌써 젖었잖아."

짓궂다 싶을 정도로 노골적인 대사와 섹시한 목소리에 윤아의 몸이 파르르 떨렸다.

술기운에 제정신이 아니었음에도 확실하게 느낄 수 있었다. 자신이 지금 얼마나 흥분하고 있는지를.

이렇게까지 흥분한 건, 단언컨대 처음이었다. 지금 남자의 품에서 이토록 느끼고 있는 자신이 낯설게 느껴질 정도였다.

픽, 입술을 비틀어 엷게 웃은 남자는 그녀가 삼킨 손가락을 천천히 움직이기 시작했다.

길고 단단한 손가락의 움직임은 역동적이었다. 주름진 내벽을 찬찬히 훑는가 싶더니 어느 순간엔 마디를 자유자재로 굽혀서 그녀의 은밀한 곳을 제멋대로 건드려 댔다.

그때마다 안에서 흘러나오는 애액 때문에 찔꺽거리는 음란한 소리와 그녀의 입에서 흘러나오는 짧은 교성이 한데 섞여 고요한 방에 울려 퍼졌다.

"아흑…… 그만!"

손가락이 하나에서 둘로, 둘에서 셋으로 더해졌을 무렵, 격한 쾌감에 윤아는 소리를 내지르며 필사적으로 남자를 밀어 냈다.

은밀한 곳을 헤집던 남자의 손가락이 밖으로 빠져나오자 짜릿한 통증과 동시에 허전함이 느껴졌다. 지극히도 모순적인 그 감정에 그녀의 두 눈은 이미 뜨거운 흥분으로 짙게 일렁이고 있었다.

"그만?"

남자가 비스듬히 내려다보며 되물었다. 깊이를 알 수 없는 그의 새카만 눈동자가 마치, 이렇게 젖은 주제에? 하며 비웃는 듯했다.

"여기선……."

"……."

"싫어."

아무리 술에 취했다지만. 그리고 또 몸이 달고 애가 달았다지만. 신발을 신고 옷을 입은 채로 현관에서 아무렇게나 관계를 갖고 싶지는 않았다.

씻지도 않고 섹스를 하는 것은 그녀의 사전에 있을 수 없는 일이었다. 아니, 애초에 이 상황 자체가 있을 수 없는 일이었지만 말이다.

"그럼?"

살짝 흐트러진 그녀의 머리카락을 가볍게 쓸어 넘기며, 남자가 무심하게 물었다.

다 알면서 되묻는 거다.

윤아는 흘끔 남자를 노려보았다. 하지만 그는 뻔뻔한 얼굴로 그녀를 바라보고 있을 뿐이었다.

어서 그녀의 입에서 부끄러운 대사가 나오기를 바라는 듯.

"……침대."

집요한 남자의 시선 앞에서 결국 백기를 먼저 든 건 그녀였다.

달아오를 대로 달아오른 몸은 더 이상 기다릴 수 없다고 그녀에게 자꾸만 신호를 보내고 있었다. 낯설지만 모르는 척할 수 없을 만큼 확실한 신호였다.

"침대에서…… 안아 줘."

부끄러움을 무릅쓰고 꾸역꾸역 뱉어 낸 말이 끝나기가 무섭게 남자가 그녀를 향해 훅 다가왔다. 그러곤 놀랄 새도 없이 그녀의 입술을 가득 삼켰다.

그는 두 팔로 그녀의 허리를 감싸 안은 채 룸 안으로 천천히 움직이기 시작했다.

툭. 투둑. 툭.

한 걸음, 한 걸음을 옮길 때마다 구두가 벗겨지고, 옷이 벗겨져 바닥에 길을 만들어 내기 시작했다.

큰맘 먹고 두 달 전 할부로 구입했던 비싼 구두가 바닥에 아무렇게나 나뒹굴고 있었지만, 지금은 그런 것까지 신경 쓸 여유가 전혀 없었다.

그렇게 두 사람이 침대에 도착했을 땐, 어느덧 윤아는 실오라기 하나 걸치지 않은 알몸이 되어 있었다.

풀썩.

침대 위로 윤아의 몸이 뉘어졌다.

거친 키스만큼이나 거칠게 내팽개칠 거라는 예상과 달리 한없이 부드러운 동작이었다. 허리부터 시작해서 머리가 완벽히 침대에 닿는 그 순간까지, 남자의 손길은 마치 소중한 것을 다루는 듯 조심스러웠다.

농밀한 키스를 나누던 두 입술이 떨어지고 남자가 그녀의 위에 겹치고 있던 제 몸을 천천히 일으켰다. 그녀의 몸을 잠깐 동안 내려다보던 그는, 이내 어렵지 않게 저가 입고 있던 티셔츠와 바지를 훌러덩 벗어 냈다.

자신은 이미 다 벗고 있으니, 그 역시 그래야 마땅하다고 생각했다. 하지만 그의 행동은 거기서 끝이 아니었다. 팬티까지 모두 벗어 완벽한 알몸이 된 그가 그녀의 위로 자신의 몸을 다시금 겹쳐 왔다.

과하지 않은, 잔잔한 근육이 잘 잡힌 탄탄한 가슴이 그녀의 시야에 가득 들어찼다. 보기 좋은 몸의 굴곡이 마치 조각상인 듯 아름다워 보이기까지 한다.

남자가 몸을 조금 더 가까이 밀착시켰다. 그의 탄탄한 가슴이 윤아의 보드라운 젖가슴을 꾸욱 눌렀다.

"잠깐!"

묵직하고 은근한 그 느낌에 당황한 윤아가 다급하게 소리쳤다.

하지만 남자의 커다란 손바닥이 그녀의 입을 가리는 바람에 뒷말은 뱉을 수가 없었다.

"쉿."

짙은 시선이 윤아를 내려다보고 있었다. 언뜻 여유로운 듯 보이지만, 수면 아래에서 들끓는 욕망으로 인해 일렁이는 그의 눈빛은 섹시했다.

시선을 마주하고 있는 것만으로도 온몸이 뜨겁게 달아오를 정도로.

"미안하지만."

"……."

"더는 못 참아, 나."

못 참겠다는 말이 그냥 하는 말은 아니었던 모양이다. 말이 끝나기가 무섭게 촉촉이 젖은 그녀의 아래에 딱딱한 뭔가가 닿는가 싶더니, 이내 굵직한 것이 안으로 쑥 들어왔다.

"읏!"

갑작스럽고도 깊은 삽입에 단말마의 비명과 함께 윤아의 허리가 휘어졌다.

한순간에 제 몸속이 그의 것으로 가득 찬 느낌이었다. 게다가 어찌나 뜨거운지, 꼭 불덩이가 안으로 들어온 것만 같았다.

머리가 핑 돌았다. 뜨겁고 또 뜨거워서.

"시작 전에 미리 경고할게."

탄력 있는 젖가슴을 슬며시 움켜쥐며 남자가 그녀의 귓가에 나직하게 속삭였다. 흥분에 젖은 목소리가 귓가로 흘러들자, 그녀의 몸이 움찔거렸다.

"다소 거칠 수도 있어."

예민하게 솟은 정점에 그의 손가락이 무심하게 스쳐 지나갔다. 그저 스쳤을 뿐인데도 온몸에 소름이 쫘악 돋았다. 아니. 소름이 돋은 건, 목덜미에 닿는 그의 뜨거운 숨결 때문이었던가.

"꽤나 오래 참았거든."

"⋯⋯뭐?"

오래 참았다니. 불과 얼마 전까지만 해도 하루가 멀다 하고 여자를 갈아 치웠던 주제에.

하지만 윤아는 헛소리 말라는 그 말을 입 밖으로 뱉어 낼 수가 없었다. 그가 삽입을 한 채로 허리를 움직이기 시작한 것이다.

"하앗. 핫⋯⋯!"

남자는 봐주는 게 없었다. 처음부터 빠른 속도로 허리를 움직이기 시작했다. 시트를 쥐고 있는 손에 힘이 들어간다. 제 안을 파고드는 격렬한 움직임과 적나라한 마찰음에 윤아는 두 눈을 질끈 감았다.

흘러넘치는 애액으로 인해 찌걱거리는 소리가 온 방 안을 울렸다. 제 안을 자유롭게 들어갔다 나왔다 하는 남자의 것 때문에 하얘진 머릿속엔 온통 야한 신음만이 울리고 있었다.

가슴을 주무르던 남자의 손이 미끄러지듯 내려가 그녀의 은밀한 곳에 닿았다. 그는 엄지로 팽팽하게 부푼 클리토리스를 꾹꾹 누르며 어루만졌다.

"아훗!"

갑작스러운 쾌감에 아래에 절로 힘이 들어갔다. 그러자 격렬하게 허리를 움직이던 그가 순간 멈칫하며 훗, 하고 짧은 신음을 흘렸다.

남자의 신음이 이렇게나 섹시한 거였던가.

윤아는 질끈 감고 있던 눈을 떠 제 위에 있는 남자를 바라보았다.

빵빵한 냉기를 연신 뿜어내고 있는 에어컨 아래에서도 남자의 머리는 어느덧 땀에 잔뜩 젖어 있었다. 자연스럽게 흘러내린 앞머리 사이로 그의 새카만 눈동자가 보였다.

마치 먹이를 앞에 둔 맹수처럼 사나운 눈빛이었다.

"대박이야. 서윤아, 너."

움직임을 완전히 멈춘 그가 낮게 으르렁거렸다. 기분 탓일까. 그의 목소리가 화난 것처럼 느껴지는 것은.

의아함에 남자의 눈을 똑바로 바라볼 때였다. 그가 그녀의 엉덩이를 거칠게 틀어쥐고는 위로 들어 올렸다. 그러고는 당황할 새도 없이 자신의 것을 아주 깊숙이 쑤셔 박았다.

몸이 반으로 쪼개질 수도 있겠다는 생각이 들 정도로 깊은 삽입에 윤아의 입이 절로 벌어졌다. 머리끝부터 발끝까지 전해지는 아찔한 느낌에 정신이 혼미해졌다.

하지만 남자는 그녀의 탐스러운 엉덩이를 꽉 눌러 쥐며, 허리의 움직임을 멈추지 않았다.

탁. 탁. 탁.

윤아의 가녀린 몸이 그의 아래에서 쉴 새 없이 흔들렸다. 긴장 때문에 침대 시트를 꽉 쥐고 있던 손에 힘이 다 풀릴 지경이었다.

벌어진 그녀의 입술을 비집고 미끄덩거리는 혀가 들어왔다. 윤아는 저도 모르게 그의 혀를 빨아 당겼다. 뿌리를 뽑아 버리기라도 할 듯 강한 흡입이었다.

무의식중에 한 그녀의 행동이 신호가 된 모양이었다. 순간 남자의 움직임이 거세졌다.

"흐웃! 아아……!"

살과 살이 부딪치는 마찰음과 자신의 입에서 나온 것이라고는 도저히 믿기지 않는 야릇한 신음 소리가 방 안을 가득 채웠다.

아픔과 불쾌감은 어느덧 사라지고 깊숙한 곳에서부터 시작해서 온몸으로 묘한 떨림이 퍼져 나가기 시작했다.

마치 구름 위에 붕 떠 있는 느낌이다. 한편으로는 당장이라도 아래로 떨어질 것처럼 아찔하지만, 쉽게 경험하지 못할 황홀감이 그녀의 몸을 들뜨게 했다.

자신은 지금 쾌락이라는 단어를 제대로 느끼고 있는 것 같았다. 하지만 남자의 움직임이 너무 격렬해서 이대로 가다간 제 몸이 그의 아래에서 부서질 것만 같다는 생각이 들었다.

그 순간, 남자의 손이 그녀의 잘록한 허리를 감싸며 자신의 쪽으로 힘껏 안아 올렸다. 그러자 지금까지와는 비교도 되지 않을 정도로 남자의 것이 그녀의 안을 깊숙이 파고들었다.

"……아흐윽!"

온몸을 꿰뚫는 것 같은 강렬한 느낌에 윤아는 허리를 파르르 떨면서 두 눈을 질끈 감았다.

취기 때문일까. 아니면 열기 때문일까.

정신이 혼미해지기 시작했다.

번쩍.

눈이 절로 떠졌다. 정말이지 '번쩍' 하고.

"헙⋯⋯!"

눈을 뜨자마자 윤아는 황급히 한 손으로 제 입을 틀어막아야만
했다. 그러지 않으면 경악스러운 목소리가 튀어나올 것 같아서.

⋯⋯어째서? 대체 어째서!

윤아는 믿을 수 없다는 듯 눈을 깜빡이며 제 시야에 가득 들어
찬 남자의 얼굴을 살폈다.

웬만한 여자들보다 길고 숱 많은 속눈썹. 까무잡잡한 피부와
잘 어울리는 남자다운 턱선. 그리고 하늘 높은 줄 모르고 솟은 높
은 콧대까지⋯⋯.

익숙한 얼굴이었다. 문제는 익숙해도 너무도 익숙한 얼굴이라
는 거지.

저와 한 침대에서 곤히 잠들어 있는 남자는 겸이였다. 그녀의
30년 지기인, 소위 말하자면 날 때부터 함께했던 불알친구인, 바
로 그 한겸.

이런 경우가 분명 있기는 했다. 다만 겸과 자신이 신체적으로
뭔가 다르다는 것을 깨닫기 전까지만 말이다.

그러니까 한겸과 나란히 같은 침대 위에서 동침을 했던 건, 사리 분간이 안 되던 갓난쟁이 시절뿐이었다는 얘기다.

……꿈인 건가?

윤아는 천천히 눈을 감았다 떴다. 하지만 변하는 건 아무것도 없었다.

잠든 와중에도 잘생긴 한겸의 얼굴은 여전히 그녀의 코앞에 놓여 있었고, 새근거리는 그의 숨소리는 귓속으로 정확하게 흘러 들어왔다. 게다가 확실하게 느껴지는 아래의 통증까지.

마치 누군가에게 밤새도록 흠씬 두들겨 맞기라도 한 것처럼 온몸이 쑤셨다. 특히나 아랫배와 허벅지가 연신 욱신거린다.

이 모든 게 여실히 알려 주고 있었다. 이건 결코 꿈 따위가 아니라는 것을.

그렇다면 현실이라고? 드문드문 떠오르는 어제의 그 격한 상황이 모두?

맙소사……!

윤아는 속으로 마른 비명을 내질렀다.

하지만 또다시 입 밖으로 소리가 새어 나갈 것 같아서 이번에는 두 손으로 제 입을 꽉 틀어막은 채 조심스럽게 상체를 일으켰다.

머리가 지끈거렸다. 속은 울렁거렸고 눈앞이 핑 돈다.

이 느낌은 분명, 1년에 한 번 겪을까 말까 하는 엄청나게 지독한 숙취였다.

하지만 지금은 여유를 부릴 시간이 없었다. 잠자는 사자가 아니, 잠자는 한겸이 눈을 뜨기 전에 이 자리를 떠야만 했으니까.

윤아는 조심스럽게 주변을 살폈다. 어슴푸레 흘러 들어오는 새벽빛 덕분에 불을 켜지 않아도 방 안이 대충은 보였다.

가장 먼저 그녀의 눈에 띈 것은, 겸의 것으로 추정되는 검은색 삼각팬티와 한데 뒤엉켜 있는 자신의 팬티였다.

그 순간, 어제의 기억이 불현듯 떠올랐다. 그의 아래와 자신의 아래가 마치 한 몸처럼 딱 붙어 있었던 그 장면이.

악! 못 살아, 진짜!

얼굴이 하얗게 질린 윤아는 얼른 자신의 팬티를 주워 입었다.

대체 어젯밤에 옷을 어떻게 벗은 건지 브래지어는 저 끝에 떨어져 있다. 그것을 주워 입자, 또 저 끝에 떨어져 있는 블라우스가 보인다.

이건 뭐, 헨젤과 그레텔이 나오는 동화도 아니고.

헛웃음을 흘리며 하나의 길을 만들고 있는 자신의 옷가지들을 보고 있자니, 어제의 기억 중 한 조각이 어렴풋이 떠오르기 시작했다.

그러니까, 아마도 어제 이 길을 걸어왔던 것 같다.

겸과 함께.

그것도 진한 키스를 하며…….

"하. 미치겠네, 진짜."

속마음이 절로 입 밖으로 튀어나왔다.

미치겠다, 정말. 아니, 미치고 팔짝 뛰어도 모자랄 판이다.

널브러진 옷가지를 바라보며 얼굴을 구기던 윤아는, 이내 정신을 차리고 제 옷가지들을 모조리 주워 입기 시작했다. 블라우스가 잔뜩 구겨져 꼴이 엉망이었지만 지금은 그런 걸 신경 쓰고 있을 새가 없었다.

대충 준비를 끝마친 그녀는 흘끗 침대 위를 바라보았다.

다행히도 겸은 여전히 곤히 잠들어 있었다. 그 모습을 보며 안도의 한숨을 길게 내쉰 윤아는 마치 도둑고양이처럼 조심스럽게 호텔방을 나왔다.

"아저씨. 강남이요."

호텔을 나오자마자 윤아는 택시를 잡아탔다. 이른 새벽이라 주위는 고요했지만, 혹시나 이 꼴로 누군가를 마주치기라도 할까 싶어 아주 빠르게 움직였다.

미터기에 숫자가 찍히는 것을 본 윤아는 그제야 긴장을 풀며 등받이에 몸을 기댔다.

미쳤어, 서윤아! 너 정말로 미쳤었다고!

양손으로 제 두 뺨을 가볍게 찰싹찰싹 때리며 속으로 소리쳤다.

이상 행동에 기사 아저씨가 언뜻 룸미러로 그녀를 살폈지만, 윤아는 전혀 눈치채지 못한 채 자신만의 생각에 잠겨 있었다.

안쪽 허벅지가 뻐근하고 욱신거릴 때마다, 끊긴 필름 중 몇 장면이 돌아오는 듯 뜨문뜨문 어제 일이 기억났다.

대학 동기 모임이 있었고. 그 자리에 갑작스럽게 미국에 있어야 할 녀석이 나타났다.

갑작스러운 인기남의 등장에 다들 분위기가 업 됐고. 자신 역시 생각지도 못한 겸의 모습에 놀랍기도 하고 반갑기도 해서 부어라 마셔라 술을 들이켰다.

그리고…….

윤아는 두 눈을 질끈 감았다.

더는 생각하고 싶지 않았다. 겸과 한데 엉켜 호텔방에 전투적으로 들어온 제 모습이 떠올랐기 때문이다.

물론 30년 지기 친구의 귀국을, 그것도 장장 1년 만의 귀국을, 누구보다 격렬하게 두 팔 벌려 반겨 줄 생각이긴 했다.

하지만 결코 이런 식은 아니었다. 두 팔로도 모자라서 두 다리까지 벌렸다니.

지금껏 30년을 살아오며 이런 경우는 처음이었다. 게다가 5년을 만났던 남자 친구와 헤어진 지 한 달도 채 지나지 않은 시점이었다.

물론 5년이나 만나 놓고 다른 여자가 생겼다며, 통보하듯 이별을 고하고 떠나 버린 개새끼에게까지 이별의 예의를 차릴 필요는 없을 것이다.

하지만 아무리 그렇다고 해도 다른 남자를 만나기엔 일러도 너무 이른 시간 아닌가.

이것만으로도 충분히 당황스럽고 혼란스러운데, 그 상대가 길에 치이는 수많은 남자 중 하필이면 30년 지기 한겸이라니.

차라리 처음 보는 남자였으면 조금 덜 충격적이었을 것 같다는 생각이 들 정도였다.

이 일을 어쩌면 좋아.

쿵.

차가운 차창에 이마를 찧으며 윤아는 눈을 스륵 감았다.

불덩이라도 인 듯 뜨겁던 이마는 식어 갔지만, 복잡한 머릿속은 쉽게 정리가 되질 않는다.

도저히 답이 나올 것 같지 않은 문제였다.

대체 지난밤에 술을 얼마나 마셨던 걸까?

몇 번이나 양치를 하고, 가글도 수십 번 했는데 아직도 숨을 쉴때마다 술 냄새가 올라오는 것 같았다. 그뿐이랴. 숙취 때문에 머리가 어지럽고, 속도 울렁거렸다.

하지만 오늘은 격주로 출근을 해야 하는 토요일.

죽을 것 같아도 출근을 미룰 수는 없었다. 자신은 비루한 월급쟁이 신분이었기에.

몸도 마음도 만신창이인 채로 출근을 한 윤아는 사무실에 들어가자마자 자리에 풀썩 쓰러졌다. 그러자 그녀의 뒤를 따라 들어온 후배 지연이 고개를 갸웃했다.

"서 대리님. 괜찮으세요?"

윤아는 힘없이 고개를 내저었다.

"그러게요. 딱 봐도 전혀 안 괜찮으신 것 같은데 제가 괜한 질문을 했네요."

지연이 뿔테 안경을 가볍게 들어 올리며, 혀를 쯧 찼다.

"술도 약하신 분이 뭘 그렇게 마셨대요."

그러게. 내가 왜 그랬을까. 30년 평생 지겹게 보던 얼굴, 고작 1년 만에 본 게 뭐 그리 반갑다고…….

윤아는 속으로 울먹이며 대꾸했다.

"꿀물이라도 타 드릴까요?"

"그래 주면 고맙지."

"저희 아버지한테도 꿀물 타 드린 적 없는데, 대리님은 영광인 줄 아세요."

"고마워. 정말 영광이야."

책상에 엎드려 영혼 없는 감사 인사를 전하는 윤아를 보며 고개를 설레설레 내저은 지연은 꿀물을 타러 가기 위해 탕비실로 향했다.

멀어져 가는 지연의 뒷모습을 가만히 보고 있는데 책상 위에 올려 두었던 휴대폰이 울리기 시작했다.

윤아는 마치 벼락이라도 맞은 것처럼 화들짝 놀라며 허리를 꼿꼿이 폈다.

굳이 발신인을 확인하지 않아도 알 수 있을 것 같았다. 누구에게서 온 전화인지.

쿵쿵쿵.

잔잔한 벨소리와는 달리 심장은 비트박스를 하듯 크고 빠르게 뛰었다.

……대체 이걸 받아야 해, 말아야 해?

고작 전화 통화를 두고 격렬하게 고민하는 사이 전화가 뚝 끊겼다.

　이렇게 피한다고 될 문제는 아니지만, 그래도 당장은 피하고 싶은 마음에 다행이라고 생각하는 순간 띠링, 하고 그녀의 휴대폰에 메시지가 도착했다.

　전화 안 받으면 못 받을 상황인가 보다, 생각하고 말 것이지. 집요한 놈 같으니라고.

　"후우……."

　윤아는 깊게 심호흡을 한 번 한 다음 휴대폰 액정을 조심스럽게 들여다보았다.

　발신인은 역시나 자신의 예상대로 겸이였다.

　"미치겠네. 진짜."

　이미 예상하고 있었으면서도 가슴이 벌렁거렸다. 윤아는 마치 폭탄이라도 되는 양 휴대폰을 책상 위로 던지듯 내려놓았다.

　하지만 그것도 잠시.

　도대체 한겸은 아침에 눈을 뜨고 무슨 생각을 했을까……?

　문자 내용이 궁금해진 윤아는 조심스럽게 다시금 휴대폰을 들어 올렸다.

　[전화 일부러 안 받는 거 티 다 난다.]

　귀신같은 놈. 일부러 안 받는 건 또 어떻게 알았대.

　짧은 문자 한 줄을 보며 윤아는 길게 한숨을 내쉬었다. 이게 오늘만 대체 몇 번째 한숨인 건지 모르겠다.

"이럴 땐 대체 뭐라고 대답을 해야 하는 거야?"

심각하게 미간을 그러모은 채 윤아가 작게 중얼거리는 사이, 따뜻한 김이 모락모락 나는 머그잔을 든 지연이 사무실 안으로 들어왔다.

"무슨 곤란한 일이라도 있으세요?"

"별거 아냐."

별게 아니긴.

"제가 뭐 도와드릴 건요?"

"아냐. 정말 괜찮아."

괜찮긴 개뿔.

윤아는 억지로 미소를 지으며 지연이 건네는 머그잔을 받아 들었다.

"고마워. 잘 마실게."

따뜻한 꿀물이 속으로 들어가자 그나마 조금 살 것 같았다. 달콤한 맛이 불안하게 쿵쾅거리던 심장을 잠재워 주는 듯했다.

"아, 근데."

볼일을 끝마친 지연이 자리로 돌아가려는 찰나, 윤아가 불현듯 생각난 듯 운을 뗐다.

"아까 출근할 때 보니까 복도가 조금 소란스러운 것 같던데. 혹시 무슨 일인지 알아?"

"아, 모르셨어요? 다음 주에 A팀에 뉴 페이스 등장이래요."

"뉴 페이스?"

"네. 대표님이 공들여 모셔 왔다는 소문이 돌더라고요. 그냥 소문인 줄 알았는데, 책상에 의자까지 새 걸로 바꾸는 걸 보니까 진짜인 모양이에요."

그녀가 몸담고 있는 〈건축사무소 드림〉은 꽤 덩치가 큰 회사였다.

대기업 못지않게 복지 혜택도 좋았고, 업무 특성상 일은 조금 힘들지만 그에 따른 연봉도 어마어마해서 신입 사원을 모집할 때면 늘 경쟁률이 높았다. 괜찮은 회사인 만큼 나가려는 사람은 몇 없고 들어오려는 사람은 넘쳐 나니, 어쩌면 그건 당연한 결과였다.

그런데 대표가 공들여 모셔 오기까지 했다니. 뉴 페이스가 대체 얼마나 대단한 인물인지 갑자기 궁금해졌다.

아마도 대단한 인물일 게 분명했다. 그렇지 않고서야 가만히 있어도 들어오겠다는 난다 긴다 하는 인물들이 많은데, 콧대 높은 우리의 대표가 굳이 아쉬운 소리를 해 가며 새로운 인물을 영입할 이유가 없을 테니까.

"A팀 팀장 공석이지 않나?"

"네. 아마 팀장으로 들어오는 것 같아요."

"파격 인사네. 오자마자 팀장이라니."

"그러게요. 안 그래도 사람들이 죄다 궁금해 죽어요. 대표님이 혼자서 완전 비밀리에 영입하신 거라, 아쉽게도 알려진 건 전혀 없지만요."

도대체 누굴까?

윤아 역시도 속에서 치솟은 호기심에 고개를 갸웃거렸을 때였다.

띠링.

그녀의 휴대폰에 메시지 한 통이 또다시 도착했다.

[피한다고 해결될 문제가 아니라는 거, 너도 잘 알고 있을 텐데?]

협박과도 같은 문자 내용에 윤아는 질린다는 표정으로 휴대폰을 내려 보았다.

"하……. 이 집요한 놈."

눈앞이 깜깜해지는 것만 같다.

"뭐어? 원나잇이이이잇?"

하마도 아니고. 목젖을 보여 줄 듯 입을 쩍 벌리는 민지를 향해 윤아가 눈을 부릅뜨고 말했다.

"소리 좀 낮춰. 동네방네 자랑할 일 있어?"

그제야 민지는 주변 사람들의 시선을 의식하며 벌렸던 입을 살짝 다물었다.

"미안. 너무 놀라서."

민지가 멋쩍은 듯 웃었다. 하지만 한번 놀란 가슴은 쉬이 진정이 안 됐다.

그도 그럴 것이 고등학교 때부터 단짝 친구였던 자신이 알기로 윤아는 이 시대 요조숙녀의 표본 같은 여자였다.

성격이 좀 덜렁거리고 가끔 엉뚱한 생각과 행동을 종종 하기는 했지만, 어쨌든 성적인 부분에서만큼은 확실히 조신한 여자에 가까웠다.

대학 때 다들 가는 클럽도 싫다며 안 가고 버티던 애가 갑자기 원나잇이라니. 게다가 남자 친구와 헤어진 지 얼마나 됐다고.

이건 단계를 뛰어도 너무 뛰어넘지 않았는가.

"얌전한 고양이가 부뚜막에 먼저 올라간다더니……."

"그런 거 아니거든?"

은근한 민지의 중얼거림에 윤아가 발끈했다.

"그런 거 아니면? 원나잇은 뭔데?"

"아니. 원나잇이 아니라……."

"원나잇이 아니면? 그럼 간밤에 잔 남자가 네 애인이라도 돼?"

"그건 아니지만……."

"그것도 아님 혹시 전 남친이랑 잔 거야? 그 바람난 개새끼랑?"

바람난 개새끼라니. 거친 단어에 순간 윤아의 어깨가 움찔했다.

그녀의 전 남친 정훈이 바람을 폈다는 사실을 들은 후로 민지는 그를 '바람난 개새끼'라고 칭하고 있었다. 너무 노골적인 호칭이 듣기 싫다고 말해 봤지만, 민지는 그보다 더한 욕이 생각나면 그때 고쳐 부르겠다며 끝까지 고집을 굽히지 않았다.

"미쳤어? 여기서 그 사람 얘기가 왜 나와."

"애인도 아냐. 그렇다고 전 남친도 아냐. 그럼 원나잇 맞네, 뭐."

민지의 깔끔한 정리에 윤아는 입을 꽉 다물었다.

원나잇.

왠지 굉장히 듣기 꺼림칙한 단어이기는 했지만, 민지의 말대로 간밤의 상황을 다른 말로 정의할 수가 있을까.

딱 원나잇, 그 이상도 그 이하도 아닌데 말이다.

"김정훈, 그 개새끼한테 뒤통수 맞은 게 많이 충격이긴 했나 보다. 네가 원나잇을 다 하고."

"그 원나잇이라는 말 좀 그만할 수 없어?"

"원나잇을 원나잇이라고 하지. 그럼 뭐라고 하니?"

틀린 말은 아니다. 할 말이 없어진 윤아는 입을 꾹 다물었다.

"근데 대체 누구야?"

민지가 맥주 안주로 나온 치킨의 닭다리를 뜯으며 물었다.

"어제가 너희 대학 동기 모임이랬으니까……. 그중 한 명이겠네?"

눈치 빠른 기집애.

수사망이 점점 좁혀지자 괜히 초조해진다. 윤아는 대답 대신 제 앞에 놓인 500cc 맥주잔을 들고 입으로 가져갔다.

"혹시 한겸이야?"

푸홋……!

갑작스러운 민지의 질문에 윤아는 그만 입에 머금었던 맥주를 뿜어냈다.

그와 동시에 민지는 엄청난 운동 신경을 보이며 날렵하게 옆으로 몸을 숙여 맥주 세례를 피했다. 마치 그녀가 맥주를 뿜을 걸 예상이라도 한 것처럼.

"맞구나, 한겸?"

"그, 그걸 어떻게……."

너무 당황해서 말도 제대로 나오지 않는다. 바보 같은 표정에 말까지 더듬는 윤아를 보며 민지가 쯧, 혀를 찼다.

"너 기억 안 나? 어젯밤에 나한테 전화해선 한겸이 나타났다고 떠벌렸던 거."

"내가 전화를 했었어?"

"진짜 기억 안 나?"

"응. 전혀."

"어머. 얘 봐라. 완전히 맛이 갔었나 보네. 하긴. 어제 혀 꼬인 거 보니 상태가 심상치 않겠다 싶긴 했어."

민지의 말대로였다. 어젯밤 윤아는 맛이 갔었다. 그것도 완전, 아주, 많이, 심하게, 제대로!

그러지 않고서야 이런 말도 안 되는 일을 저질렀을 리가 없었다.

"아니. 그건 그렇다 쳐도."

윤아가 큰 눈을 느리게 껌뻑이며 말을 이어 갔다.

"그렇다고 이 상황에서 어떻게 바로 한겸을 떠올릴 수가 있어?"

"그게 뭐 어려운 일이라고."

마치 아주 당연한 일이 벌어졌다는 듯 민지는 덤덤하게 대꾸했다. 하지만 그런 민지의 반응이 윤아는 도저히 이해가 가질 않았다.

"걔랑 나, 30년 지기 소꿉친구야."

"알지. 나도."

"그런 우리가 잤다는데 넌 놀랍지도 않아?"

"놀랍기는."

"안 놀라워?"

민지가 어깨를 으쓱하며 말했다.

"언젠간 이런 일이 생기리라 예상했었거든. 사실."

"그게 무슨 말이야?"

"나한테까지 시침 떼려고?"

"뭐가?"

"너 한결 좋아했잖아."

"……!"

느긋한 민지의 말에 윤아의 입이 딱 다물어졌다. 마치 뒤통수라도 얻어맞은 듯 얼얼한 기분이었다.

그녀의 얼굴을 똑바로 바라보며 민지가 다시 한 번 되물었다.

"맞지?"

"……알고 있었어?"

"당연하지. 내가 누군데? 나, 박민지야. 눈치 100단 박민지."

민지가 장난스럽게 그녀를 향해 윙크를 해 보였다. 하지만 윤아의 경직된 얼굴은 좀처럼 풀어질 기미를 보이지 않았다.

민지의 눈치가 예사롭지 않다는 건 진작 알고 있었다. 하지만 아주 오래전 품었던 제 마음까지 눈치를 챘을 거라고는 전혀 상상하지 못했다.

그도 그럴 것이 겸에 대한 마음은, 생기자마자 저도 잊어버릴 정도로 꽁꽁 숨겨 두었었다. 누구에게도 들키지 않기 위해서였다.

겸과의 사이가 단 한 톨이라도 어긋나지 않길 바랐다.

"너…… 진짜 대단하다."

멍한 얼굴로 윤아가 중얼거렸다.

당사자는 물론이고 지금까지 그 누구도 눈치챈 적이 없었다. 그래서 완벽하게 숨겼다고 생각했었는데 말이다.

"무슨 소리. 대단하기로 치자면 네가 훨씬 더 대단하지."

민지가 윤아를 향해 엄지를 척 들어 올렸다.

"나?"

"그래. 얼마나 대단하니? 옛말에 기침과 사랑은 숨길 수 없다고 했는데, 넌 정말이지 꽁꽁 숨겼잖아. 한두 달도 아니고 그 긴 세월을."

겸과 윤아, 그리고 민지까지. 세 사람은 같은 고등학교를 나왔다.

겸과 윤아는 초, 중, 고를 쭉 함께했고, 민지와는 고등학교에서 처음 만나 함께 어울리기 시작했다.

고등학교 1학년 때 담임선생님이 임의대로 자리를 정해 줘서 윤아와 민지는 짝이 되었고, 그때부터 두 사람은 붙어 다니게 되었다. 윤아와 친해지다 보니 자연스럽게 그녀와 늘 붙어 다니던 겸과도 친해질 수 있었다.

겸은 학교에서 유명인이었다. 당시 그 일대에서 한겸을 모르면 간첩이라는 소문이 돌 정도로 유명했다. 잘생겼지, 공부 잘하지, 운동 잘하지. 뭐 하나 빠지는 게 없었기에 여학생들 사이에서는 단연 슈퍼스타였다.

하지만 그보다 더 유명인이 있었으니, 바로 윤아였다.

윤아 역시 뭇 남학생들의 가슴을 설레게 할 정도로 예쁘장하게 생겼고, 겸과 비슷한 수준으로 공부를 잘하기는 했지만, 그녀가 유명할 수밖에 없는 진짜 이유는 따로 있었다.

'한겸의 여자'라는 소문 때문이었다.

도대체 누가 한겸의 마음을 사로잡았을까. 호기심 때문에 타학교 여학생들은 겸이 아닌 윤아를 보기 위해 학교 앞으로 찾아오기도 할 정도였다.

민지 역시 처음엔 윤아가 당연히 겸과 그렇고 그런 사이라고 생각했다. 두 사람은 절대 아니라고 팔짝 뛰었지만, 꽤 오래 의심했었다.

하지만 지켜보면 볼수록 두 사람은 친구 그 이상도 이하도 아닌 것 같았다. 어쩔 때 보면 사이좋은 남매 같아 보이기도 했다. 그만큼 두 사람 사이에는 허울도, 남녀 간의 감정도 없어 보였다.

당시 겸에겐 그를 스쳐 지나가는 여자들이 수도 없이 많았고, 윤아 역시 종종 용기 낸 남자들의 고백을 받아 사귀기도 했었다. 둘 다 지나치게 가볍고 짧은 연애로 끝내기는 했지만 말이다.

아, 두 사람은 정말로 친구 그 이상도 이하도 아니구나. 결백하구나.

민지가 두 사람의 관계에 대해 철석같이 그리 믿고 있던 어느 날이었다.

고등학교 2학년 2학기의 기말고사 마지막 날.

윤아와 민지는 그간의 회포를 풀기 위해 오랜만에 시내를 나갔다. 맛있는 걸 먹고 노래방에서 열창을 하고 스티커 사진도 찍고, 신나게 놀다가 마지막 코스로 커피숍으로 향했다.

그들이 선택한 커피숍은 2층으로 된 프랜차이즈 매장이었는데, 2층 창가 자리가 가장 인기였다. 두 사람 역시도 그 자리를 좋아했고.

윤아에게 자리를 잡고 있으라는 특명을 내린 민지가 음료를 받아 2층으로 올라갔을 때였다. 창가 자리에 앉아 있는 윤아의 시선이 창밖 어딘가에 고정되어 있는 것이 보였다.

대체 밖에 뭐가 있길래 저런 얼굴로 바라보고 있는 걸까.

창밖을 바라보고 있는 윤아의 얼굴이 너무도 묘해서 대체 뭘 보고 있는지 궁금했다.

그녀는 민지가 가까이 다가섰을 때도 인기척을 전혀 느끼지 못한 듯 창밖으로 시선을 고정하고 있었다.

윤아의 뒤편에 멈춰 선 민지의 눈동자가 그녀의 시선을 따라갔다.

그리고 그녀의 시선 끝에서, 겸을 발견했다.

당시 만나던 여자 친구와 함께 찰싹 붙어 있는 겸의 모습을.

'대체 뭘 그렇게 보고 있어?'

민지의 물음에 윤아가 화들짝 놀라며 창가에서 시선을 떼었다.

'아냐. 아무것도.'

아무것도라니. 분명 겸을 보고 있었으면서.

하지만 민지는 모르는 척 그래? 하며 자리에 앉았다.

황급히 평소의 얼굴로 돌아오는 윤아의 모습에서 뭔가 이상한 낌새를 눈치챘기 때문이었다. 그녀는 뭔가를 숨기고 싶어 하는 것 같았다.

짝사랑인가?

하긴. 한겸은 누가 봐도 매력적인 녀석이니까, 늘 붙어 다니던 윤아가 딴맘을 품는 게 이상할 일이 아니긴 했다. 게다가 두 사람이 좀 붙어 있었어야지. 충분히 납득이 가는 상황이었다.

하지만 그 후로도 윤아는 겸과 함께 있을 때 평소와 같았다. 마치 그때 민지가 봤던 얼굴은 환영이었던 것처럼 말이다.

그래서 지금까지도 긴가민가했었다. 당시 윤아가 겸을 정말로 남자로 봤었는지, 아닌지를.

하지만 그렇다고 굳이 물을 이유도 없어서 묻어 뒀었는데, 그로부터 10년이 더 지난 지금에서야 드디어 진실이 밝혀진 것이었다.

"근데 진짜 오래도 숨겼다. 이 응큼한 기집애."

민지가 옛 기억을 떠올리며 감탄해 마지않는 목소리를 내뱉자,

윤아가 제 마음이 들킨 게 민망한 듯 살짝 붉어진 얼굴로 고개를 내저었다.

"그런 거 아냐."

"아니긴 뭐가 아냐. 넌 뭘 만날 아니래."

"그게 아니라……."

"이 봐. 또 아니라고 하지."

결코 쉽게 넘어가지 않겠다는 듯 눈을 부릅뜨는 민지의 눈빛에 윤아가 시선을 내리깔며 작게 중얼거렸다.

"좋아하기는 했는데."

"했는데?"

"고등학교 때 잠깐이었어. 아주 잠깐……."

그래. 말 그대로 '아주 잠깐'이었다.

하늘에 맹세코 그 전까지는 겸을 남자로 느껴 본 적이 단 한 번도 없었다. 처음부터 그는 그저 친구였다. 그와 자신의 성별이 다르다는 것도 잊고 살았을 정도였다.

그런데 고등학교에 입학한 뒤 어느 날, 문득 겸이 남자로 보이기 시작했다.

언제 저렇게 큰 건지 저보다 두 뼘은 더 훌쩍 큰 키, 머리를 쓰다듬는 커다란 손, 남자답게 느껴지던 겸이만의 체취까지.

어째서 지금까지 의식하지 못했는지 스스로가 의아할 정도로 겸은 남자가 되어 있었다.

뒤늦은 사춘기가 온 걸까.

윤아는 그때 자신의 마음이 당황스럽고 또 혼란스러웠다.

"내 느낌에 '잠깐'은 절대 아닌 것 같다만, 어쨌든 그건 그렇다 치고."

이제야 밝혀진 진실 앞에서 또 다른 흥미가 돋았는지, 윤아를 바라보는 민지의 눈이 반짝였다.

"왜 안 했어?"

"응?"

"고백 말이야."

"아……."

고백.

윤아는 속으로 그 말을 곱씹어 보았다. 문득 흔하디흔한 그 단어가 굉장히 낯설게 느껴진다.

당시 윤아는 감히 고백을 해야겠다는 생각은 하지 못했었다. 겸을 좋아하는 제 마음을 인정하기까지도 시간이 꽤 오래 걸렸고, 제 마음을 인정하고 난 후에는 숨기기에만 급급했었다.

"그때 걔 만나는 여자 친구 있었어. 그리고."

"그리고?"

"……잃기 싫었어."

고백을 꿈도 꾸지 못한 이유는 딱 하나였다.

한겸을 잃기 싫어서.

겸에게 만나는 여자 친구가 있었던 것도 문제였지만. 그보다 중요한 건 겸은 자신을 친구로만 생각하고 있다는 사실이었다.

그래서 덜컥 겁이 났다. 제 마음을 겸이 알게 되면 지금처럼 지내지 못하게 될까 봐.

또 만약 겸이 자신의 고백을 받아 준다고 해도 문제였다. 겸은 한 여자와 오래가는 스타일이 아니었다. 심심하면 여자를 갈아 치워서 공공연하게 바람둥이로 통하곤 했었다.

녀석에게 여자는 그저 심심풀이 땅콩일 뿐. 그런 여자들과 마찬가지로 겸을 스쳐 가는 여자가 되고 싶지는 않았다.

윤아에게 있어서 겸의 존재는 친구 그 이상이었다.

겸과 윤아는 날 때부터 함께였다. 바로 옆집에 살았고, 부모님끼리 친했으며, 나이도 같아서 자연스럽게 함께하게 된 것이었다.

외동딸인 그녀에게 겸은 친구였고, 오빠였고, 가족이었다. 겸이 없는 인생은 도저히 생각할 수가 없었다.

그래서 윤아는 제 마음을 숨겨야만 했다. 어느 날 갑자기 생긴 어설픈 감정 때문에 평생을 함께해 온 친구를 잃을 순 없는 노릇이니까.

시간이 지나면 괜찮아질 거라고 생각했다. 잠깐 착각한 것뿐이라고. 언젠간 겸을 향한 제 마음이 사그라질 것이라고.

그리고 시간이 지난 지금, 윤아는 그때 자신의 선택에 대해 충분히 만족했다. 아마 지금 당장 그때로 돌아간다 하더라도 자신은 똑같은 선택을 할 것이다.

만약 그때 저가 어설프게 고백이라도 했으면, 지금쯤 겸은 제 곁에 없었을 테니까.

"그래. 네 마음은 충분히 이해가 간다. 겁났겠지."

"……."

"왜 안 그렇겠어. 니들 세월이 얼만데. 나라도 그런 친구 잃기

45

싫었을 거야. 친구는 영원할 수 있어도 남녀 사이는 영원할 수 없으니까."

민지는 그녀의 마음을 백번 이해한다는 듯 고개를 끄덕였다. 그러나 곧 눈빛이 바뀌어 윤아를 똑바로 바라보며 물었다.

"근데 지금은?"

"응?"

"잃기 싫어서 피하고 또 피했는데, 결국 한겸이랑 하룻밤 자고 난 지금은 어떠냐고."

민지의 물음에 피하고 싶었던 현실로 단번에 돌아온 기분이었다.

······겸과의 하룻밤.

문득, 어젯밤 겸과 함께했던 순간이 떠올랐다.

평생 함께해 온 친구가 아니라, 낯선 남녀가 되어 서로를 탐하던 그 순간이······.

오랜 시간 애써 지켜 왔던 친구라는 틀이 완전히 무너지는 그 순간이······.

윤아의 새카만 눈동자가 혼란스럽다는 듯 흔들렸다.

"······모르겠어."

그녀는 시선을 아래로 떨어뜨렸다.

정말로 모르겠다. 아무것도.

Bad relationships

계속하자

월요일 아침.

사무실에 도착한 윤아는 책상 위에 들고 있던 핸드백을 내려놓으며 한숨을 푹 내쉬었다.

"그 정도로 땅이 꺼지겠어요?"

언제 따라온 건지 윤아의 책상 앞에 뚝 멈춰 선 지연이 그녀를 향해 혀를 쯧 찼다.

"서 대리님. 어젠 왜 하루 종일 연락이 안 됐던 거예요?"

"나한테 전화했어?"

"네. 했어요. 그것도 무지 많이."

"아……."

"대체 왜 전화를 하루 종일 꺼 놓으신 거예요? 제가 얼마나 걱

정했는지 아세요? 요즘 세상이 하도 흉흉하니까, 별의별 생각이
다 들었다고요. 다행히 별일은 없었던 것 같지만요."

정말로 걱정을 많이 하긴 한 모양이었다. 평소에도 말이 빠른
편이었지만 오늘따라 래퍼 저리 가라 할 정도로 쏘아붙이는 걸
보니 말이다.

윤아는 지연의 시선을 슬쩍 외면하며 어색하게 웃었다.

"아, 그게…… 휴대폰을 잠깐 잃어버려서."

물론 거짓말이었다. 사실 휴대폰은 어제 하루 종일 그녀의 거
실 탁자 위에 떡하니 놓여 있었다. 오며 가며 시선이 닿을 수밖에
없는 자리에.

"그랬어요?"

"응. 근데 오늘 아침에 보니까 침대 밑에 떨어져 있지 뭐야. 하
하……."

말도 안 되는 거짓말을 지어내느라 윤아의 등에는 식은땀이 다
났다.

하지만 그렇다고 사실대로 말을 할 순 없는 노릇이었다. 사고
를 치고, 일 수습이 어려워 잠수를 타기 위해 휴대폰을 하루 종일
끄고 있었다는. 그 말을 어찌할 수 있겠는가.

토요일 밤, 민지와 헤어지고 집으로 돌아가는 길이었다. 그녀
의 휴대폰에 메시지가 한 통 날아들었다.

[언제까지 연락 씹을 건데?]

물론 발신인은 겸이였다.

원래 하나에 꽂히면 끝장을 보는 성격이라는 건 잘 알고 있었지만, 이렇게까지 집요하게 굴 줄이야.

이대로 가다간 끝이 없을 것 같아서, 지금이라도 답장을 해야 하나 말아야 하나 고민하고 있을 무렵이었다.

띵동띵동.

연이어 그녀의 휴대폰이 울리기 시작했다. 연락을 죄다 씹히고 있는 겸의 마음을 대변하기라도 하듯 아주 신경질적으로.

[어쭈. 또 씹으시겠다?]

[이쯤 되면 한번 해 보자는 거지?]

[못 본 새에 많이 컸다, 서윤아?]

[정말로 네가 날 피할 수 있다고 생각하는 건 아니지?]

[계속 이런 식으로 나오면, 너 분명 후회할 텐데.]

후회는 이미 하고 있거든? 그것도 아주 많이!

성격 참 급하기도 하지. 쏟아지는 문자들을 바라보며 윤아는 속으로 마른 비명을 내질렀다.

답장을 해야 한다는 걸 알고 있었다. 그의 말대로 언제까지고 피할 수 없으리라는 것도 잘 알고 있었다.

하지만 아무리 고민을 해 봐도 답이 나올 문제는 아닌 듯했다. 여전히 머릿속이 뒤죽박죽이라 정리가 되질 않았다.

나중에 하자. 나중에. 좀 더 정리가 된 다음에…….

복잡한 머릿속을 뒤로한 채, 윤아는 휴대폰을 꺼 버렸다. 피할 수 있는 데까진 피하고 싶은 심정이었다. 그게 지금 할 수 있는 최선이라고 생각했다.

그렇게 윤아는 어제 하루 종일 휴대폰을 끈 채로 집에만 콕 박혀 있었다.

그뿐이랴. 혹시나 녀석이 집까지 찾아오기라도 할까 봐 마치 은신하는 범죄자처럼 아주 조용히 하루를 보내야만 했다. 한밤중에 불을 켜는 것도 조심하면서. 그야말로 출근을 하는 평일보다 더 피곤한 휴일이 아닐 수 없었다.

"근데 무슨 일 있었어? 왜 전화를……."

"무슨 일이요? 지금 무슨 일이냐고 물었어요?"

지연이 황당하다는 듯 허, 숨을 뱉으며 되물었다.

"서 대리님. 정말로 기억 안 나세요?"

"응?"

"어머! 정말로 기억 안 나시나 보네? 일요일에 소개팅하기로 하셨잖아욧!"

지연의 외침과 동시에 윤아의 입을 비집고 비명과도 같은 목소리가 튀어나왔다.

"아!"

요 며칠 머릿속도 마음도 보통 심란했던 게 아니었던지라, 일요일에 약속이 잡혀 있다는 것을 완전히 잊고 있었다. 지연이 주선하는 소개팅이었다.

"이제 기억이 좀 나세요?"

"응. 기억나. 완전 기억나."

윤아가 격하게 고개를 끄덕였다.

"미안해. 요즘 정신이 없어서……."

"사과는 제가 아니라 선배한테 하셔야죠. 안 그래요, 대리님?"

"그치. 그분께 해야 하는 거지."

대역 죄인이 된 윤아가 고개를 푸욱 숙인 채 지연을 향해 종이와 펜을 들이밀었다.

"번호 좀 적어 줄래? 그분께는 내가 따로 연락할게."

"아무래도 그러시는 게 좋겠어요."

펜을 받아 든 지연이 흰 종이 위에 숫자를 휘갈기며 말했다.

"선배는 어제 약속 장소에서 한 시간이나 기다렸다나 봐요."

"……한 시간이나?"

"네. 그런데도 대리님이 안 나타나니까, 저한테 전화가 와서는 요즘 세상도 흉흉한데 혹시 무슨 일 생긴 건 아니냐고……."

"……."

"선배는 계속 연락해 보라고 닦달을 해 대지. 대리님은 전화기가 아예 꺼져 있지. 중간에서 제가 얼마나 곤란했는지 몰라요."

윤아가 도로 종이를 받아 들며 힘없이 대꾸했다.

"진짜…… 미안해. 정말로. 너무 많이."

입이 열 개라도 무슨 할 말이 있으랴. 죄송하다는 말밖에는.

사실 처음부터 원했던 소개팅은 아니었다.

남자 친구와 헤어진 사실을 알게 된 지연이 자신을 안쓰럽게 여겼는지, 제 주변에 괜찮은 선배가 있다는 얘기를 꺼냈다.

처음엔 당연히 거절했다. 정훈에게 제대로 데인 탓에 소개팅은 커녕 남자라면 아주 지긋지긋했으니까.

하지만 그 후로도 지연은 한 달 내내 고집스럽게 소개팅을 권유했다. 마치 알겠다는 대답을 듣기 전까지는 계속 괴롭힐 거라는 듯.

아침, 점심, 저녁. 하루에 세 번씩 꼬박꼬박 지연에게서 소개팅 제의를 받던 윤아는 결국 한 달 만에 백기를 들 수밖에 없었다.

물론, 그렇다고 해서 이렇게 쉽게 잊어도 되는 약속이라는 건 아니었다. 이건 전적으로 자신의 잘못이었다.

"……정신 차리자, 서윤아. 정신!"

지연이 자리로 돌아간 다음, 의자에 앉자마자 윤아는 제 두 뺨을 찰싹 소리가 나게끔 두드렸다. 그런다고 돌아올 정신이 아니기는 했지만 말이다.

윤아는 어제 하루 종일 꺼 두었던 휴대폰을 켰다. 휴대폰이 켜지자마자 부재중 통화와 메시지들이 기다렸다는 듯 와르르 쏟아졌다.

무지 많은 연락을 했었다던 본인의 말대로 지연의 연락이 압도적이었다. 하지만 하나 다행인 것은, 그 많은 연락 중 겸에게서 온 연락이 없다는 것이었다.

"포기한 걸까……."

아직 안도하기엔 일렀다. 그 집요한 녀석이 이렇게 쉽게 포기했을 리 없다는 걸 누구보다 그녀가 잘 알고 있기 때문이었다.

더군다나 이렇게 끝날 수 있는 문제가 아니기도 했고.

전화나 문자로 지겹게 연락을 해 올 때도 불안했지만, 연락이 갑자기 뚝 끊긴 지금도 불안한 건 매한가지였다.

아니, 오히려 이쪽이 조금 더 불안하달까.

"이 녀석은 대체 무슨 꿍꿍이인 거야?"

연락을 피할 때는 언제고 조용한 휴대폰을 내려다보며 윤아가 꿍얼거렸다.

겸을 떠올리자 다시금 머릿속이 복잡해지고 속이 답답해지는 것 같았다. 꼭 체한 것처럼.

툭툭.

꽉 막힌 가슴을 가볍게 두드리던 윤아는 양손에 각각 숫자가 적힌 종이와 휴대폰을 집어 든 채 자리에서 벌떡 일어났다.

그러고는 비장한 얼굴로 사무실을 나섰다.

윤아의 걸음이 향한 곳은 회사 건물의 옥상이었다.

나무가 몇 그루 심어져 있고 벤치, 그리고 음료 자판기가 두어 개 놓여 있는 이곳은 직원들 사이에서는 '하늘정원'으로 불린다.

대개는 사람들이 점심시간에만 이용을 했기에 아침엔 늘 조용한 공간이었다.

"이제 좀 살 것 같네."

철문을 열고 옥상으로 성큼 들어선 윤아는 기지개를 크게 켜며, 숨을 훅 들이켰다.

맑은 공기가 폐부로 들어가자 그제야 머리가 좀 맑아지는 느낌이다. 아직 한여름까진 아닌지라 아침 공기는 딱 적당히 상쾌했다.

유리 난간 너머로 펼쳐진 풍경이 가장 잘 보이는 벤치에 자연스럽게 앉은 윤아는 챙겨 온 종이를 주섬주섬 펼쳐 들고는 제 휴대폰에 숫자 열한 자리를 옮겨 담았다.

"크흠. 큼."

통화 버튼을 누르기 전에 목소리까지 가다듬었지만, 선뜻 손가락이 움직이질 않는다.

대체 뭐라고 사과를 하고, 뭐라고 변명을 해야 할까? 아까 입에서 나오는 대로 지껄였던 것처럼 휴대폰을 잠깐 잃어버렸었다고 말을 해야 할까? 과연 약속 장소와 시간은 이미 정해져 있었는데, 그게 변명이 될까?

생각을 하면 할수록 머릿속이 복잡해졌다.

하지만 그렇다고 모르는 척 넘어갈 수는 없는 법. 한참을 망설인 끝에 윤아는 두 눈을 질끈 감고서 통화 버튼을 눌렀다.

달칵.

— 여보세요.

통화 연결음이 채 두 번을 울리기 전에 상대방은 전화를 받았다.

예상했던 것보다 너무 빠른 응답에 당황한 윤아의 허리가 절로 꼿꼿하게 펴졌다.

"혹시, 차승주 씨 휴대폰인가요?"

— 네. 제가 차승주입니다만.

"안녕하세요. 저…… 서윤아라고 합니다."

— 서윤아 씨?

남자가 놀란 듯 되물었다.

"네. 제가……."

— 무사하십니까?

남자가 그녀의 말을 뚝 끊으며 물었다.

무사하십니까, 라니?

뜬금없는 질문에 윤아의 눈이 둥그렇게 커졌다.

"네?"

— 지연이 말 들어 보니, 어제 하루 종일 연락이 안 됐다고 하던데요.

"아……."

— 혹시 무슨 일 겪으신 건 아닙니까?

무뚝뚝한 목소리라 헷갈렸는데, 아마도 제 걱정을 해 주는 모양이었다.

"아뇨. 저는 괜찮은데……."

— 그렇군요. 다행입니다.

"네. 걱정해 주셔서 감사합니다."

안도의 한숨을 내쉬는 남자의 말에 윤아는 얼떨떨하게 대꾸했다.

바람을 맞았다는 사실보다 제 안위를 걱정하더라는, 지연의 말이 거짓은 아닌 모양이었다. 그렇다면 한 시간이나 기다렸다는 말도 진실이란 얘길까.

차라리 왜 바람을 맞힌 거냐고 따져 물으면 넙죽 사과라도 할텐데, 화가 아닌 걱정을 보이는 남자의 행동에 윤아의 마음이 한

충 더 무거워졌다.

— 언제가 좋으시겠습니까?

"네?"

— 어제 못 만났으니, 약속을 다시 잡아야 할 것 같아서 말입니다.

"아……."

— 이번 주말, 어떠십니까?

어찌 안 된다는 말을 할 수가 있으랴. 윤아는 얼떨결에 네, 괜찮아요. 대답했다.

— 약속 장소와 시간은 제가 정해서 다시 연락드리겠습니다.

윤아의 입에서 네, 라는 대답이 나오기도 전이었다. 성격이 급한 건지, 남자는 그럼 이만. 하고 말한 다음 전화를 뚝 끊었다.

뚜뚜뚜.

일정한 기계음이 들릴 때서야 윤아는 전화가 끊어졌음을 깨닫고는 귀에 대고 있던 휴대폰을 천천히 내렸다.

액정에 찍힌 통화 기록은 단 30초.

30초 동안 꽤나 많은 얘기가 오갔던 것 같은데, 기억이 나는 건 마지막으로 들었던 '그럼 이만.' 이라는 대사뿐이다.

윤아는 멍하니 휴대폰을 내려다보다가 하하, 실소를 흘렸다.

준비했던 말은커녕 바람맞혀서 죄송했다는 사과조차 하지 못했다. 사과가 다 뭐란 말인가. 말도 제대로 하지 못했는데.

단언컨대 이렇게까지 정신없는 통화는 살면서 처음이다. 마치 한차례의 폭풍이 저를 휩쓸고 지나간 느낌이었다.

"……그래도 사과는 했어야 했는데."

뒤늦게야 정신을 차린 윤아는 생각했다. 주말에 만나게 된다면, 그땐 이 남자에게 휩쓸리지 말고 사과부터 해야겠다고.

다른 회사라고 별다르진 않겠지만 〈건축사무소 드림〉의 월요일 오전은 항상 바쁜 시간이었다. 주말 동안 처리하지 못했던 사무적인 업무들을 몰아서 처리해야 했으므로 너 나 할 것 없이 다들 바빴다.

오늘도 역시 다르지 않았다.

아침에 했던 폭풍 같은 통화도, 며칠 동안 그녀를 괴롭게 하던 겸이라는 존재도, 까맣게 잊은 채 서류 더미에 파묻혀 일을 하고 있을 때였다.

똑똑.

"대리님. 식사하러 안 가세요?"

책상 앞에 서 있는 건 지연이였다.

그제야 윤아는 서류에 고정되어 있던 시선을 들고 탁상시계를 확인했다. 벌써 점심시간이었다.

"아. 벌써 시간이 이렇게 됐네."

"식사 거르실 거 아니면 일어나세요. 오늘 구내식당 메뉴 해물탕이에요."

해물탕이라는 말에 윤아의 눈이 번쩍 뜨였다.

〈드림〉의 구내식당은 내놓는 요리들마다 전문점 못지않은 남다른 퀄리티를 자랑했다. 그리고 그중에서도 해산물 킬러인 그녀가 가장 애정해 마지않는 메뉴가 바로 해물탕이었다.

"잠깐만. 같이 가."

망설임 없이 보고 있던 서류를 대충 정리한 다음 지연과 함께 사무실을 나왔다.

지하에 있는 구내식당으로 가기 위해 엘리베이터를 기다리는 동안 윤아는 굶주린 배를 움켜쥐었다.

정신없이 일할 땐 몰랐는데 뱃가죽이 등가죽에 달라붙은 것 같은 엄청난 허기가 몰려왔다. 그러고 보니 아침도 굶은 데다가 지금까지 아무것도 먹지 못했던 것 같다.

"참. A팀 뉴 페이스 팀장님 보셨어요?"

혹시 이러다가 민망한 소리가 나지는 않을지 걱정하고 있는데, 옆에 서 있던 지연이 그녀를 향해 물어 왔다.

"아, 맞다. 그러고 보니 오늘이었지?"

일이 바빠서 그렇게나 궁금해했던 뉴 페이스도 관심 밖이었다.

"말도 마세요. 오전에 난리 났었잖아요."

"웬 난리?"

"뉴 페이스 보겠다고 죄다 몰려들어서, 늘 조용했던 3층이 모처럼 만에 소란스러웠어요."

"하긴. 새로운 인물 영입한 건 오랜만이긴 하지."

그래도 그렇지. 다들 바쁠 텐데, 뉴 페이스를 보겠다고 몰려들 것까지야.

윤아가 심드렁하니 대꾸를 하자, 지연이 이 양반 뭘 모르는 소리 하시네. 하는 투로 그녀를 바라보더니 이내 귓가에 대고 작게 속삭였다.

"아뇨. 그것보다 더 큰 이유는 따로 있었어요."

"더 큰 이유?"

"뉴 페이스 팀장님이 엄청 잘생겼거든요."

"잘생겨?"

"네. 연예인 뺨 후려치게 잘생겼더라고요. 정말로."

사심이 가득 담긴 소곤거림에 윤아가 픽, 엷게 웃었다.

우리 회사엔 남자들이 많긴 한데 인물이 없어도 너무 없어요. 이게 말이나 돼요? 저 수많은 남자들 중에 괜찮은 인물이 하나도 없다는 게? 하며 투덜거리더니, 이번엔 정말 그녀의 성에 차는 인물이 들어온 모양이었다.

"눈 높은 지연 씨가 그렇게 말을 하니 궁금하긴 하네, 나도."

"저분도 양반은 못 되시나 봐요."

"응?"

지연이 윤아의 뒤편을 가리키며 얼굴을 살짝 붉혔다.

"저기요. 마침 이리로 오고 계시네요."

타이밍 좋게 나타난 모양이었다. 하긴 점심시간은 같으니까.

일부러 쳐다보는 건 예의가 아니라는 걸 알면서도 괜한 호기심에 지연이 가리키는 방향을 향해 윤아가 고개를 돌렸을 때였다.

그녀의 시야에 지연이 말했던 것처럼 연예인 뺨 후려치게 잘생긴 남자 하나가 들어왔다.

모델처럼 쭉 뻗은 몸매에 팔목을 살짝 걷어 올린 흰 셔츠와 짙은 네이비색의 정장 바지. 그리고 단정하게 빗어 넘긴 포마드 헤어까지.

쉽게 소화할 수 없는 스타일임에도 마치 날 때부터 그랬다는 듯 자연스러운 남자의 모습에, 오늘 그를 처음 본 〈드림〉의 직원들이 으레 그랬듯 윤아의 입도 쩍 벌어졌다.

그러나 결코 다른 사람들처럼 남자의 외모에 감탄해서 그런 것이 아니었다.

"참. 소문에 대리님과 동문이시라는 것 같던데. 혹시 모르세요?"

바로 옆에서 들려오는 지연의 목소리가 마치 먼 곳에서 들려오는 이명처럼 그녀의 귓가로 바스러지며 흘러 들어왔다.

모를 리가 있겠는가. 너무도 익숙한 얼굴이었다. 심지어 요 며칠 꿈에 나타나 자신을 괴롭히기까지 했던 그 얼굴!

윤아의 눈꺼풀이 느리게 깜빡였다. 혹시나 하는 마음에 감았다가 떠 보았지만, 역시나 변하는 건 아무것도 없었다.

"점심 드시러 가시나 봐요, 한 팀장님."

어느덧 그들과 가까워진 남자를 향해, 지연이 생긋 웃으며 친절하게 물었다. 그러자 윤아의 바로 코앞에서 멈춰 선 남자가 가볍게 웃으며 네. 대답했다.

하지만 그의 시선은, 질문을 건넨 지연이 아니라 윤아에게 완전히 고정되어 있는 상태였다.

그 순간, 쿵쾅거리며 불안정하게 뛰던 그녀의 심장이 기어코 바닥으로 쿵! 내려앉았다.

바로, 한겸이었다.

왜 하필이면 해물탕이 메인 메뉴로 나왔을 때 이 사달이 벌어진 것일까.

밥이 코로 들어가는지 입으로 들어가는지 모를 정도로 정신없이 점심을 해치운 다음, 윤아는 다시금 옥상을 찾았다.

오늘따라 하늘정원에는 사람들이 별로 없었다. 바쁜 월요일이라서 그런 것이리라.

불행 중 다행이라고 생각하면서도 윤아는 사람들의 시선이 잘 닿지 않는 가장 구석진 곳에 자리를 잡았다.

잠시 후, 옥상의 철문이 열리고 한 남자가 들어왔다.

구석진 곳에서 흘끗 본 게 전부였지만 윤아는 확신할 수 있었다. 저 인간이 바로 해물탕을 날려 버린 원흉이라는 것을.

'……옥상으로 따라와.'

그토록 좋아하는 새우가 두 개나 식판에 담겼는데도 국물만 몇 번 떠먹던 윤아가 식판을 치우며 겸에게 들릴 듯 말 듯 속삭였다.

별다른 대답이 없어서 혹시 못 들었나 했는데 제대로 들었던 모양이다.

지금 이 순간, 그의 등장이 전혀 반갑지는 않았지만 저가 있는 곳을 쉽게 찾지 못할까 봐 윤아는 자리에서 발딱 일어났다.

그러자 그녀와 시선이 마주친 그가 이쪽을 향해 걸어오기 시작했다.

쿵. 쿵. 쿵.

한 걸음씩 가까워질수록 심장 박동 소리가 커지기 시작했다.

그러나 윤아는 표정 관리를 했다. 결코 나는 쫄지 않았다. 라는 것을 상대에게 어필하기라도 하려는 듯.

"야, 한겸!"

그가 제법 가까워졌을 때서야 윤아는 그의 이름을 불렀다.

마음 같아서는 건물이 무너질 정도로 크게 부르고 싶었으나 사람들의 시선을 의식해서 낮게 으르렁거렸다.

하지만 조급한 그녀의 마음과는 달리 겸은 아주 느긋하게 걸어오고 있을 뿐이었다. 입가에는 의미 모를 미소까지 매달고서.

어쭈. 웃어? 지금 웃음이 나와?

여유로운 겸의 얼굴을 보는 윤아의 눈썹이 절로 구겨졌다. 보아하니 녀석은 처음부터 일이 이렇게 될 줄 다 알고 있었던 것 같다.

"이게 대체 어떻게 된 거야?"

겸이 자신의 앞에 서기가 무섭게 윤아가 다짜고짜 물었다.

하지만 겸은 대답 대신 난간에 등을 기댄 채 다리를 살짝 꼬며 그녀를 내려다볼 뿐이었다.

"여, 이게 누구야. 대통령보다 더 만나 뵙기 힘든 서윤아 아니야?"

"농담하지 말고!"

"농담인 것 같냐?"

문득 겸의 짙은 시선이 그녀에게 내려앉았다. 그 시선에 윤아의 몸이 절로 움찔거렸다.

이미 잘 알고 있는 눈빛이었다. 다른 사람들은 모르겠지만 이 눈빛은 그가 화났을 때만 보이는 특유의 가라앉은 시선이었다.

그러니까, 화가 났다는 말이다.

자신에게. 한겸이.

며칠간 연락을 모조리 씹었던 것에 단단히 뿔이 나긴 한 모양이었다. 하긴. 대놓고 아예 무시를 했으니 화가 날 만도 했다.

겸은 평소엔 화를 잘 내는 편은 아니었다. 하지만 한번 화를 낼 땐 아무도 못 말릴 정도로 무서운 성격이었다.

그 사실을 누구보다도 잘 알고 있기에 윤아는 은근슬쩍 시선을 피하며 말을 돌렸다.

"야. 나 지금 당황한 거 안 보여? 얼른 어떻게 된 일인지 설명부터 해 주지 그래?"

"무슨 설명을 하라는 건데?"

"네가 왜 지금 여기에 있는지!"

"아아, 그거?"

겸은 마치 별일 아니라는 듯 어깨를 으쓱해 보이더니 이내 대답했다.

"이쪽에서 좋은 조건으로 스카우트 제의가 들어왔고. 고민 끝에 기꺼이 수락했어. 최대한 빨리 와 달라 부탁하길래 급하게 미국 생활 정리하고 귀국한 거고."

겸이 제 목에 걸고 있던 사원증을 보란 듯이 검지로 툭툭 건드리며, 가볍게 웃어 보였다.

"오늘부터 〈드림〉 소속이야, 나도."

분명 좋은 조건을 제시했을 거다. 녀석은 업계에서 이름이 널리 알려진 엘리트 중에서도 엘리트였으니까. 겸이 대단한 인재라는 건 누구보다 그녀가 잘 알고 있었다.

자잘한 대회들뿐만 아니라, 세계적으로 알아주는 건축 대회에서도 무려 1등을 했던 인물이었다. 그 외에도 녀석이 여태 쌓아온 모든 스펙은, 이 나이에 팀장이라는 직함을 달고 하늘에서 뚝 떨어져도 누구도 뭐라고 할 수 없을 정도였다.

"누가 지금 그걸 몰라서 물어?"

"그럼 뭘 몰라서 묻는 건데?"

미꾸라지도 아니고. 자꾸만 요지를 이리저리 비켜 나가는 겸의 대답에 윤아가 한 손으로 이마를 탁 짚으며 짧게 한숨을 내쉬었다.

"한국은 땅덩어리가 너무 좁다며? 넓디넓은 미국에서 네 꿈을 원 없이 펼치겠다며?"

작년 이맘때, 잘 다니던 회사까지 그만두고 갑작스럽게 미국행을 결정한 겸이 그의 결정에 대해 섭섭해하는 윤아에게 했던 말이었다.

아니, 갑작스럽게 느껴졌던 건 그녀뿐이었다. 겸은 아주 오랜 시간 준비를 했던 것 같으니까 말이다.

그리고 녀석은 통보를 한 지 불과 3일 만에 미국으로 떠나 버렸다. 그때는 어찌나 섭섭하던지. 떠나는 겸의 뒷모습에 대고 고래고래 소리를 질렀었다.

'너 한국 절대 들어오지 마! 미국에서만 평생 살아! 알겠어!'

그리고 정말로 녀석은 미국에서 있는 동안 한국에 단 한 번도 들어오지 않았다. 물론 저가 했던 말 때문이 아니라 미국 생활에 적응을 하느라 바빠서였겠지만.

어쨌든 미국 생활에 올인하는 겸을 보며, 정말로 이대로 영영 미국에서 살 건가 보다 했었다. 분명 녀석의 부모님도 그렇게 알고 계셨고.

그런데 말도 없이 귀국을 해서 동창 모임에 나타나더니, 이번에는 제가 다니는 회사에까지 나타났다. 윤아의 입장에서는 당황스럽지 않을 수 없는 행보였다.

"분명 그러려고 했지."

"근데 왜 갑자기 마음이 바뀌었어? 그것도 고작 1년 만에?"

"그 부분에 대해선 묵비권을 행사하도록 하겠어."

묵비권 좋아하신다.

능글맞은 그의 말에 윤아의 얼굴이 확 일그러졌다.

"그래. 내가 백번 양보해서 그건 그렇다 쳐. 근데 우리 회사로 오는 건 진작 얘기해 줄 수 있었잖아. 아니, 당연히 얘기해 줘야 하는 거 아니야? 대체 왜 얘기 안 했어?"

"……."

"설마 나 골려 주려고?"

삐딱하게 그녀를 내려다보던 겸이 기가 차다는 듯 묻는다.

"내가 말을 안 했다고?"

아니, 지금 기가 차는 게 대체 누군데?

윤아가 발끈해서 대꾸했다.

"말 안 했잖아."

"너 말이야."

겸이 그녀를 내려다보며 인상을 살짝 찌푸렸다.

"안 한 것과 못 한 것의 차이 정도는 알아야 하는 거 아니냐? 그래도 명색이 대학까지 졸업했는데 말이야."

쯧. 혀를 차는 소리까지 들은 순간에야 윤아는 며칠 동안 자신이 열렬하게 그의 연락을 피하고 있었음을 깨달았다. 미국에서 돌아온 당일부터 지금까지 쭉 그랬으니, 그의 말대로 정말 말을 안한 게 아니라 못 했던 걸 수도 있겠다.

"내가 분명히 경고했잖아."

당황해서 마구 흔들리는 윤아의 두 눈동자를 빤히 바라보며, 겸이 한쪽 입술을 슬쩍 말아 올렸다.

"서윤아, 너. 후회할 거라고."

매력적인 음색이 말을 끝맺는 순간, 대수롭지 않게 흘려들었던 마지막 문자가 그녀의 머릿속에 떠올랐다.

[계속 이런 식으로 나오면, 너 분명 후회할 텐데.]

그게 이 뜻이었구나. 이 뜻이었어.

"이제 상황 판단이 좀 돼?"

겸의 물음에 윤아는 대답 대신 짧게 한숨을 흘렸다. 지금 저가 겸에게 큰소리를 칠 입장이 아닌 건 확실한 듯 보였다.

"네 용건은 이쯤에서 끝난 것 같은데. 그럼 이제 내 용건을 얘기해 볼까?"

겸이 난간에 기대고 있던 몸을 스윽, 일으키며 그녀의 앞으로 성큼 다가왔다.

"네…… 용건?"

위험한 분위기를 감지한 윤아가 한 걸음 뒤로 물러섰다. 하지만 겸은 다시금 성큼 그녀에게로 한 걸음 더 가까워졌다.

"그래. 우리 사이엔 정산해야 할 문제가 아직 남아 있잖아?"

정산해야 할 문제라니. 설마 그 얘기를 지금, 여기서, 하겠다는 건가? 지금은 대낮인 데다가 다른 곳도 아니고 회사인데?

윤아가 설마, 하는 눈으로 그를 바라봤다. 하지만 겸의 붉은 입술은 그녀를 비웃기라도 하듯 망설임 없이 떨어졌다.

"그날 밤에……."

"악!"

그의 말이 길어지기 전에 윤아가 손을 뻗어 황급하게 그의 입을 막았다.

"너 미쳤어? 지금 여기가 어딘 줄 알고!"

얼굴이 화끈 달아오른 윤아가 꽥 소리를 내지르자, 겸이 살짝 인상을 찌푸리며 그녀의 손길을 쳐 냈다.

"지금 나한테 이깟 장소가 중요할 것 같아? 네가 완전히 잠수를 탔는데, 기회가 왔을 때 잡아야지. 안 그래?"

그래, 내가 잘못했다. 잘못했어! 아주 내가 죽을죄를 지었어!

뻔뻔스레 묻는 겸의 얼굴을 보며, 윤아는 속으로 울부짖었다. 이런 상황은 전혀 예상하지 못했었는데, 어쩐지 일이 커져 버린 느낌이다.

"……네 말뜻 잘 알겠으니까."

한순간 낭떠러지에 두 발이 아슬아슬하게 걸쳐져 버린 그녀는 두 눈을 질끈 감고서 말했다.

"퇴근하고 봐."

결국 항복을 외치고야 마는 그녀의 말에 다시금 겸의 입꼬리가 슬쩍 올라갔다.

지금까지 윤아는 자신이 꽤나 운이 좋은 편이라고 생각했다.

딱 공부한 만큼 성적이 나왔고, 원하는 대학에도 쉽게 진학했으며, 열심히 한 덕에 대학도 좋은 성적으로 졸업을 했다. 그 후엔 꿈꾸던 회사에 입사를 했으며, 여자들이라면 버티기 힘들다는 혹독한 이 세계에서도 나름 승승장구하고 있었다.

그런데 아무래도 자신의 천운은 여기까지였던 모양이다.

미국에서 갓 귀국한 녀석이 하필이면 같은 회사에 들어올 게 뭐란 말인가. 게다가 또 하필이면, 바로 옆 사무실에 둥지를 틀기까지.

앞으로 제 인생이 꼬여 갈 거라는 걸, 얼마 전 정훈에게서 뒤통수를 거하게 맞았을 때부터 알아챘어야 했는데 말이다.

작정하고 피하고 있었는데 그간의 노력이 물거품이 되었다. 아니, 단지 물거품이 된 게 아니었다. 그야말로 그녀 인생 최대의 삽질이었다.

"뭐 해. 안 먹어?"

저도 모르게 한숨을 입 밖으로 흘렸을 때였다. 맞은편에 앉아 있던 겸이 수저질을 하다 말고 그녀를 흘끗 바라보았다.

"입맛 없어."

"왜? 해산물이라면 자다가도 일어나는 애가."

"글쎄. 입맛이 없대도."

진심이었다. 평소 같았으면 아예 숟가락으로 퍼먹었을 매콤한 낙지볶음의 자태에도 어쩐지 마음이 동하지 않았다.

하긴. 이 와중에 밥이 목구멍으로 넘어간다면 그게 사람이겠는가. 아메바지.

"아까 점심도 얼마 안 먹는 것 같더니. 혹시 다이어트하냐?"

다이어트라니. 내가 누구 때문에 밥맛이 뚝 떨어졌는데!

"그런 거 아니거든?"

윤아가 짜증스럽게 대꾸했다.

"아니면 됐고. 너는 다이어트보단 오히려 살을 좀 찌워야겠더라."

"뭐?"

"그날, 할 때 조금 아팠어."

그날이라니? 할 때라니? 조금 아팠다니?

"너, 지금 무슨 얘길 하는 거야?"

"순진한 척하기는."

심드렁한 겸의 대꾸에 윤아는 경악해 마지않는 얼굴로 입을 쩍 벌렸다.

그러니까 방금 그 말의 뜻이, 지금 제 머릿속에 떠오르는 그 뜻이 맞단 말인가? 그리고 지금 훤하디훤한 밥집 형광등 아래에서 저게 대체 할 소리란 말인가?

"……한겸."

윤아가 믿을 수 없다는 듯 천천히 입술을 뗐다.

"너, 미쳤니?"

"역시 알아들었지?"

미쳤냐는 물음에도 겸은 가볍게 대꾸한다.

"우리 나이대 여자들이 순진한 척하는 거. 오히려 별로더라, 난."

대체 이 녀석, 지금 내 앞에서 무슨 얘기를 하고 있는 거야……?

그의 노골적인 말에 윤아의 얼굴이 새빨갛게 달아오르기는커녕 하얗게 질려 갔다. 제 앞에 있는 녀석이 자신이 알고 있는 녀석이 맞는지 헷갈릴 지경이었다.

겸과 함께한 세월이 벌써 30년이 훌쩍 넘어가고 있었지만, 지금껏 이런 대화는 단 한 번도 나눈 적이 없었다.

윤아는 지금 순진한 척을 하고 싶은 게 결코 아니었다. 나이를 먹다 보니 자신 역시 이런 농담에 내성이 생기기는 했다. 민지와 함께하는 술자리에서는 절대 빠질 수 없는 주제이기도 했고.

하지만 그건 어디까지나 같은 여자이니까 가능했던 일. 아무리 볼 거 못 볼 거 서로 다 본 사이라지만, 그래도 겸은 남자이지 않은가.

그날 밤, 대체 우리는 무슨 짓을 한 걸까?

순간 덜컥 겁이 났다.

30년을 공들여 지켜 내고 있던 녀석과 자신의 관계가, 고작 하루아침에 금이 가 버린 것 같아서. 내 친구 한겸이 사라져 버린 것 같아서.

윤아는 아랫입술을 질끈 깨물었다.

제 앞에 앉아 있는 녀석이 너무도 낯설게만 느껴진다. 공기만큼이나 함께 있는 게 자연스러웠던 친구였는데 말이다.

"이렇게까지 했는데 못 알아들어?"

딱딱하게 굳어 있는 그녀를 바라보며 겸이 한쪽 눈썹을 살짝 찌푸렸다.

그러더니 이내 낙지볶음을 조금 집어 드는가 싶더니, 그녀의 밥그릇 위에 가지런히 올려 둔다.

"입맛 없어도 억지로라도 먹어."

"……."

"아까 한 말은 농담이고. 너 1년 전에 마지막으로 봤을 때보다 지금 훨씬 야윈 거 알아? 티 날 정도로 말랐어. 실연당했다고 동네방네 소문내고 싶은 거 아니면 잘 챙겨 먹어."

"⋯⋯."

"그리고 여기서 더 살 빠지면 너 더 예뻐지는 게 아니라 없어 보일걸."

먹어. 먹어.

멍하니 제 밥그릇 위에 정갈하게 놓인 낙지볶음을 바라보던 윤 아는, 계속해서 반복되는 겸의 부드러운 목소리에 천천히 시선을 들어 올려 그를 바라보았다.

이제야⋯⋯ 자신이 아는 목소리였다.

이제야⋯⋯ 자신이 알고 있는, 익숙한 겸이였다.

"겸아."

입에 본드 칠이라도 된 듯 딱 붙어 있던 그녀의 입술이 한참 만에야 천천히 열렸다.

"왜?"

그녀의 부름에 겸이 고개를 살짝 기울였다. 윤아는 마른침을 한 번 삼킨 후, 다시금 입술을 달싹였다.

"그날 밤 말이야."

"응."

"⋯⋯없던 일로 할 순 없을까?"

그날 밤 이후로 고심 끝에 내린 결론이었다. 피할 수 없다는 걸 알지만, 피할 수만 있다면 피하고 싶었다. 그러다 문득 생각했다. 우리 둘만 아는 이야기니까. 우리 둘만 모르는 척하면 되지 않을 까. 그렇다면 너와 나, 예전처럼 지낼 수 있지 않을까.

그래서 예의가 아닌 걸 알면서도 겸의 연락을 무시했던 것이다. 녀석이 미국으로 되돌아갈 때까지만 잘 피하면 한시름 놓을 수 있을 것 같아서.

일이 이렇게 되어 버릴 줄은 꿈에도 몰랐지만.

잠깐 그녀를 빤히 바라보던 겸이 입술을 느리게 달싹였다.

"응. 없어."

단호한 대답에 윤아의 얼굴이 살짝 일그러졌다. 겸의 대답은 충분히 예상했지만 그래도 혹시나, 일말의 기대를 했었다.

너도 날 잃는 게 두렵지 않을까. 오랜 시간, 너도 나와 같은 생각을 하며 살아온 건 아니었을까, 하고.

그런데 넌…….

"난 말이야."

들고 있던 숟가락을 테이블 위에 탁, 내려놓은 겸이 그녀를 똑바로 바라보며 말을 이어 갔다.

"이 세상에 남자와 여자, 친구가 될 순 있다고 생각하는 부류야. 너와 내가 지금까지 친구였던 것처럼. 단."

"……."

"그 둘 사이에 섹스가 없다면 말이야."

"……."

"그래서 우린 안 돼. 더 이상 친구로 지낼 순 없어."

겸이 한쪽 눈을 살짝 찡그렸다.

"너랑 난 이미 섹스를 했잖아."

아무래도 겸은 생각이 확고한 모양이었다. 그래, 그러니까 그날 일이 생긴 후부터 부딪치려 애썼던 거겠지. 어떻게든 결론을 지으려고.

문득 왈칵 섭섭한 감정이 올라왔다. 친구로 지낼 수 없다니. 여태껏 함께한 세월이 얼만데, 이렇게 쉽게 끊을 수 있는 사이란 말인가.

너와 난 특별하다고 생각했는데. 남들과는 다르다고 생각했는데.

배신감마저 느껴졌다. 다른 사람에겐 한없이 냉정해도 늘 그녀 앞에서만큼은 한없이 다정다감했는데, 지금 이 순간 녀석이 세상에서 더는 없을 듯 냉정한 모습을 보이고 있다는 것이.

우리 고작 그것밖에 안 되는 사이였어? 나 혼자만 우리 사이가 소중했던 거야?

겸을 바라보는 윤아의 눈빛이 흔들렸다. 눈 주위가 뜨거워지는 게 눈물까지 고이려는 것 같았다.

하지만 겸의 앞에서 눈물을 보일 순 없었다. 그건 너무도 자존심이 상하는 일이니까 말이다.

애써 마음을 가다듬은 윤아는 다시금 아랫입술을 살짝 깨물었다.

"사고였잖아."

"사고?"

단어가 거슬린다는 듯 겸의 눈썹이 살짝 꿈틀거렸다.

"정말 그렇게 생각해?"

"응. 그렇게 생각해."

단호한 윤아의 대답에 겸이 눈을 가늘게 뜨며 저런, 하고 탄식 섞인 한숨을 뱉어 냈다. 그러더니 이내 윤아를 향해 상체를 살짝 기울이고는, 그녀의 두 눈을 똑바로 바라보며 말한다.

"아무래도 그날 밤에 대해서 기억이 잘 안 나나 본데. 먼저 안 아 달라고 매달렸던 건 서윤아, 바로 너야."

"……나?"

"그래. 너."

겸이 턱짓으로 윤아를 척 가리켰다. 그 순간 그날의 어떤 장면 하나가 그녀의 뇌리를 스쳤다.

'침대에서…… 안아 줘.'

이리 보고 저리 봐도 너무도 노골적인 대사.

겸의 팔에 매달려 애처롭게 뱉어 냈던 한마디는, 믿을 수 없지 만 제 입에서 나온 말이 분명했다.

나 대체 무슨 말을 지껄인 거니? 응?

기억을 제대로 떠올린 윤아의 얼굴이 화르륵 타올랐다. 마치 불타는 고구마처럼.

"이제 알겠냐? 사고 같은 게 아니었다는 거."

"……"

"먼저 유혹해 놓고 이러는 건 대체 무슨 경우야."

아, 쥐구멍이 있다면 숨고 싶다. 아니면 그냥 먼지가 되어 아예 사라져 버리든가.

기세등등해진 겸과 달리 윤아는 터질 것 같은 뺨을 양손으로 감싸며 힘없이 대답했다.

"그건, 술에 취했으니까……."

"취중이었으니 선처를 해 달라? 그딴 쓰레기 같은 법은 없어져야 마땅하다고, 내내 입에 달고 살던 게 누구였더라?"

제길. 내 무덤을 내가 팠구나.

더 이상 빠져나갈 구멍은 없는 듯했다. 오갈 데 없는 막다른 길에 제대로 몰린 그녀는 한숨을 푹 내쉬었다.

"겸아. 난 널 잃고 싶지 않아."

"안 잃으면 되잖아."

"너 방금은, 우리 더 이상 친구로 지낼 수 없다며."

"어. 친구로는 못 지내."

"지금 말장난하자는 거야?"

"그럴 리가."

따박따박 뱉어 내는 겸의 가벼운 대답에 윤아의 얼굴이 확 일그러졌다. 저를 향한 새카만 눈동자를 뚫어져라 바라보았지만 장난인지, 진심인지, 도무지 알 수가 없었다.

"그럼 뭐야. 대체 무슨 말이 하고 싶은 건데, 넌?"

"혹시 그날 내가 형편없었냐?"

답답한 마음에 내지른 질문에 겸은 대답 대신 생뚱맞은 질문을 던졌다. 하지만 어렵지 않게 알아들을 수 있었다. 녀석이 무슨 얘기를 하는 것인지.

"그럴 리가 없는데."

정말 그럴 리 없다는 듯 자신감 넘치게 내뱉은 겸의 말에 윤아의 미간이 와락 구겨졌다.

"지금 이 상황에서 그딴 게 중요해?"

"어. 적어도 나한텐 굉장히 중요한 문제니까 대답해."

"한겸."

"별로였어?"

겸이 도발적인 눈빛으로 물어 왔다.

평소와는 다른, 그러나 낯설지만은 않은 눈빛. 며칠 전 그날 밤, 직면했던 그 눈빛이었다. 30년 지기 친구 한겸이 아닌, 낯선 남자 한겸의 눈빛.

마주한 짙은 시선에 심장이 쿵쿵, 속절없이 뛰기 시작한다.

"응? 별로였냐고. 나."

"……."

대답을 재촉하는 겸의 물음에 윤아는 입을 꾹 다물었다.

지금 저가 뱉어야 할 말이 무엇인지 잘 알면서도, 더 복잡해지지 않고 깔끔하게 끝낼 수 있는 답안지가 뭔지 뻔히 알면서도, 쉽게 대답할 수가 없었다.

그날 밤, 네가 형편없었냐고? 별로였냐고?

아니. 형편없기는커녕 솔직히…….

좋았던 것 같다.

아니, 조금 더 솔직히 말하자면 좋았다. 그것도 아주 많이.

그날, 분명 술에 취해 있었지만. 도대체 녀석과 어떻게 호텔방까지 가게 된 건지는 전혀 생각이 안 날 정도로 취해 있었지만. 이것 하나만큼은 또렷하게 기억이 났다.

녀석과의 섹스가 환장할 정도로 좋았다고.

내 발로 너와 함께 모텔로 걸어 들어갔던 것은, 멈출 수 있었음에도 멈추지 않았던 것은, 너를 완전히 받아들였던 것은, 분명 내 의지였다고.

그리고 그건, 지금까지 느껴 보지 못했던 생경한 느낌이었다, 분명.

"서윤아."

대답을 망설이는 그녀를 빤히 바라보며 겸이 말했다.

"난, 그날 좋았어."

어쩜 저런 말을 얼굴색 하나 안 변하고 할 수 있을까. 어쩜 너는 이렇게 여유로울 수가 있을까. 마치 아무 일도 아니었다는 것처럼.

나는 이렇게 머릿속이 복잡해 죽겠는데…….

"넌 정말로 아냐?"

마치 네 맘도 다 아니까 얼른 대답해 보라는 듯 겸의 입꼬리가 살짝 올라갔다.

그 순간, 왠지 모르게 발가벗겨지기라도 한 듯 민망한 느낌에 윤아는 살짝 뺨을 붉힌 채 시선을 내리깔았다.

이럴 때는 참 곤란하게 느껴졌다. 표정만으로도 속마음을 읽을 수 있을 정도로 녀석과 가까운 사이라는 것이. 거짓말은 결코 통하지 않을 사이라는 것이.

"나는……."

힘겹게 운을 떼었을 때였다. 겸이 또다시 그녀의 말을 뚝 끊었다.

"계속하자."

짧은 한마디에 윤아가 내리깔았던 시선을 번쩍 들어 올렸다. 그와 동시에 저를 바라보고 있던 겸과 시선이 허공에서 똑바로 부딪쳤다.

"……뭘?"

되묻는 것과 동시에 기다렸다는 듯이 녀석의 입에서 대답이 흘렀다.

"섹스."

나 지금 제대로 들은 거 맞아?

당황해서 눈이 커진 그녀와 달리 겸은 너무도 덤덤한 얼굴로 그녀를 바라보며, 붉은 입술을 느리게 달싹였다.

"앞으로도 계속해. 나랑."

Bad relationships

나도 남자야

　사위가 고요하기만 한 늦은 밤. 노트북에서 흘러나오는 푸른 불빛만이 전부인 작은 방에는 타자 소리만이 가득했다.

　윤아는 마치 빨려 들어가기라도 할 듯 노트북 모니터를 응시하고 있었다.

　수건으로 대충 말리기만 했던 젖은 머리는 어느덧 뻣뻣하게 말라 있었다. 제대로 빗질을 해 주지 않아 부스스하기 짝이 없었지만 지금은 그런 걸 신경 쓸 새가 없었다.

　그녀는 지금 마음이 급했다. 내일 당장 출근 전까지 준비해야 하는 서류가 있었는데, 요 며칠 정신이 없어서 완전히 깜빡 잊고 있었던 것이다.

　타다닥. 타다닥.

급한 마음을 대변해 주듯 자판 위를 오가는 손가락은 엄청난 속도를 내고 있었다. 얼마나 힘을 줬는지 경직된 어깨는 말할 것도 없고 손끝마저 다 아파 올 지경이다.

Rrrr— Rrrr—

갑작스러운 벨소리에 윤아가 자판을 치던 손을 뚝 멈추었다. 그녀의 시선이 흘끗 책상 위에 놓여 있는 휴대폰 액정을 향했다.

임혜주.

익숙하지 않은 이름 석 자가 반짝이고 있는 게 보인다.

발신인을 확인한 윤아는 고개를 갸웃하며 노트북 하단에 떠 있는 시간을 확인했다. 벌써 자정이 훌쩍 넘은 시각.

혜주와는 같은 대학 동창이기는 했지만, 통화를 할 정도로 가까운 사이는 아니었다. 더군다나 이런 야심한 시각에는 더욱더.

"잘못 걸었나?"

그렇게 생각하기가 무섭게 벨소리가 뚝 끊어졌다. 그럼 그렇지, 생각하며 윤아가 다시금 모니터로 시선을 돌릴 때였다. 잠시 끊어졌던 벨소리가 다시금 울리기 시작했다.

이번에도 발신인은 혜주였다.

아무래도 잘못 건 전화는 아닌 모양이었다. 끊어지자마자 바로 다시 걸어 오는 걸 보니 급한 일인 것 같기도 하고.

혜주가 자신에게 급하게 전달할 용건이 뭐가 있을까, 여전히 의아하기는 했지만 윤아는 얼른 전화를 받았다.

"여보세요."

─ 윤아니? 나야, 혜주.

"응. 혜주야."

─ 미안. 내가 너무 늦게 전화했지? 혹시 자고 있었니?

"아냐. 괜찮아."

잠깐 쉴 타이밍이기는 했다. 스피커폰으로 전화를 돌린 윤아는 두 팔을 뻗어 가볍게 스트레칭을 했다.

─ 그래? 잠 깨운 게 아니라니 다행이네. 뭐 하고 있었어?

"아, 일 좀 하고 있었어."

─ 어머. 이 시간에?

"응. 뭐 그렇게 됐네. 근데 이 시간에 웬일이야? 무슨 일 있어?"

결국 용건을 먼저 물은 건 윤아였다. 혜주와 일상적인 대화가 길어지는 것이 너무도 어색했기 때문이다. 게다가 그녀의 목소리에서는 언뜻 취기가 느껴지기까지 했다.

취한 사람과의 전화 통화는 질색이다. 특히나 이런 시간대에는 더더욱.

─ 아, 그게…….

혜주는 어쩐지 뜸을 들이는가 싶더니, 이내 조심스럽게 본론을 꺼내 들었다.

─ 미안한데, 한겸 전화번호 좀 알려 줄래?

"한겸 전화번호?"

─ 응. 두 사람 친하니까, 너는 알 것 같아서……. 토요일에 물어본다는 게 깜빡하고 그냥 넘어갔지 뭐야.

결국 그거니?

변명처럼 덧붙여지는 혜주의 말에 윤아는 속으로 짧게 웃었다.

어렸을 땐 이런 일이 자주 있었다. 당사자에게 직접 물을 용기가 없는 여자들은 겸 대신 그녀에게 연락처를 알려 달라 종종 부탁하곤 했었다.

어디 그뿐이랴. 화이트 데이, 크리스마스, 겸의 생일 등등. 무슨 날만 되면 '배달'을 부탁받는 일도 부지기수였다.

수줍은 그 마음들을 알 것 같아 딱히 거절을 한 적은 없었지만, 그래도 솔직히 귀찮기는 했다. 한두 사람이 부탁하는 게 아니었으니까.

하지만 나이를 먹은 이후로는 이런 부탁이 오랜만이라 그런 걸까. 어쩐지 신선하게 느껴지기까지 한다.

용건이 끝난 통화는 금방 끝이 났다. 전화를 끊은 뒤 윤아는 곧바로 겸의 연락처를 혜주에게 전송했다. 그러자 곧바로 혜주에게서 문자 한 통이 날아들었다.

[고마워.]

딱 봐도 영혼 따위 느껴지지 않는 짧은 문자를 바라보며 윤아는 잠깐 고민했다. 겸이 가장 싫어하는 여자가 '늦은 밤, 술에 취해 연락하는 여자'라는 것을 말해 줘야 할지 말아야 할지 말이다.

그러나 곧 그만뒀다. 굳이 그런 것까지 신경 쓸 필요는 없을 것 같았다. 사실 지금 그렇게 쓸데없는 오지랖을 부릴 처지가 아니기도 했고.

휴대폰을 책상 위에 내려놓은 윤아의 시선이 자연스럽게 노트북 바로 옆을 향했다.

그곳에는 크기가 각기 다른 액자 네 개가 쪼르르 세워져 있었다. 초등학교 졸업식 날, 중학교 졸업식 날, 고등학교 졸업식 날, 그리고 대학교 졸업식 날 찍은 사진들이었다.

사진 속의 윤아는 활짝 웃고 있었다. 세상에서 더없이 행복한 얼굴로.

그리고 그때마다 그녀의 옆에는 겸이 있었다. 저와 닮은 미소를 짓고 있는 겸이.

'앞으로도 계속해. 나랑.'

그리 말하는 겸의 얼굴이 조금만 덜 뻔뻔했다면 더 쉽게 상황 판단이 됐을 것 같다.

하지만 마치 내일 밥이나 같이 먹자. 라고 말하는 듯 덤덤한 겸 때문에 윤아는 꽤 오랫동안 그가 했던 말을 곱씹어야만 했다.

'……그게 무슨 말이야?'

'말 그대로.'

'말 그대로라면……'

'그래. 네가 지금 생각하고 있는, 바로 그거.'

겸은 입꼬리까지 살짝 올리며 대답했다. 윤아의 얼굴이 일그러졌다.

'그게 말이 돼?'

'왜 안 돼?'

'야, 한겸!'

헛소린 제발 그만하라는 듯 윤아가 꽥 소리를 질렀지만, 겸은 눈 하나 깜빡하지 않고 제 할 말을 이어 갔다.

'어차피 일이 이렇게 된 이상, 아무 일 없다는 듯 예전처럼 지내는 건 무리야. 그러니까 네가 선택해.'

'……'

'이렇게 지내든지, 아니면 영영 날 안 보고 살든지.'

진심이다. 이 녀석, 지금 완전히 진심이야.

순간 윤아는 심장이 철렁 내려앉는 느낌이었다. 그녀의 기다란 속눈썹이 파르르 떨렸다.

'……지금 섹스 파트너로 못 지낼 것 같으면, 아예 인연을

끊자는 거야?'

겸은 입을 딱 다문 채 이렇다 할 대답이 없었다. 그게 긍정의
뜻이라는 걸 깨닫는 건 어렵지 않았다.

일어나지 말아야 할 일이 일어났다는 건 이미 그녀도 알고 있
었다. 쉽게 넘어갈 수 없는 문제라는 것도. 하지만 겸이 이렇게까
지 나올 줄은 몰랐다.

30년 우정을 하루아침에 내팽개치겠다고 저리 냉정하게 말을
하다니. 지금까지 저가 알고 있던 겸이 아닌 것 같았다.

분명 익숙한 얼굴인데 오늘따라 너무도 낯선 겸을 바라보는 윤
아의 얼굴이 티 나게 굳었다.

'우리가 하루 이틀 본 사이야? 너 어떻게 그런 말을, 그렇게
쉽게 해?'

'쉽게 말하는 거 아냐.'

'거짓말! 이게 쉽게 말하는 게 아니면……'

'나도.'

흥분한 윤아가 소리치며 말할 때였다. 그녀의 말을 뚝 끊으며,
겸이 낮은 목소리를 뱉어 냈다.

'나도 남자야. 서윤아.'

누가 너더러 여자래?

윤아가 바락 내지르려던 순간이었다. 겸의 입술이 다시금 열린
건.

'네 입술을 보면 키스했던 게 떠오르고. 실오라기 하나 걸치
지 않은 네 나체가 떠오르고. 네가 내 밑에서 신음 흘리던 게
떠올라. 그래서 너와 마주 보고 있는 지금 이 순간에도 열이 올
라. 열병에라도 걸린 것처럼.'

'······.'

'이런데 어떻게 너와 내가 예전처럼 지낼 수 있겠어.'

'······.'

'이젠 네가 여자로밖에 안 보이는데.'

겸의 짙은 시선이 그녀에게 닿았다. 순간 윤아 역시 확실히 깨
달을 수 있었다.

우리가 너무 멀리 와 버렸다는 걸. 돌아갈 수 없는 강을, 이미
건너 버렸다는 걸.

지금까지처럼 변함없는 관계를 바라는 건, 아무래도 자신의 이
기적인 욕심인 듯싶었다.

이 이상 무슨 말을 더 할 수 있으랴. 할 말이 없어진 윤아는 침
묵했고, 겸 역시 그녀가 제대로 알아들었다는 것을 느꼈는지 더
이상의 말은 없었다.

그렇게 세상에서 가장 불편한 식사 자리가 끝나고 집으로 향하

는 길이었다. 식당 주차장에 세워진 각자의 차에 올라타기 전, 겸이 말했다.

'시간 줄게. 잘 생각해 봐.'

그 말이 왜 사형 선고처럼 들리는지.

윤아는 끝까지 아무 말도 하지 못했고, 결국 먼저 출발해 버리는 겸의 차 뒤꽁무니만 멍하니 바라볼 수밖에 없었다. 정말 사형 선고라도 들은 사람처럼 넋이 나간 채. 꽤 오랫동안.

어제의 기억을 떠올린 윤아의 눈이 가늘어졌다. 그녀는 사진 속 겸을 노려보았다.

"뭐가 좋다고 웃어? 응?"

괜스레 사진 속 겸에게 시비를 걸며, 윤아가 검지로 제 학사모를 대신 쓰고서 활짝 웃고 있는 그의 얼굴을 슬쩍 밀었다. 그러자 액자가 툭, 하고 뒤로 쓰러진다. 하지만 그래도 성에 차지 않았다. 아직도 웃는 겸의 사진이 세 개나 남아 있었으므로.

심통이 난 얼굴로 툭툭, 두 개의 액자를 마저 뒤로 쓰러뜨리던 윤아의 손이 마지막 액자 앞에서 머뭇거렸다.

초등학교 졸업식 사진이었다. 아직은 저보다 한 뼘 정도 더 작은 열세 살의 겸을 물끄러미 바라보았다. 겸과 자신은 새끼손가락을 걸고 있었다. 우리 우정 영원하자. 아마 그렇게 약속하며 새끼손가락을 걸었던 것이리라.

녀석과의 우정은 정말로 영원할 줄 알았다. 늘 투닥투닥 다투기는 했지만 절교 선언을 할 정도로 심하게 싸운 적은 단 한 번도 없었고, 사춘기가 와서 남녀 편을 나눠 놀 때도 두 사람은 친구들이 놀리든 말든 붙어 지냈다. 각자 애인이 생겨도 서로에게 소홀해지는 법이 없었다.

이제는 서로 눈빛만 봐도 배가 고픈지, 우울한지, 할 얘기가 있는지, 척척 맞출 수 있을 정도에다가. 윤아의 친구들이 곧 겸의 친구들이었고, 겸의 친구들이 곧 윤아의 친구들이었다.

서로의 부모님들도 아직 나란히 옆집에 살고 있었고, 또 여전히 자주 왕래를 하고 있을 정도로 친분이 두터웠다.

이렇게 겸과 자신의 교집합은 곧 합집합이었고, 합집합은 곧 교집합이었다. 완전히 겹쳐진 두 개의 동그라미. 그게 겸과 윤아, 두 사람이었다.

소울메이트라는 단어는 우리를 위해 만들어진 단어일 거라고, 그렇게 생각했었는데…….

"영원한 우정 같은 소리 하고 있네."

윤아는 이번에도 툭, 어린 겸의 얼굴을 쳐서 마지막 액자를 쓰러뜨렸다.

뒤로 발라당 힘없이 쓰러져 버린 액자 네 개를 바라보는 윤아의 뽀얀 얼굴이 심란함으로 물들어 갔다.

언제부터였을까. 나이를 먹었다고 느꼈던 그 순간부터, 시간이라는 건 놀라울 정도로 빠르게 흐르기 시작했던 것 같다. 고등학교를 졸업하기 전까지만 해도 하루하루 시간이 안 가서 죽겠다, 했던 것 같은데 말이다.

그런데 요 며칠, 윤아는 학창 시절로 돌아간 기분이었다. 시간이 왜 이렇게 더디게 가는 건지. 특히나 세상에서 가장 찰나 같았던 회사 점심시간이 가장 그랬다. 온 신경을 빠짝 세우고 겸을 피해 다니다가도 점심시간에는 꼼짝없이 부딪혀야 했으므로.

다행인지 불행인지, 생각할 시간을 주겠다던 말을 끝으로 겸은 그날 일에 대해 더 이상 언급하지 않았다. 하지만 시선이 마주칠 때마다 그는 은근히 압박을 주었다. 대답을 내놓으라는 듯.

어쩌면 도둑이 제 발 저린 것처럼 자신만의 착각일지도 모르겠지만.

"아, 뭐예요. 대리님이 늦장 부린 탓에 한 팀장님 놓쳤잖아요."

텅 빈 엘리베이터에 윤아와 함께 올라타며 지연이 입술을 불퉁 내밀었다.

윤아가 업무를 늦게 넘겨주는 바람에 점심시간에서 벌써 30분이나 오버된 후에야 식사를 하러 갈 수 있게 된 것이었다. 하지만 지연은 배가 고파서가 아니라 오직 겸을 놓쳤다는 것만이 아쉬운 모양이었다.

"점심시간 아니라도 시도 때도 없이 옆 사무실 들락날락거리잖아, 지연 씨."

"어머. 알고 계셨어요?"

"네. 누구누구께서 워낙 티 나게 행동해 주신 덕분에요."

"대리님! 절대 오해하지 마세요. 그래도 제가 할 일은 다 하고 놀러 가는 거예요. 저 믿으시죠?"

"그럼. 믿고말고."

청렴결백하다는 듯 눈을 반짝이는 지연을 보며 윤아는 가볍게 웃으면서 고개를 끄덕였다. 하지만 입가에 걸쳐졌던 미소는 언제 그랬냐는 듯 금세 증발해 버린다.

인물이 없어 도통 다닐 맛이 안 난다는 말을 입에 달고 살던 지연이 회사에서 드디어 즐거움이라는 걸 찾은 것은 분명 윤아에게도 잘된 일이었다. 그녀의 직속 후배인 지연이 엔도르핀이 샘솟아 최근 업무 능력이 평소보다 두 배 정도는 뛴 것 같으니까 말이다.

하지만 윤아의 입장에서는 마냥 기뻐할 수만은 없는 일이었다. 지연 때문에 겸과 더욱더 자주 부딪히게 되었으니까.

그렇다고 불편한 속사정을 얘기할 순 없으니 피할 수도 없고. 정말이지 곤란하고도 또 곤란한 상황이 아닐 수 없었다.

지금 그녀가 할 수 있는 최선은, 고작 방금처럼 은근슬쩍 점심 시간을 늦추는 것뿐이었다. 마치 연예인을 동경하는 팬처럼 겸에게 관심을 보이고 있는 지연에게는 조금 미안하기는 했지만 말이다.

"럭키!"

구내식당에 들어서자마자 지연이 어딘가를 바라보며 두 눈을 반짝였다. 윤아의 시선 역시 자연스럽게 같은 방향을 향했다.

두 사람의 시선 끝에는 식사 중인 한 무리가 있었다. 그리고 그

무리의 중심엔 단연 겸이 있다.

"한 팀장님도 오늘은 식사를 늦게 하셨나 봐요."

"그러게."

윤아가 떨떠름한 얼굴로 대꾸했다.

요 며칠 점심시간이 땡 하기가 무섭게 구내식당으로 향했던 겸이였다. 그래서 일부러 피하려고 늦장을 부린 건데, 아무래도 오늘은 녀석에게도 일이 있었던 모양이다.

이럴 줄 알았으면 평소처럼 오는 건데 괜히 그랬다.

윤아는 속으로 한숨을 푹 내쉬며 식판에 음식을 받기 시작했다. 거의 끝물이라 반찬을 담아 주는 아주머니의 손이 오늘따라 유독 컸다. 국부터 시작해서 김치까지.

식판에 넘칠 듯 음식들을 받은 윤아가 자리로 향하기 위해 한 걸음 떼었을 때였다.

순간 바닥에 흥건하던 물 때문에 그녀의 신발이 미끄러졌다. 찰나와 같은 시간에 불안한 예감이 그녀의 뇌리를 빠르게 스쳐 지나갔다. 하지만 그녀에겐 안타깝게도 머리를 따라갈 만한 운동신경이 존재하지 않았다.

쿵! 쿠당탕!

시간으로 치면 1초나 채 될까 모르겠다. 어, 하는 새에 윤아는 어느덧 요란한 소리를 내며 들고 있던 식판과 함께 바닥에 발라당 나자빠졌다.

손에서 놓친 식판에 담겨 있던 반찬과 국이 그녀의 옷 위로 쏟아졌다. 가장 마지막으로 천장을 향해 드러누운 배 위로 식판이 턱 안착하는 느낌이 들었다.

삽시간에 바닥도, 윤아도, 모두 엉망진창이 되어 버렸다.

"서 대리님! 괜찮으세요?"

뒤에서 지연의 놀란 목소리가 들려왔다. 하지만 윤아는 차마 눈을 제대로 뜰 수가 없었다. 식당 안에 있던 사람들의 시선이 모두 처참한 몰골을 한 저에게 쏠려 있을 게 너무도 뻔했기 때문이다.

지금 여기서 덜 쪽팔릴 수 있는 방법은 씩씩하게 일어나서 아무것도 아닌 양 허허 웃으며 주변 정리를 하는 것뿐이라는 걸 알고 있었지만, 도저히 움직일 수가 없었다.

지금은 아무런 생각도 나지 않았다.

그저, 먼지가 되어 사라졌으면 좋겠다는 생각밖에는.

그렇게 일어설 타이밍을 놓치고 두 눈을 질끈 감고 있을 때였다. 앞에서 인기척이 들리는가 싶더니 이내 배 위에 놓여 있던 식판이 사라지는 느낌이 들었다.

"괜찮아?"

익숙한 목소리에 윤아는 감았던 눈을 번쩍 떴다. 제 앞에 쪼그리고 앉은 채 식판을 들고 있는 겸이 보였다.

"너, 발목 삔 거 아니야?"

발목은 멀쩡했다. 하지만 윤아가 뭐라고 대답을 하기도 전에 그는 벽면에 붙어 있던 휴지를 뽑아 와 무심한 손길로 그녀의 옷 위로 쏟아진 음식물들을 쓱쓱 닦아 내기 시작했다.

분명 아까 봤을 때 녀석이 있던 자리는 이곳과 꽤나 멀리 떨어진 곳이었다. 그런데 대체 어느새 제 앞에 와 있는 건지 모르겠다.

하지만 의문은 길어질 수 없었다. 음식물을 대충 닦아 낸 겸이 이내 두 팔로 번쩍 그녀를 안아 들었기 때문이다.

"꺄아!"

어디선가 짧은 함성이 터져 나왔다. 그제야 윤아는 식당에 있는 사람들의 시선이 이쪽으로 완전히 쏠려 있다는 것을 깨달았다.

"뭐, 뭐 하는 거야?"

갑작스러운 공주님 안기에 당황한 윤아가 바동거렸다. 그러나 겸은 그녀를 안은 두 팔에 더욱 힘을 가할 뿐이다.

"쉿. 가만히 있어."

겸이 윤아의 귓가에 작게 속삭였다.

"지금 이렇게 퇴장하는 게 가장 덜 쪽팔릴 테니까."

……그런가?

듣고 보니 그 말이 일리가 있는 것 같았다. 이미 뻔뻔하게 일어설 타이밍은 놓쳤다. 이렇게 된 거 환자처럼 들려 가는 수밖에는. 그렇다면 일말의 동정이라도 더 받을 수 있을 테니까.

바동거리는 걸 멈춘 윤아는 마지못해 겸의 어깨에 얼굴을 묻었다.

이 와중에 우습게도 식당 바닥보단 녀석의 품이 훨씬 편안하다는 생각이 가장 먼저 들었다. 은은하게 퍼져 오는 녀석의 익숙한 향기도.

"죄송하지만 뒷정리 좀 부탁드리겠습니다."

뒤에 바짝 다가와 있는 지연을 향해 겸이 정중하게 부탁했다.

"네. 뒷정리야 어렵지 않은데……."

걱정이 가득 담긴 지연의 시선이 시체처럼 축 늘어진 윤아에게 닿았다. 혹시라도 크게 다친 건 아닐까 걱정이 되는 모양이었다.

"저도 같이 갈까요?"

"아닙니다. 김지연 씨는 식사 마저 하고 오세요."

지연의 목에 걸린 사원증을 확인한 겸이 이름 석 자를 또박또박 부르자, 그녀의 얼굴이 티 나게 밝아졌다.

"네! 여긴 제가 정리할 테니 얼른 가 보세요."

지연의 말이 끝나기가 무섭게 겸이 입구를 향해 움직이기 시작했다. 그의 걸음은 거침이 없었다. 하지만 반대로 안겨 있는 윤아의 마음은 불편하기 짝이 없었다.

희미한 빛 한 줄기 들어오지 않을 정도로 눈을 꾹 감고 있었지만 저를 향해 있는 사람들의 따가운 시선을 느낄 수 있었다. 난데없는 소란의 주인공에게 시선이 쏠리는 건 당연할 터.

하지만 문제는 그것만이 전부가 아니라는 것이다.

"어머어머. 한 팀장님이 서 대리님 공주님처럼 안아 든 것 좀 봐요."

"뭐야. 두 사람 무슨 사이야?"

"같은 동문이라더니 아는 사이인가?"

"지금까진 그런 말 없었잖아?"

출근한 지 일주일도 채 되지 않았건만 겸은 회사에서 이미 유명인이었다. 이 업계에서는 좀처럼 보기 힘든 우월한 외모뿐만 아니라 엄청난 스펙까지.

사실 겸은 어디에서든 시선이 집중될 수밖에 없는 조건을 갖고 있기는 했다.

"아무래도 보통 사이는 아닌 것 같죠? 서 대리님 얼마 전에 만나던 남자랑 헤어졌다는 것 같던데……."

식당을 나서기 직전, 누군가의 목소리가 그녀의 귀에 팍팍 꽂혔다.

고의는 아니었지만 어쩌다 보니 회사에서는 겸과 아는 척을 일절 하지 않았던 탓에, 남들 눈에는 이 상황이 더 극적으로 느껴지는 모양이었다.

급 후회가 됐다. 이럴 줄 알았으면 겸에게 안겨 나오는 것보다 그냥 한 번 쪽팔리고 마는 건데 말이다.

〈드림〉은 절대 구멍가게 느낌의 회사는 아니었지만 그렇다고 대기업 정도로 큰 회사도 아니었다. 누가 이별했다더라, 누가 연애를 한다더라, 하는 정도의 사생활 유출은 감안해야 할, 딱 그 정도 크기의 회사였다.

그리고 원래 발 없는 말은 천 리도 가는 법이다. 소문이 어떻게 퍼질지는 빤했다.

아무래도 파장이 꽤 클 것 같다는 불길한 예감이 든다.

"그만 눈 뜨지 그래?"

겸의 목소리와 함께 기분 좋게 흔들거리던 움직임이 뚝 멈추었다. 그제야 윤아는 실눈을 슬쩍 떴다. 어느덧 구내식당을 완전히 빠져나와 엘리베이터 앞이었다.

"내려 줘."

"그냥 있어. 사무실까지는 이렇게 가."

"나 지금 옷 엉망이야. 네 옷까지 더러워져."

"이미 더러워졌어."

그건 그랬다. 겸이 대충 닦아 내 주기는 했지만 그녀의 꼴은 완전히 엉망이었다. 덕분에 그녀를 안아 든 겸의 흰 셔츠에도 벌써 얼룩이 묻은 게 보였다.

"사실 나 발목 멀쩡해. 안 다쳤어."

"알아."

"알고 있었어?"

"어. 처음부터."

겸은 무심한 얼굴로 말을 이어 갔다.

"그러니까 이제 그만 입 좀 다물어라. 네가 말할 때마다 1킬로씩 더 무거워지는 느낌이니까."

"그러니까 내려 달라잖아."

"쉿."

발이 다친 것도 아닌데. 멀쩡히 걸을 수 있다는데. 무겁다고 하면서도 내려 주지 않겠다는 건 대체 무슨 심보란 말인가.

윤아가 황당하다는 얼굴로 겸을 올려다보았다. 그와 동시에 꿀꺽, 겸의 목울대가 움직였다.

날카로운 턱선과 그 아래로 쭉 뻗은 목선, 그리고 울렁이는 목울대까지.

윤아의 시선이 천천히 겸의 모습을 훑었다. 그러고 보니 이렇게 가까이에서 녀석의 목선을 감상하는 건 처음이었다.

멍하니 그를 감상하고 있던 윤아는, 다시 한 번 울렁이는 겸의 목울대에 정신을 번쩍 차렸다.

뭘 넋 놓고 감상하고 있는 거야. 변태도 아니고.

얼굴이 다 화끈거린다. 겸이 제 얼굴을 보지 못해서 다행이라고 생각하며 윤아는 얼른 시선을 내리깔았다.

왠지 모르게 발끝부터 간지러움이 피어오르기 시작했다.

"여유분 옷은 있어?"

기어코 사무실까지 안고 들어온 겸이, 그녀를 자리에 내려 주며 물었다.

"없어."

한참 만에야 땅에 발을 딛게 된 윤아는 엉망이 된 제 옷을 내려다보며 한숨을 푹 내쉬었다. 냄새도 냄새지만 꽤나 아끼는 블라우스였는데, 얼룩이 진 걸 보니 가슴이 쓰렸다.

"하여튼. 기집애가 준비성이라고는 눈곱만큼도 없지."

"이런 일 겪을 줄 알았나, 뭐."

정말 몰랐다. 식판을 엎게 되리라고는. 그것도 이렇게나 요란스럽게.

"기다려."

기다려? 앞뒤 다 잘라먹고 기다리라니?

고개를 갸웃하는 새에 겸은 사무실을 빠져나갔다. 윤아는 멍하니 닫힌 사무실 문을 바라보았다.

겸이 돌아온 것은 그로부터 5분이 채 지나지 않았을 때였다.

그는 들고 있던 쇼핑백 하나를 윤아에게 건넸다.

"이게 뭐야?"

"옷."

"옷? 무슨 옷?"

윤아가 의아해하며 받아 든 쇼핑백을 펼쳐 보았다. 겸의 말대로 안에는 잘 개켜진 옷이 있었다. 검은색 브이넥 티와 회색의 면바지였다. 녀석 특유의 청량한 냄새가 은은하게 배어 있는.

"네 거야?"

"혹시 몰라서 준비해 두길 잘했지."

겸이 기세등등하게 고개를 끄덕였다.

누가 완벽주의자 아니랄까 봐. 입사한 지 얼마나 됐다고 이런 것들까지 준비를 해 뒀단 말인가. 누가 보면 현장직인 줄 알겠네.

윤아는 새삼 경이롭다는 듯, 겸과 옷을 번갈아 보다가 입을 뗐다.

"근데 나 빌려주면 넌? 너도 셔츠는 갈아입어야 할 것 같은데."

"티는 하나 더 있어."

졌다. 졌어.

철저한 녀석의 준비성에 윤아가 혀를 내두를 때였다. 겸이 들고 있던 검은 봉지를 건넸다.

"이건 뭔데?"

"신발도 갈아 신어. 발목 삔 설정에 높은 구두는 안 어울리니

104

까. 네가 입을 옷에 안 어울리기도 하고."

봉지 속에 들어 있는 건, 삼선 슬리퍼였다. 더 이상 감탄할 힘도 남아 있지 않은 윤아는 가장 먼저 신발부터 갈아 신었다.

발목은 멀쩡했지만 그래도 높은 구두보다야 슬리퍼가 훨씬 편했다. 물론 겸의 신발이라 많이 크긴 했지만 말이다.

슬리퍼 사이로 비죽 튀어나온 작은 발가락들이 조금 민망했다. 그래도 회사가 복장에 자유로운 곳이라 그나마 다행이었다.

윤아가 신발을 신느라 숙였던 상체를 들어 올린 순간이었다. 별안간 겸이 허리를 쓱 숙이더니, 그녀의 바로 코앞까지 제 얼굴을 들이미는 것이 아닌가.

"뭐, 뭐야?"

갑작스러운 행동에 당황한 윤아가 몸을 뒤로 빼지도 못하고 굳은 채 눈을 크게 껌뻑였다.

겸의 얼굴이 조금 더 다가왔다. 순간 윤아는 저도 모르게 두 눈을 질끈 감았다. 그와 동시에 쏙. 그녀의 입 안으로 뭔가가 들어왔다.

달콤한 향이 사르르 퍼졌다. 초콜릿이었다.

"눈은 왜 감는데?"

웃음기 섞인 목소리에 윤아가 눈을 번쩍 떴다.

겸은 이미 저만치 멀어진 채 그녀를 내려다보고 있었다. 그의 손에 초콜릿 껍질이 들려 있는 게 보인다.

"그거야, 네가 갑자기 다가오니까……."

윤아가 변명하듯 말했다. 하지만 그런 어설픈 변명 따위 통하

지 않는다는 듯 겸의 얼굴엔 여전히 장난스러움이 가득 묻어 있
다.

"왜. 내가 너한테 뭘 할 거 같았어?"

"……."

"이를테면."

"……."

"키스라든가?"

한쪽 입꼬리를 말아 올리며 묻는 겸의 목소리에 윤아의 얼굴이
화르륵 타올랐다.

분명 그런 생각을 하도록 유도를 한 건 녀석이었지만, 상황상
저 혼자 오버한 꼴이 되어 버렸다. 분하기는 했지만 민망한 마음
이 더 컸다.

"야! 그게 아니라……."

윤아가 반박의 말을 꺼내려던 찰나였다. 겸이 그녀의 양 **뺨**을
붙들더니 그대로 자신의 입술을 내렸다.

"읍!"

갑작스러운 입맞춤에 놀란 윤아가 몸을 뒤로 **뺐**다. 하지만 겸
의 손아귀에서 벗어날 순 없었다.

애가 회사에서 대체 뭘 하는 짓이야!

속으로 마른 비명을 내지르며, 윤아가 겸의 어깨를 툭툭 쳤다.
하지만 겸은 꼼짝도 하지 않고 점점 더 그녀의 아랫입술을 강하
게 빨아 당길 뿐이었다.

쪽. 쪼옥.

입술을 빨아 당기는 소리가 적나라하게 그녀의 귓가로 흘러들었다. 야릇한 소리에 문득 겸과 함께했던 밤의 영상이 머릿속에 떠올랐다.

서로의 옷을 벗겨 내며 나눴던 키스는 대낮에 떠올려도 참 야했다.

저도 모르게 꽉 다물고 있던 입술이 벌어졌다. 그 틈을 놓치지 않고 겸의 혀가 안으로 쑥 들어왔다. 말캉거리는 그의 혀가 입 안을 떠돌고 있던 초콜릿을 혓바닥으로 살살 굴리기 시작했다.

입 안에 퍼지는 짙은 달콤함에 윤아는 아주 자연스럽게 두 눈을 감았다.

두 사람의 열기가 합쳐진 탓인지 초콜릿은 가만히 입 안에서 녹였을 때보다 훨씬 빠르게 사라져 갔다. 금세 흔적도 없이 녹아 타액과 섞인 초콜릿을 겸은 마치 모두 자신이 먹으려는 듯 빨아 당기기 시작했다.

"으음."

강한 흡입에 윤아의 혓바닥이 절로 겸의 입 안으로 딸려 들어갔다.

타인의 입 안에 들어갔지만 제 입에서 느껴지는 맛과 같은 초콜릿 맛이 느껴져서인지 거부감이 들지 않았다. 질척거리며 섞이는 타액들도 초콜릿과 같아 전혀 더럽게 느껴지지 않았다.

그녀의 뺨을 쥐고 있던 겸의 손 중 하나가 천천히 그녀의 등허리를 부드럽게 쓸어내리듯 내려갔다. 나른한 그의 손길에 척추를 타고 소름이 쫘악 돋았다.

짙은 키스 때문일까. 별 행동이 아닌데도 야하게 느껴졌다.

순간 아찔한 느낌과 함께 머리가 새하애졌다. 고작 키스만 했을 뿐인데 마치 온몸을 애무라도 받은 듯한 느낌이었다.

원래 키스라는 게 이렇게 야하고 자극적인 것이었던가? 30년 만에 처음으로 새삼스러운 의문이 든다.

분명 이게 겸과 하는 첫 키스는 아니었다. 그 일이 있었던 그날 밤, 격정적으로 키스를 나누었으니까. 하지만 술에 취했을 때 정신없이 나눴던 키스와 이번 키스는 또 다른 느낌이었다.

온몸에 힘이 다 빠져 몸을 제대로 가누기가 힘들다는 생각이 들 때였다. 겸이 그녀에게서 떨어져 나갔다.

"하아, 하아."

거친 숨을 몰아쉬는 윤아를 물끄러미 내려다보며, 겸이 타액으로 번들거리는 제 입술을 손으로 한 번 스윽 훔쳤다.

"이제 알겠어?"

주머니에서 미니 초콜릿 몇 개를 꺼낸 겸이 그녀의 책상 위에 올려 두며 말했다.

"우리가 왜 친구로 남을 수 없는 건지."

윤아는 대답 대신 그가 내려놓는 초콜릿을 물끄러미 바라보았다.

"먹어. 점심도 건너뛰었는데 당은 보충해야지."

마치 조금 전에 했던 키스 따위는 아무 일도 아니었다는 듯 무심한 얼굴의 겸은 초콜릿을 밀어 주고는 자신의 사무실로 돌아섰다.

겸이 멀어지는 발걸음 소리를 들은 후에야 윤아는 시선을 들어 올려 그의 뒷모습을 멍하니 바라보았다.

겸의 말이 맞았다.

이제 우리는 친구로는 돌아갈 수 없다. 그 사실을 윤아 역시 지금 이 순간 뼈저리게 깨달았다.

예전 같았으면 겸이 아무리 얼굴을 들이밀었다고 해서 그와의 키스를 감히 상상이나 했을까. 그저 부담스러운 그 얼굴 치우라며 이마를 튕겨 주고 끝났을 일인데 말이다.

그것도 모자라서 아주 자연스럽게 키스를 해 오고, 또 저도 모르게 키스를 받아들이기까지 했다. 이곳이 어딘지, 상대가 누군지, 잊을 정도로 격렬한 키스를 우리가 할 수 있다니. 꿈에서라도 단 한 번 생각해 보지 못했던 상황이었다.

'어차피 일이 이렇게 된 이상, 아무 일 없다는 듯 예전처럼 지내는 건 무리야. 그러니까 네가 선택해.'

'이렇게 지내든지, 아니면 영영 날 안 보고 살든지.'

언젠가 녀석이 했던 말이 다시금 떠올랐다. 처음 들었을 때보다 지금이 더 큰 울림으로 다가오는 것 같다.

결국…… 양자택일을 해야만 하는 걸까. 피할 순 없는 걸까.

고통스럽다는 듯 윤아의 고운 미간이 일그러졌다. 그녀는 두 눈을 감았다.

기분 탓일까. 조금 전까지만 해도 입 안에서 달콤하게만 느껴지던 초콜릿의 끝맛이 왠지 쓰게 느껴지는 것만 같다.

회사 근처에 있는 조그마한 고깃집에 웬일로 터져 나갈 듯 사람들이 바글거렸다. 바로 〈드림〉의 전체 회식이 있는 날이었기 때문이다.

건축 사무소치고는 덩치가 꽤 크다고는 하지만 전체 인원이라고 해 봐야 100명이 채 되지 않았다. 그래서 이렇게 가끔 하는 단체 회식이 있을 때는 가게 하나를 아예 통째로 빌려서 전 직원과 함께하곤 했다.

모처럼 만에 회식이었던지라 사람들의 표정은 하나같이 밝았다. 게다가 술을 강요하거나 직장 상사가 갑질을 하거나 하는 회사 분위기가 아니었기에 더욱더 화기애애했다.

하지만 그중에서 유독 이 자리가 불편해 보이는 얼굴이 있었으니, 바로 윤아였다.

그녀는 노릇하게 구워지는 고기를 보면서도 딴생각을 하고 있었다. 가는 날이 장날. 엎친 데 덮친 격. 이런 말들은 지금 이 순간을 위해 만들어진 말이 아닐까, 하고.

요즘 들어 '하필이면'이라는 말을 자주 떠올리게 되는 것 같다.

하필이면 구내식당에서 그런 소란이 있었던 오늘, 하필이면 한 겸이 주인공인 회식이 열렸다. 정말이지 이쯤 되니 신이 저를 버린 건 아닌지, 진지하게 의구심이 다 들 정도였다.

"참. 서 대리. 대체 무슨 일이야?"

어느 정도 고기로 배를 채우고 난 뒤, 본격적으로 술판이 벌어질 때쯤이었다. 맞은편에 앉아 있던 그녀가 속한 팀의 정성오 팀장이, 그녀의 빈 잔에 술을 채워 주며 은근슬쩍 물어 왔다.

"네?"

"화제의 중심에 우리 팀의 가장 조용한 서 대리가 있는 것 같던데?"

그제야 윤아는 정 팀장이 하고자 하는 말의 뜻을 알아차렸다. 결국 낮의 그 소란이 정 팀장의 귀에까지 들어간 모양이었다.

"아……."

억지로 웃고는 있었지만, 눈앞이 핑 도는 것만 같았다.

소문이라는 게 보통 빠른 속도로 퍼지는 게 아니라는 건 알고 있었지만, 이렇게까지 빠르게 퍼져 나갈 줄이야. 이건 상상 그 이상이었다.

오늘 하루 종일 외근을 다녀와 회식 자리에 뒤늦게야 합류한 정 팀장까지 알 정도면 회사의 모든 사람들이 안다고 해도 과언이 아닐 것이다.

"지금 입고 있는 그 옷. A팀 한 팀장 거라며?"

정 팀장의 시선이 윤아의 옷을 한 번 쓱 훑었다. 깊게 파인 브이넥 박스 티와 길어서 끝단을 돌돌 말아 올린 면바지까지. 평소 블라우스에 정장 치마만 고집하던 그녀의 패션과는 현저히 거리가 멀었다.

"네."

윤아가 긍정의 뜻으로 고개를 작게 끄덕이자, 정 팀장의 눈이 호기심에 반짝였다.

"한 팀장이랑은 대체 무슨 사이야?"

"무슨 사이는 아니고, 그냥 친구예요."

"그냥 친구?"

되묻는 정 팀장에게 '불알친구'라고 정정을 해야 하는지 잠깐 고민하고 있을 때였다. 그가 눈을 가늘게 뜨며 말을 덧붙였다.

"에이. 그게 다가 아닌 것 같던데?"

"그게 무슨……."

"뭔가 더 있는 거 아니야? 응?"

친구를 친구라고 했을 뿐인데, 정 팀장은 전혀 믿지 못하는 눈치다.

대체 소문이 어떻게 퍼졌길래?

암담한 심정이 된 윤아가 은근슬쩍 옆자리의 지연을 바라보았다. 윤아의 두 눈이 S.O.S를 간절하게 외치고 있었다.

지연에게는 오늘 일이 터지자마자 사실대로 고했었다. 아니, 사실대로 고할 수밖에 없었다.

'대리님! 정말 실망이에요. 어떻게 저를 감쪽같이 속이실 수가 있어요?'

모로 눈을 뜨고 섭섭한 티를 팍팍 내는 지연에게, 속이려던 건 아니었다고. 겸과는 소꿉친구라고. 알은척하지 않았던 건, 인기남을 친구로 두면 여러 가지로 귀찮은 일에 휘말리기 때문에 그랬던 거라고. 사실과 거짓말을 적절하게 섞어 변명 아닌 변명을 주절주절 뱉어 냈었다.

하루 종일 삐진 지연을 달래다가 결국 겸과 함께 티타임 자리를 마련하겠노라 약속까지 했다. 그제야 지연은 마음이 좀 풀린 듯 약속 꼭 지키세요. 라고 했다.

"두 분 소꿉친구였대요."

티타임 약속에 마음이 정말 풀리긴 한 모양이었다. 윤아의 S.O.S를 제대로 눈치챈 지연이 그녀를 대신해서 변호하듯 말했다.

"초, 중, 고, 대학교까지 같이 나오셨던걸요."

하지만 지연이 기껏 신경 써서 해 준 변호가 오히려 윤아에게 독으로 작용한 듯싶었다. 은근슬쩍 이쪽 대화에 집중을 하고 있던 몇 개의 눈들이 별안간 번쩍이기 시작했다.

이 순간 또 하나 확실해진 것은 사내에서 겸의 인기가 정말이지 심상치 않다는 것이다. 몇 안 되는 여직원들의 모든 눈과 귀가 이쪽으로 쏠려 있는 게, 윤아의 눈에도 아주 잘 보였다.

"남녀 사이에 친구가 어디 있어?"

그중 가장 먼저 목소리를 키운 것은 총무팀의 왕세라 과장이었다.

지금까지 단 한 번도 직접적으로 부딪혀 본 적은 없었지만, 워낙 유명 인사라 윤아도 잘 알고 있었다. 나이 40이 넘도록 시집을 아직 못 가서 노처녀 히스테리가 장난 아니라는, 그럼에도 남자라면 사족을 못 쓴다는, 흉흉한 소문이 파다한 여자였다.

총무팀의 테이블은 꽤 멀리 떨어진 곳에 위치해 있는데, 대체 언제 이쪽 테이블까지 와 있었는지. 그녀는 부담스러울 정도로 길고 짙은 인조 속눈썹을 깜빡이며 윤아를 빤히 바라보고 있었다.

"정말 두 사람 아무 사이 아닌 거 맞아요?"

"그럼요."

대체 왜 이런 변명을 하고 있어야 하는지 모르겠다. 하지만 무례한 질문에도 윤아는 어색하게 웃으며 대답했다.

그러자 왕 과장이 흐응, 하며 코웃음을 흘렸다.

"하긴. 한 팀장 정도 되는 남자가 만나는 여자면 급이 다르겠지. 뭐가 모자라서……."

무릇 혼잣말이란 건 상대방에게는 안 들리게, 조심히 해야 하는 거 아닌가. 게다가 그 혼잣말이 험담이라면 더욱더. 하지만 뭐가 그리 당당한지 왕 과장의 혼잣말은 천 리까지도 흘러갈 정도로 컸다.

'그저 친구일 뿐'이라는 말을 믿어 주는 건 고마웠지만, 저를 깎아내릴 필요까지 있을까.

날 언제 봤다고? 도대체 저건 무슨 심보야?

기분이 팍 상하는 말에 윤아의 얼굴이 절로 굳어졌다. 그러자 지연이 옆에서 작게 소곤거렸다.

"한 귀로 듣고 한 귀로 흘리세요. 왕 과장님 캐릭터가 원래 저래요. 완전 밉상."

자신과 달리 지연은 왕 과장에 대해 잘 알고 있는 모양이었다.

그러고 보니 다른 사람들이 왕 과장을 보고 있는 눈빛 역시 곱지는 않았다. 하지만 나이도 나이고, 직급도 직급인지라 다들 그냥 쉬쉬 넘어가는 듯했다.

윤아 역시 굳이 일을 만드는 성격은 아니라 지연의 충고를 받아들이기로 했다. 한 귀로 듣고 한 귀로 흘리기. 하지만 역시 속에서 열불이 나는 건 마찬가지라 앞에 놓인 소주잔을 집어 입으로 가져갔다.

오늘은 정말이지 이상한 날이 아닐 수 없다. 초콜릿이 쓰게 느껴지는가 싶더니, 급기야는 술이 달게 느껴지기까지 한다.

내 입이 이상한 걸까, 세상이 이상한 걸까?

빈 잔을 물끄러미 내려다보던 윤아는 자연스럽게 술병을 기울여 잔을 다시 채웠다. 그 모습을 옆에서 지켜보던 지연이 윤아에게서 술병을 빼어 들었다.

"서 대리님. 지금 열불 나는 그 마음은 알겠는데, 술은 적당히 드세요. 술도 잘 못 하시면서."

"그러게. 근데 이상하게 오늘따라 술이 다네."

"바로 그런 게 위험한 거예요. 술이 달게 느껴지는 날, 맘 놓고 먹으면 골로 가는 거라고요."

"그런 거야?"

"네. 그런 거예요. 그러니까 더욱더 자중하세요. 내일은 꿀물 타 줄 제가 없다는 것도 절대 잊지 마시고요."

걱정이 가득 담긴 잔소리는 언제 들어도 기분 나쁘지 않다. 해서 윤아는 종알종알 이어지는 잔소리에 작게 웃으며 네, 알겠습니다. 장난스럽게 대답했다. 그러나 말과는 달리 그녀의 손가락은 술잔의 가장자리를 톡톡 건드리고 있었다.

겸은 어릴 때부터 난놈이었다.

공부보다는 운동장에서 공 차는 걸 더 좋아했지만 성적은 늘 저보다 좋았다. 미술 시간엔 그림을 잘 그려서 칭찬을 받고, 체육 시간엔 운동을 잘해서 칭찬을 받고, 글짓기 시간엔 또 글을 잘 써서 칭찬을 받고. 꼭 다른 별에서 온 것처럼 도무지 못하는 게 없는 요상한 녀석이었다.

게다가 성격도 특별히 모나지 않고 잘난 척을 하는 타입도 아니었기에 주변에 사람도 늘 많았다. 은근히 낯을 많이 가리는 자신과는 극명히 대비되는 성격이었다.

어릴 땐 겸을 따라잡는 게 윤아의 목표였다. 그래서 더욱 열심히 공부했고, 그 외에도 뭐든 열심히 노력했다.

하지만 겸을 따라잡기엔 무리였다. 그녀가 겨우 따라잡았다고 생각하면, 겸은 한 걸음 더 앞서 있었다. 마치 같은 극끼리 나란히 두면 어쩔 수 없이 생기는 거리처럼, 두 사람의 거리 역시 좀처럼 좁혀지지 않았다.

언제나 그랬다. 학창 시절뿐만 아니라 성인이 되고 난 후에도 역시나. 지금까지, 쭉.

한때는 겸의 옆에서 나란히 걷고 싶다 생각한 적이 있었다. 그러기 위해 노력도 했었고.

하지만 어느 순간, 이게 겸과 자신에게 가장 어울리는 적정 거리라는 걸 깨달았다. 나란히 서는 건 연인 사이에만 허락되는 거라고. 우린 연인이 아니라 친구니까 이 정도면 딱 되는 거라고. 그리 생각하며 윤아는 깔끔하게 포기해 버렸다.

차라리 포기하고 나니 마음만큼은 편해졌다. 녀석의 뒷모습만 보고 걷는 것도 딱히 나쁘지는 않았다.

녀석의 커다란 등은 듬직했고, 앞에서 저를 이끌어 주려 뻗는 손 역시 든든했다. 그래서 굳이 옆이 아니어도 꽤 만족스러웠다. 욕심부리지 않고 이대로만 평생 가도 좋을 것 같다는 생각이 들 정도로.

그런데.

이젠 그것마저 욕심이라고 한다. 뒷모습도 봐서는 안 된다고 한다.

윤아의 시선이 저만치 멀리 떨어진 테이블에 닿았다. 그곳에는 이 자리의 주인공답게 대표와 같은 테이블에서 술잔을 기울이고 있는 겸의 모습이 보였다.

빡빡한 윗님들 사이에서도 전혀 기죽지 않는 겸의 당당한 뒷모습을 짧게 바라보던 윤아는, 이내 시선을 바로 하고 제 앞에 놓인 술잔을 입으로 가져갔다.

이번에도 역시나 술은 달았다.

Bad
relationships

은밀한 계약

삐삐삐.

난데없는 기계음에 윤아가 슬그머니 눈을 떴다.

제일 먼저 보이는 건 익숙한 현관문이었다. 그다음으로 보이는 것은 역시나 익숙한 도어록. 그리고 마지막으로 보이는 것은 비밀번호를 꾹꾹 누르고 있는 누군가의 손이었다.

뭐지, 저건? 분명 내 손은 아닌데.

상황 파악이 쉽게 되질 않았다. 머리가 멍하고 시야가 뿌옇게 흐렸다.

정신을 차리기 위해 눈을 살짝 찌푸렸을 때였다. 짤막한 기계음과 함께 현관문이 벌컥 열렸다. 그와 동시에 익숙한 오피스텔의 전경이 한눈에 펼쳐졌다.

그녀가 살고 있는 오피스텔은, 대부분의 오피스텔이 그러하듯 주방만 분리되어 있고 방과 거실의 경계는 딱히 없는 원룸 형식이었다. 해서 현관문을 통해서 보이는 광경은 침대부터 시작해서 바닥에 널브러진 옷가지들까지. 아주 적나라했다.

"집 안 꼴 봐라."

혀를 쯧, 차는 누군가의 목소리에 집을 나갔던 정신이 번쩍 돌아온 느낌이 들었다. 보이는 광경만큼이나 익숙한 목소리였다.

윤아는 그제야 자신이 겸의 등판에 매달려 있음을 깨달았다.

눈이 번쩍 뜨였다.

분명 마지막으로 기억나는 장면은 회식 자리에서 술을 홀짝였던 건데, 어째서 지금 있는 곳은 자신의 집 현관인 걸까. 저를 업고 있는 겸은 또 어떻게 된 거고.

"뭐야. 어떻게 된 거야?"

꽉 잠긴 목소리가 튀어나왔다. 그러자 겸이 들쳐 업고 있던 윤아를 내려 주었다.

"타이밍 한번 죽이네. 죽은 듯이 자던 애가 어떻게 집에 딱 오자마자 깨냐?"

그가 황당하다는 듯 윤아를 바라보았다.

"설마, 나 회식 자리에서 잠든 거야?"

"그래. 구석에 찌그러져서 아주 곤히 잠들어 계시더라."

"정말로?"

"그럼 거짓말이겠냐?"

미치겠다, 정말.

윤아는 지끈거리는 이마를 탁 짚으며 짧게 한숨을 내쉬었다.

요즘 들어서 왜 이러는지 모르겠다. 원래 술을 잘 못 먹는 타입이라 술자리에서는 늘 자중을 해 왔었는데 말이다.

그러고 보니 오늘 술을 몇 잔이나 먹었는지 기억도 나지 않는다. 속이 미식거리는 걸 보니 적게 먹은 것 같지는 않았다. 소주 네 잔만 돼도 거의 치사량인데.

"집 좀 치우고 살아라. 아줌마는 깔끔하신데 넌 누굴 닮아 이렇게 지저분해?"

"야. 왜 남의 집에 막 들어가고 그래?"

마치 자신의 집이라도 되는 양 자연스럽게 집 안으로 들어가고 있는 겸을 보며 윤아가 황당하다는 듯 말했다.

하지만 그녀의 말 따위는 귓등으로도 안 듣겠다는 듯, 겸은 이번에도 역시나 아주 자연스럽게 소파에 걸터앉는다.

하긴. 비밀번호까지 다 알고 있는 녀석에게 남의 집에 온 예의를 지켜 주길 바라는 건, 모순된 일인 것 같기는 했다.

"물 한 잔 줘."

"깨끗한 너희 집에 가서 먹지 그래?"

"너. 대체 누구 덕분에 네가 집까지 무사히 왔다고 생각하는 거야?"

"……."

"내가 지금 꿀물 내놓으라고 안 하는 걸 고맙게 여겨."

일부러 과장되게 허리까지 툭툭 두드리는 겸의 생색 앞에서 윤아는 아무 말도 할 수가 없었다. 그의 말대로 꿀물이 아니라 그냥

물 한 잔이라 다행이라고 생각할 수밖에.

윤아는 주방에서 냉수 두 잔을 가지고 나왔다. 한 잔은 겸에게 건네고 다른 한 잔은 저가 벌컥 들이켰다. 이가 시릴 정도로 차가운 물이 속으로 들어오자 조금 살 것 같다.

빈 잔을 소파 테이블에 올려 둔 뒤 윤아는 침대에 걸터앉았다. 겸과 같은 공간에 있으면서 침대에 앉는 것이 얼마나 위험한 행동인 줄도 모르고서.

지금 그녀는 그저 무거운 몸뚱이를 어서 편히 누이고 싶은 마음뿐이었다. 게다가 내일은 주말이니 실컷 늦잠을 잘 수도 있을 거고.

여유롭게 늦잠 자는 상상에 윤아의 얼굴이 살짝 밝아졌다.

"물 다 마셨으면 그만 가."

윤아의 말에 겸이 입에 대고 있던 잔을 내려놓았다.

"안 가."

"안 가?"

"어."

대체 뭘까? 저 밑도 끝도 없는 뻔뻔함은.

윤아가 황당하다는 듯 겸을 바라보았다. 하지만 겸은 너무도 뻔뻔한 얼굴로 그녀의 시선을 마주할 뿐이었다.

"너도 잘 알겠지만, 난 뭐든 확실한 게 좋아. 불확실한 건 영 찝찝하거든. 꼭 화장실에 휴지가 없어서 덜 닦고 나온 것처럼."

그리 말하며 겸이 한쪽 눈썹을 살짝 찌푸렸다.

"근데 요 며칠 계속 그 기분이야. 굉장히 찝찝해."

빙 둘러말하고 있었지만 바보가 아닌 이상 못 알아들을 리 없는, 의도가 아주 명확한 말이었다. 술이 확 깨는 듯했다.

"생각할 시간은 이쯤 하면 충분히 준 것 같은데. 안 그래?"

반듯하게 정돈되어 있던 앞머리를 한 손으로 쓸어 올리며 겸이 느긋하게 물었다. 그와 동시에 윤아는 마른침을 꼴깍 삼켰다.

드디어 올 게 왔구나.

사실 안 그래도 이젠 피하기만 하는 것에도 지쳐 가고 있는 중이었다. 게다가 오늘 하루는, 오히려 제게 생각할 시간이 주어진 게 더 피를 말리는 듯 느껴질 정도였다.

침대에 누울 생각은 싹 날려 버린 채 윤아는 허리를 꼿꼿하게 세웠다. 그러고는 여전히 여유로운 겸의 모습에 저 역시 애써 아무렇지도 않은 척 표정 관리를 했다.

"마지막으로 물을게. 정말 이 방법밖엔 없어?"

"어. 없어."

"이게 최선이야? 확실해?"

"그래. 확실해."

단호박이라도 삶아 먹은 건지 단호하기 짝이 없는 반응. 이미 충분히 예상하긴 했지만 한숨이 절로 흐른다.

"겸아. 난, 너 없는 내 인생은 생각해 본 적 없어."

"나도 마찬가지야. 그래서 이런 제안을 한 거야."

"……."

"널 잃기 싫어서."

"……."

"친구로는 절대 못 돌아가니까, 우리."

이미 그건 자신도 통감하고 있는 바였다. 윤아는 아랫입술을 질끈 깨물었다.

"난 지금 솔직히 많이 혼란스러워. 너도 알다시피, 나 남자 친구랑 헤어진 지 이제 겨우 한 달이야. 그런데……."

"연애하자고 한 거 아니잖아."

"그건 그렇지만."

"어렵게 생각할 필요 없어."

흔들리는 윤아의 눈동자를 똑바로 직시하며 겸이 차분하게 말했다.

"그저 우리 사이에 섹스만 더 추가가 되는 거야. 그 외엔 우리 주변도, 네 생활도, 변하는 건 하나도 없어."

정말 그럴까? 그 외에 변하는 건 없는 걸까?

꼭 악마에게 유혹을 당하고 있는 것만 같다. 정말 말도 안 되지만, 겸의 말을 듣고 있자니 정말 어렵게 생각할 일이 전혀 아닌 것처럼 느껴졌다.

사실 이 문제에 대해 고민할 때 전 남친을 떠올린 적은 단 한 번도 없었다. 이미 못 볼 꼴을 다 보이고 제대로 끝을 본 사이. 그건 철저하게 논외의 문제였다.

그저 앞만 보고 달리려는 겸 앞에 브레이크를 슬쩍 걸어 봤을 뿐이었다. 물론, 예상했던 대로 씨알도 먹히지 않았지만.

"솔직히."

겸이 나른한 눈빛으로 그녀를 바라보며 운을 뗐다.

"그날 밤. 좋았잖아, 너도."

"나는……."

습관처럼 부정의 말을 내뱉으려던 윤아는 말을 끊고 짧게 한숨을 내쉬었다.

거짓말이 통할 상대도 아니고. 지금은 그럴 상황도 아닌 듯했다.

"그래. 인정해."

끈질긴 너에게 두 손 두 발 다 들었다는 듯, 윤아가 말했다.

"나도 좋았어. 그날 밤."

사실은 그 이후로 네 얼굴을 볼 때마다 그날 밤이 떠오르더라, 하는 얘기까지는 차마 하지 못했다.

그럼에도 겸은 충분히 만족스러운 모양이었다. 그는 입가를 늘어뜨리며 가볍게 웃었다.

"봐. 인정하니까 얼마나 좋아."

퍽이나 좋기도 하겠다.

제 뜻대로 돌아가서 기쁘다는 티를 팍팍 내고 있는 겸을 바라보며 윤아는 허탈한 얼굴을 해 보였다.

"좋아. 섹…… 아니, 파트너로 지내."

"진심이야? 무르기 없기야."

"나도 고민 많이 하고 얘기한 거야. 고민한 시간에 비해 결정을 내린 건 찰나였지만……."

"좋은 결정이야. 네 결정을 지지해."

하여튼. 말이나 못 하면 밉지나 않지.

윤아가 장난스럽게 웃고 있는 겸을 슬쩍 흘겨보며 말했다.

"대신 한 가지만 약속해."

"뭔데?"

"둘 중 한 명에게라도 진짜 상대가 나타나면, 그땐 깔끔하게 모든 일을 잊고 친구로 돌아가기로."

순간 겸의 눈이 가늘어졌다.

"친구로 돌아가?"

못마땅해하는 기색이 역력한 표정과 목소리. 기면 기고, 아니면 아닌 게 확실한 완벽주의자 녀석에게는 이 제안이 어중간하게 느껴질 수도 있으리라.

하지만 이번만큼은 윤아도 물러설 수 없었다. 지금까지 많이 고민하고 내린 결정이었으니까.

"솔직히 그렇잖아. 언젠가 결국 진짜 상대가 나타나서 우리 관계가 깨지게 된다면. 그때 가서 결국엔 친구로도 남을 수 없게 된다면. 지금 인연을 끊는 거랑 뭐가 달라. 안 그래?"

연습이라도 한 듯 또박또박 뱉어지는 윤아의 말을 잠자코 듣고 있던 겸이 이내 입술을 늘이며 픽, 웃었다.

"생각 좀 많이 했나 보다, 서윤아?"

"내가 말했잖아. 고민 많이 하고 얘기하는 거라고."

물론 이게 좋은 결정이 아니라는 것은 자신도 알고 있었다. 나중에 만나게 될 각자의 상대를 떠올렸을 때, 이게 얼마나 못 할 짓인 건지도. 차라리 여기서 그만 서로 인연을 끊고 돌아서는 게, 가장 깔끔한 최고의 선택일 거라는 것도.

하지만 그럼에도 윤아는 이 방법밖에는 지금 생각할 수 있는 게 없었다. 겸을 잃지 않기 위해 오랜 시간 제 마음을 숨겼었다. 그런데 이제 와서 하룻밤 때문에 그 모든 시간을 잃을 순 없지 않은가.

그건 너무도 억울한 일이었다. 물론 저가 저지른 일이긴 했지만. 다른 사람들이 이기적이라고 손가락질을 한다 해도 어쩔 수 없다.

서윤아에게 한겸은, 그 모든 걸 감수하면서까지 잃고 싶지 않은, 그런 존재니까.

"자신 있어?"

생각에 잠긴 듯 제 턱을 검지로 가볍게 툭툭 건드리던 겸이, 문득 물었다.

"뭐가?"

"나랑 실컷 물고 빨고 하고 나서도, 남자가 아니라 그냥 친구로 볼 자신 있느냐고."

물고 빨고라니. 노골적인 겸의 대사에, 윤아의 머릿속에 그날 밤 서로를 탐했던 모습이 번뜩 떠올랐다.

얼굴이 화끈거린다. 술기운 때문에 뺨이 이미 발그스름해져 있다는 게 다행이라고 생각하며 윤아는 애써 덤덤한 척 입술을 뗐다.

"응. 자신 있어."

"진심이야?"

"그래. 진심이야."

똑 부러지게 대답은 했지만 사실 자신은 없었다. 지금도 이렇게 겸을 보면 뜨겁던 밤이 떠오르는데, 더 많은 것들을 한 후에는 어떨지 상상도 되질 않는다.

그럼에도 윤아는 자신 있는 척할 수밖에 없었다. 그래야만 했으니까.

언젠가는 이 불안정한 관계가 깨어지는 날이 반드시 올 것이다. 그리고 그땐, 겸과 다시 친구로 돌아가야만 했다.

그게 지금 이 말도 안 되는 '파트너'라는 관계를 받아들이기로 마음먹은, 단 하나의 이유였으니까.

"좋아."

잠깐 고민하는가 싶던 겸이, 이내 붉은 입술을 느리게 달싹였다.

"그렇게 하자."

"약속하는 거다?"

"어. 약속해."

못 미더워 또 한 번 되묻는 윤아를 향해 겸이 가볍게 고개를 끄덕였다. 그제야 윤아는 속으로 안도의 한숨을 내쉬었다.

사실은 죽을 때까지 너와 친구는 못 한다고, 칼같이 거절을 당하면 어쩌나 걱정했었다. 겸은 언제나 맺고 끊음에 있어서는 칼 같고, 아주 냉정한 녀석이었으니까.

"약속했어. 무르기 없기야."

"너나 물러 달라고 하지 마."

드디어 두 사람만의 은밀한 계약이 성사됐다.

하지만 윤아는 그땐 미처 몰랐다. 겸의 얼굴에 걸쳐져 있는 묘한 미소의 의미를.

"으음."

새벽녘, 윤아는 묘한 느낌에 눈을 슬며시 떴다.

어슴푸레한 새벽빛이 얇은 커튼 너머로 새어 들어오고 있는 게 보였다. 그리고 바로 옆에서 턱을 괴고 저를 비스듬하게 내려다보고 있는 겸의 얼굴까지도.

순간 졸음이 그득했던 그녀의 눈이 번쩍 뜨였다. 꼭 귀신이라도 본 듯했다.

"너, 뭐 해?"

놀란 윤아가 눈을 껌뻑이며 묻자, 겸이 나른하게 대답했다.

"네 얼굴 감상."

"안 잤어?"

"잠이 와야 말이지."

벽면에 걸린 전자시계를 확인했다.

5시 30분.

어제 잠들기 전 언뜻 봤던 시간이 1시였으니, 그로부터 벌써 4시간 30분이나 지나 있는 것이었다. 결코 짧은 시간이 아닌데, 이 좁은 집에서 그 시간 동안 잠도 안 자고 대체 혼자 뭘 했단 말인가.

"왜. 침대가 좁아서 불편해?"

"아니. 심기가 불편해."

이건 또 무슨 생뚱맞은 소리야?

윤아가 졸린 눈을 비비며 다시금 되물었다.

"그게 무슨 말이야? 심기가 왜 불편한데?"

"글쎄. 이 상황에서 코까지 골면서 쿨쿨 자고 있는 널 보자니 기분이 묘하더라고."

"나 코 골았어?"

"아니. 농담이야."

"재밌니?"

"몰랐어? 너 놀려 먹을 때가 제일 재미있다는 거."

유치해서 더는 상대를 못 해 주겠다. 한심스러워 죽겠다는 듯 겸을 향해 혀를 쯧, 차 보인 윤아가 마저 잠을 청하기 위해 돌아누우려고 할 때였다.

탁.

겸이 손을 뻗어 그녀의 어깨를 붙들었다.

"근데 내 말의 포인트는 그게 아니야. 지금 중요한 건, 어떻게 나 같은 남자를 옆에 두고서 잠을 잘 수가 있느냐, 하는 거지."

낮게 깔린 어둠 속에서 겸의 눈빛이 반짝 빛났다.

순간 묘한 위험을 감지한 윤아가 고개를 슬쩍 반대쪽으로 돌렸다. 그러자 겸이 어깨를 잡은 손을 올려 그녀의 얼굴을 다시금 제 쪽으로 돌렸다. 덕분에 원위치.

깜빡깜빡.

어둠 속에서도 또렷하게 빛나는 두 사람의 시선이 허공에서 부딪쳤다.

"하고 싶어."

시선을 떼지 않으며 겸이 담백하게 말했다. 하지만 그 말의 뜻은 전혀 담백하지 않았으므로 윤아는 당황할 수밖에 없었다.

"잠, 잠만 자고 가겠다며?"

더듬는 말투에 윤아가 지금 얼마나 당황하고 있는지가 여실히 드러났다. 그 모습에 겸이 한쪽 입꼬리를 살짝 말아 올렸다.

새빨간 입술 끝에 맺힌 웃음이 왠지 야릇하다.

"그 말을 정말 믿었어?"

"너어……."

윤아가 황당하다는 듯 입을 쩍 벌렸다.

어젯밤. 지금껏 고민했던 것이 우스울 정도로 깔끔하게 상황이 정리가 된 뒤 긴장이 풀려서일까. 급하게 피곤이 밀려왔다. 얼른 미지근한 물로 샤워를 끝내고 기분 좋게 잠자리에 들고 싶었다.

하지만 침입자인 겸은 갈 생각이 없는 듯 보였다. 그러더니 급기야는 그녀의 눈앞에서 옷을 훌러덩 벗어 던지기 시작하는 게 아닌가.

'지금 뭐 하는 거야?'

윤아가 눈을 동그랗게 뜨고 묻자, 상의를 벗어 손에 쥔 겸이 뻔뻔한 얼굴로 대답했다.

'씻으려고.'

'왜 여기서 씻어?'

'피곤해서 집에 못 가겠어. 오늘은 여기서 자고 갈게.'

'누구 마음대로? 그리고 재워 줘도 아니고 자고 갈게? 여기가 네 집이야?'

'그 말이 그 말이지. 깐깐하게 굴긴.'

'여긴 네 집이 아니라 내 집이야. 내 돈 주고 내가 직접 발품 팔아 구한 내 집.'

윤아가 절대 안 된다는 듯 눈을 부릅뜨고 말하자, 겸이 불쌍한 척을 하기 시작했다.

'네 눈엔 내가 멀쩡해 보이는지 모르겠지만 나 술 많이 먹었어. 그리고 너 업고 여기까지 오느라 온몸에 힘도 다 빠졌고. 이런 상황에서 날 쫓아낸다면 과연 네 마음이 편할까?'

'……'

'잠만 자고 갈게. 진짜 잠만.'

'……'

'너 나 못 믿어?'

겸은 몇 번이고 강조했다. 잠만 자고 가겠노라고. 처음에는 절대 안 된다며 강경하게 나갔던 윤아도 결국 겸의 고집을 꺾지 못하고 백기를 들 수밖에 없었다.

'얌전히 잠만 자고 가, 알겠어?'

다시 한 번 확인하는 그녀의 물음에 겸은 고개를 끄덕였었다. 그리고 정말로 겸은 어젯밤 한 침대에 누워서도 그녀의 솜털 하나 건드리지 않았다.

그래, 빈말을 하는 놈은 아니지.

초반엔 잔뜩 경계하던 윤아도 어느덧 경계를 풀었다. 그리고는 피곤했던 탓에 금세 잠에 빠져들어 갔다.

여기까지가 자신이 기억하는 어젯밤이었다. 아니, 어젯밤이랄 것도 없지. 불과 몇 시간 전의 일이었다.

그런데, 이제 와서 저 위험한 미소라니.

"너도 다른 남자랑 똑같았어."

윤아가 배신감 섞인 목소리를 뱉어 냈다. 하지만 겸은 그녀가 배신감을 느끼든 말든 전혀 개의치 않는다는 듯 어깨를 으쓱이며 가볍게 대꾸할 뿐이다.

"내가 얘기했잖아. 나도 남자라고."

"네. 아주 잘나셨어요."

비꼬듯 뱉어지는 윤아의 말에 겸이 싱긋 웃으며 말했다.

"3초 줄게."

3초?

의미 불명의 대사에 고개를 갸웃하는 사이, 그녀의 앞으로 겸의 얼굴이 훅 다가왔다. 뜨거운 입김이 그녀의 코끝에 고스란히 닿았다.

"싫으면 말해. 강제로 하는 취미는 없으니까."

하지만 윤아에게 대답을 할 기회는 주어지지 않았다. 말을 끝마치자마자 겸의 입술이 그녀의 입술을 머금었기 때문이다.

"읍!"

고개를 피하려고 했지만 그럴 수가 없었다. 겸의 손이 그녀의 두 뺨을 꽉 쥐고 있었으므로.

"벌려."

입술을 살짝 뗀 겸이 경고하듯 속삭였다.

"너 그러다가 숨 막혀서 죽어."

그의 말대로 숨이 막히긴 했다. 입술이 떨어진 틈을 타 윤아의 입술이 절로 벌어졌다. 그와 동시에 차가운 공기가 훅 들어왔다. 그리고 그 틈을 놓치지 않고 뜨겁고 촉촉한 겸의 혀도 그녀의 입 안으로 들어왔다.

비집고 들어온 뜨거운 혀가 고른 그녀의 치열을 훑기 시작했다. 구석구석 꼼꼼하게. 그리고 자극적으로.

집요하게 제 입 안을 파고드는 혀 놀림에 돌이라도 된 것처럼 굳어 있던 윤아도 어느덧 반응하기 시작했다. 자연스럽게 두 사람의 혀가 얽혀 들어갔다.

"으음."

절로 신음이 흘렀다. 이번에는 초콜릿이 없는데도 달콤함이 느껴졌다.

그렇게 윤아가 키스에 빠져들고 있는 사이, 겸은 어느덧 그녀의 몸 위로 올라타듯 제 몸을 겹치고 있었다. 겸의 손이 자연스럽게 그녀의 잠옷 원피스 안으로 훅 들어왔다.

처음에는 슬금슬금 올라오는가 싶더니 곧 툭, 하고 브래지어 끈이 풀어졌다. 한 손으로 브래지어를 푸는 스킬이라니. 놀라운 능력에 감탄할 새도 없이 겸의 손이 그녀의 탄력 있는 젖가슴을 꽈악 움켜쥐었다.

"읏."

신음과 동시에 겸의 손에 힘이 빠졌다. 그의 손가락이 볼록 솟은 정점의 주위를 원을 그리듯 쓰다듬기 시작한다.

간질거리는 느낌에 윤아의 몸이 비틀렸다. 그러자 겸의 다른 한 손이 그녀의 원피스를 홀러덩 들어 올렸다. 윤아의 얼굴 위로 원피스 치마가 마치 복면처럼 덮여졌다. 눈앞을 가리는 치마를 내리려고 하자 겸의 손이 탁, 그녀의 손을 잡았다.

"그대로 있어. 그리고 느껴."

흥분에 잠식된 듯 한껏 탁해진 겸의 목소리가 그녀의 귓가로 흘러들었다. 고작 말 한마디였을 뿐인데 윤아의 몸이 움찔 반응을 했다.

자신의 몸이 이렇게 예민한 줄은 스스로도 미처 몰랐었다. 아니, 오히려 무감각증이 있는 건 아닐까 걱정을 하기까지 했는데 말이다.

겸의 입술이 가슴을 와락 머금었다. 촉촉한 혓바닥이 솟은 유두에 닿는가 싶더니, 이내 손가락으로 그러했듯이 혀끝으로 그 주위를 빙글빙글 돌리기 시작한다.

손가락의 움직임에는 간지러움이 더 크게 와 닿았다면 이번에는 간지러움과는 조금 낯선 느낌이 온몸으로 빠르게 퍼져 나갔다.

츄릅. 쪽. 쪼옥.

마치 엄마 젖을 먹는 갓난아기처럼 겸이 윤아의 가슴을 빨아당기기 시작했다. 그와 동시에 그의 손이 스물스물 아래로 내려간다.

배꼽에서 잠깐. 그 아래 둔덕에서 잠깐. 그러다 이내 팬티를 벗겨 내더니 그녀의 은밀한 중심부에 손을 살짝 가져다 댔다.

"벌써 젖었네."

웃음기를 머금은 겸의 목소리에 민망해진 윤아가 다리를 확 오므렸다. 하지만 이내 겸의 거친 손길에 의해 허벅지는 힘없이 양쪽으로 쫘악 벌어졌다. 처음보다 더 적나라하게.

겸이 그녀의 중심을 빤히 바라보았다. 그날은 흥분에 취해 제대로 보지 못했던 곳이었다.

마치 미술 작품이라도 되듯 겸은 느긋하게 그녀의 중심을 감상하기 시작했다. 촉촉한 물기를 머금은 핑크빛 속살이 움찔거리는 모습이 선명하게 보였다.

뭐라 형용할 수 없는 오묘한 생김새였다. 하지만 왠지 모르게 입이 바싹 마르고 몸이 뜨거워진다.

더럽게 야하네.

겸이 한쪽 눈을 살짝 찌푸렸다. 팬티 속에 갇힌 자신의 것이 터질 듯 부풀어 오르는 게 느껴졌다. 어찌나 팽팽해졌는지 은근히 아프기까지 했다.

"뭐, 뭐 하는 거야, 너?"

윤아가 다급하게 소리쳤다. 눈앞이 가려져 제대로 보이지는 않았지만 충분히 느낄 수 있었다. 겸이 제 아래를 보고 있다는 것쯤은.

제 몸 중에 가장 은밀한 부위를 적나라하게 드러내 놓고 있다는 것이, 민망하다 못해 수치스럽기까지 했다.

윤아가 다리를 꽈악 조였다. 하지만 남자의 힘을 이길 순 없는 법. 다시금 양손으로 그녀의 허벅지를 꾹 누르며, 겸이 천천히 상체를 숙였다.

겸의 얼굴이 그녀의 수풀 앞에서 닿을 듯 말 듯 멈췄다. 뜨거운 입김이 닿는가 싶더니, 이내 그의 입술이 조그만 클리토리스를 머금었다. 그러고는 마치 구슬을 핥듯 혓바닥으로 살살 굴리기 시작했다.

"으응……!"

부드러운 자극에 온몸이 전율했다. 촉촉하고도 아찔한, 뭐라고 한마디로 형용할 수 없는 묘한 느낌이었다. 윤아는 질끈 감고 있던 두 눈을 번쩍 떴다. 자신의 아래에 닿은 것이 겸의 입술이라는 걸 금방 알아챌 수 있었다.

"안 돼. 싫어……!"

제 허벅지 사이에 처박은 그의 머리를 치워 내기 위해 윤아가 두 팔을 뻗었다. 하지만 겸의 머리는 마치 뿌리를 내리기라도 한 듯 옴짝달싹하지 않았다. 대신 그녀가 뻗대면 뻗댈수록 혀의 놀림이 점점 더 집요해져 가기 시작했다.

크기는 작지만 몸 중에서 가장 예민한 곳이었다. 그곳이 겸에 의해 농락을 당하자 눈앞이 아찔해졌다.

아랫입술을 질끈 깨물어 보았지만 속절없이 쾌감에 젖은 신음이 흘렀다. 허리가 절로 들썩거리고 허벅지가 오므라들었다. 하지만 오히려 그럴수록 그곳의 감각은 더욱 선명해졌다.

"아, 아······!"

낯선 쾌감에 절정은 금세 찾아왔다. 몸이 잔뜩 경직되는가 싶더니 이내 전기라도 통한 듯 온몸이 바르르 떨렸다. 몸 안에서 애액이 마치 쏟아지듯 흘러나오는 것이 스스로도 느껴졌다.

이게 바로 오르가슴이라는 거구나.

언젠가 민지에게서 들어 보았던 감각을 이번에 처음으로 느꼈다. 어쩌면 영영 자신은 느낄 수 없을 거라고 생각했던, 멀게만 느껴지던, 바로 그 감각.

마치 혈관 속을 돌던 피들이 모두 빠져나가 버린 것처럼 온몸에 맥이 탁 풀렸다. 제 육신을 놔두고 영혼이 저 혼자 멀리 떠나는 것만 같았다.

그렇게 윤아가 몽롱한 정신을 잡으려 노력하는 순간이었다. 잠깐의 쉴 시간도 주지 않고 딱딱하고 뜨거운 것이 아주 빠르게 그녀의 몸을 관통했다.

이미 겸에겐 그녀에게 자비 따위를 베풀 여유가 단 한 방울도 남아 있지 않은 상태였다.

"으흣!"

예민해질 대로 예민해져 있던 아래를 파고드는 강렬한 느낌에 입이 절로 벌어졌다. 그저 삽입만 했을 뿐인데, 온몸이 파르르 떨렸다.

의지와는 상관없이 안으로 들어온 겸의 페니스를 그녀의 아래가 꽉 조이기 시작했다. 마치 놔주지 않을 듯이 아주 꽈악.

화악—

별안간 겸이 그녀의 얼굴을 가리고 있던 원피스를 위로 벗겨냈다. 눈앞을 가리던 희뿌연 천이 사라지자 짙은 흥분감이 고스란히 드러난 겸의 얼굴이 보였다.

겸이 살짝 미간을 찌푸렸다.

"너무 조이는 거 아니야? 이러다가 내 소중한 물건이 반으로 잘리겠어."

농담이 아니었다. 이대로 제 것이 녹아 버린다고 해도 이상하지 않을 정도로 윤아의 안은 꽉 조이고 또 뜨거웠다. 제대로 시작도 하기 전에 벌써 가 버릴 것 같은 느낌이었다.

그럴 순 없지.

이를 앙다문 겸이 천천히 허리를 움직이기 시작했다.

"훗."

몇 번 움직이지도 않았는데 그의 입에서 짧은 신음이 흘렀다. 참기 힘들다는 듯 얼굴도 살짝 찌푸려졌다. 그 모습이 어찌나 섹시하게 느껴지는지, 윤아의 아래가 또다시 반응을 했다.

잘록한 윤아의 허리를 양손으로 잡은 채 겸이 본격적으로 허리를 움직이기 시작했다. 축축하게 젖은 그녀의 안으로 단단한 것이 미끄러지듯 들락날락거렸다. 그럴 때마다 삐져나온 애액이 침대 시트를 적셨고 윤아의 엉덩이가 들썩였다. 마치 일부러 노린 것처럼 겸은 그녀의 예민한 포인트만 푹푹 쑤셔 대고 있었다.

"보여? 지금 우리 연결돼 있는 거."

탁한 겸의 목소리에 윤아는 팔을 뻗어 제 두 눈을 가렸다. 부끄러워서 도저히 눈을 뜨고 있을 수가 없었다.

하지만 그런 동작과는 달리 그녀의 몸은 겸을 완전히 받아들이고 있었다. 겸이 움직일 때마다 윤아의 아래 역시 적절하게 수축과 이완을 반복했다.

섹스를 할 때, 남자뿐만 아니라 여자도 응해야 한다는 것을, 그래야 서로가 즐겁다는 이론은 잘 알고 있었다. 하지만 대체 언제, 어떻게 반응해야 할지 몰라서 여태껏 꿔다 놓은 보릿자루처럼 누워만 있을 뿐이었다.

그런데 지금은 누군가 알려 주지 않아도 스스로 그 타이밍을 기가 막히게 찾아 반응하고 있었다. 이런 스스로가 놀라울 지경이었다.

이런 게 바로 흔히들 말하는 속궁합이라고 하는 걸까. 그렇다면 겸과 자신의 속궁합은 최고인 것 같았다.

몸을 가득 채우는 열기에 뇌까지 어떻게 된 건지, 순간 이 관계를 받아들이기 잘했다는 생각마저 들었다.

그만큼 겸과의 섹스는, 황홀했다.

"그렇게나 튕기더니 역시 너도 바라고 있었지?"

겸이 그녀의 엉덩이를 들어 올리며 더 깊게 자신을 묻었다. 윤아의 허리가 활처럼 휘었다.

"웃, 아니야."

"아니긴. 몸이 이렇게 솔직하게 말해 주는데."

"으훗."

"친구는 개뿔."

겸의 입에서 지난 30년의 세월을 부정하는 말이 마치 욕설처럼 흘러나왔다. 하지만 정신이 혼미한 윤아는 그 말을 미처 듣지 못했다.

탁. 탁. 탁.

겸의 움직임이 점점 더 빨라졌다. 침대의 삐걱거림과 살과 살이 부딪치는 야릇한 마찰음이 그녀의 머릿속을 온통 채웠다. 그 소리들이 커질수록 그녀 역시 점점 절정을 향해 내달리고 있었다. 뜨거운 열기가 가득 찬 몸은 곧 터질 것만 같았다.

"흐웃!"

겸의 신음과 함께 그녀의 안을 가득 채우고 있던 것이 훅 빠져나갔다. 허전함을 느끼는 것과 동시에 뜨거운 것이 그녀의 배 위로 가득 쏟아졌다.

잠시 후 그녀의 옆으로 겸의 상체가 풀썩 쓰러진다. 그는 거친 숨을 골랐다.

"하아, 하아……. 미안."

미안?

갑작스러운 겸의 사과에 윤아의 눈이 슬며시 떠졌다.

"뭐가?"

겸이 침대 맡에 놓인 탁자 위에서 티슈를 여러 장 뽑더니 그녀의 배 위에 뿌려진 자신의 흔적을 천천히 닦아 내기 시작했다. 힘이 다 빠져서 바들거리는 손으로 아주 조심스럽게.

"콘돔을 미처 준비 못 했어."

"아……."

"그래도 확실하게 뺐으니까 걱정 마."

꼼꼼한 겸의 손길 덕분에 남은 것 하나 없이 말끔해진 자신의 배를 내려다보던 윤아는 저도 모르게 픽, 가벼운 실소를 흘렸다. 사실은 조금 전에 혹시나 그가 끝나자마자 후회의 말을 뱉는 건 아닌가, 순간 가슴이 철렁했었다.

이 관계를 끝까지 부정했던 건 자신이면서도 정작 그의 입에서 역시 아닌 것 같아, 라는 말이 나올까 봐 두려웠던 것이다. 우습게도.

하지만 더 우스운 건 따로 있었다. 겸이 완전히 자신의 몸에서 빠져나가는 순간, 머릿속에 오늘은 안전한 날이라 괜찮은데, 하는 아쉬움이 언뜻 들었다는 것이다.

참나. 내가 대체 언제부터 섹스의 맛을 알았다고?

스스로가 생각해도 참으로 황당할 따름이다.

"어땠어?"

휴지로 자신의 것을 마저 닦은 겸이 다시금 그녀의 옆으로 풀썩 쓰러지며 물었다. 모로 누운 그의 빤한 시선이 윤아의 옆얼굴을 향했다.

"어? 뭐가?"

"뭐긴 뭐야. 섹스지."

"아……."

"좋았어?"

하여튼 이 집요한 놈. 빠져나가려고 했지만 도통 틈을 주지 않는다. 윤아가 살짝 미간을 찌푸렸다.

"꼭 그걸 말로 해야 알아?"

"하긴. 좋아 죽겠다고 지금까지 몸으로 티를 팍팍 내긴 했지. 네가."

"좋아 죽긴 또 누가 좋아 죽었다고."

"어쭈. 너 증거 없다고 발뺌하는 거야? 잔뜩 야하게 신음 흘린 주제에."

"너도 신음 장난 아니었거든? 그리고 너, 자의식 과잉 아니야?"

"그래서 아니었다고?"

겸이 픽, 비웃음과도 같은 웃음을 흘렸다. 그 행동이 너무 괘씸해서 아예 별로였다고 얘기를 해 주려던 찰나였다.

그의 손이 그녀의 아래에 닿는가 싶더니 이내 단단한 손가락이 아직 예민한 그녀의 안으로 비집고 들어왔다.

"하앗!"

아직 조금 전 섹스의 열기가 채 가시기 전이었다. 윤아가 몸을 움찔거리며 야릇한 신음을 흘리자, 겸이 입술을 늘어뜨리며 웃었다.

"거봐. 네 몸은 솔직하대도."

"당장…… 빼."

"싫은데? 솔직하지 못한 어린이는 벌을 받아야지."

"아홋!"

짓궂은 말과 함께 겸이 손가락을 구부려 그녀의 안을 농락하기 시작했다. 거침없는 손길에 이제 막 식어 가려던 그녀의 몸이 다시금 달아오르기 시작했다.

"알……았어. 좋았어. 좋았다고."

결국 이번에도 백기를 든 건 윤아였다. 하지만 만족스러운 대답이 아니었는지 겸의 손가락은 멈출 줄을 몰랐다.

"얼마나?"

"훗."

"대답 안 해?"

"많……이."

"얼마나 많이?"

끈질긴 놈!

윤아가 속으로 꽥 소리쳤다. 아무래도 원하는 대답을 듣기 전까지는 절대 물러날 것 같지가 않다.

집요한 물음과 손길에 윤아는 결국 뜨거운 숨을 토하듯 그가 원하는 대답을 뱉어 낼 수밖에 없었다.

"하아, 하아……. 아주, 많이."

그제야 겸은 흡족한 듯 웃으며 그녀의 안에서 손가락을 빼내었다. 그러고는 상체를 일으킨 뒤 휴지에 젖은 손가락을 닦아 내기 시작한다. 마치 그녀 보란 듯이 대놓고.

"그거 알아?"

"……."

"네 몸, 되게 야한 거."

겸의 야릇한 속삭임에 가쁜 숨을 고르던 윤아는 두 눈을 질끈 감았다.

반박하고 싶지만 이 상황에선 반박의 여지가 전혀 없었다. 고작 손가락 하나에 자신이 생각해도 당황스러울 정도로 제대로 느꼈으니까 말이다.

아까 흥분했을 때는 미처 몰랐는데, 정신을 차리고 보니 민망함이 물밀 듯 밀려오기 시작했다. 30년 지기 친구 앞에서 나체로 다리를 벌리고, 신음을 흘리고, 엉덩이를 흔들고…….

맙소사. 줄줄이 나열하다 보니 훨씬 더 야한 것 같다. 이거 장난이 아니잖아?

윤아의 얼굴이 새하얗게 질렸다. 그녀는 얼른 제 발에 차이는 이불을 끌어 올렸다. 일단 벗은 몸이라도 가리려고. 그런 다음 후다닥 옷가지들을 챙겨 욕실로 뛰어가서 씻고 나올 생각이었다.

하지만 그녀는 계획대로 움직일 수가 없었다. 이불을 가슴까지 채 끌어 올리기도 전에 겸이 이불을 턱 붙들었다.

윤아가 감은 눈을 떠서 앞을 보았다. 어느덧 겸이 자신의 위로 올라와 저를 내려다보고 있는 게 보였다.

"설마……?"

윤아가 경악 어린 얼굴로 묻자, 겸이 한쪽 입꼬리를 말아 올리며 위험하게 웃었다.

"좋았다는 얘길 네 입으로 들으니까 흥분돼서 말이야."

마치 너 때문이라는 듯 책임을 떠넘기는 겸의 말에 윤아의 시선이 아래로 향했다.

그의 것이 슬그머니 고개를 들고 있었다.

Bad
relationships

돌이킬 수 없는

아, 죽겠다.

얼굴로 사정없이 쏟아지는 눈부신 햇살에 잠에서 깨자마자 윤 아의 머릿속에 떠오른 생각이었다.

간밤에 누군가에게 흠씬 두들겨 맞기라도 한 듯 온몸이 쑤셔 왔다. 습관처럼 스트레칭을 하려고 팔을 뻗었다가 기겁했다. 너무 아파서.

아무래도 새벽녘에 너무 무리를 했던 것 같다. 아니, 확실히 무리였다. 하루에 두 번만 해도 벅찬데 연속으로 두 번은 진짜 오버였던 것 같다.

게다가 두 번째는 겸이 일반적인 자세뿐만 아니라 아주 다양한 자세를 시도하기까지 했다. 평생 듣도 보도 못한 자세들에 섹스가

아니라 운동을 하는 느낌이 들 정도였다. 마치 올림픽 출전을 앞
둔 체조선수가 된 기분이었다.

물론 그중 몇 가지는 자신의 취향에 딱 맞는, 신세계를 보여 준
자세도 있었지만 말이다.

하지만 여기서 정말 놀라운 건, 두 번째의 섹스도 역시나 미치
도록 좋았다는 거였다. 그녀는 새벽녘에 몇 번이나 겸의 아래에서
오르가슴을 느꼈다. 낯선 경험이었다.

"일어났어?"

이불 속에서 꼼지락거리고 있는데, 주방 쪽에서 겸의 목소리가
들려왔다. 윤아는 상체를 천천히 들어 올렸다.

언제 일어난 건지 멀쩡한 모습의 겸이 주방에서 나오고 있었
다. 잘 땐 분명 둘 다 헐벗은 채로 쓰러졌던 것 같은데 언제 준비
를 끝마쳤는지, 녀석은 어제 입고 왔던 옷을 완벽하게 차려입은
채였다.

"언제 일어났어?"

이불로 살짝 가슴께를 가린 채 잠옷을 집어 들며, 윤아가 물었
다.

"한 시간 전쯤?"

"벌써 늙었어? 왜 이렇게 잠이 없어."

"네가 잠이 많은 거란 생각은 안 들고?"

"원래 미인은 잠꾸러기라잖아."

뻔뻔한 그녀의 대답에 겸이 코웃음을 쳤다. 하지만 그게 전부
였다. 차라리 면박이라도 준다면 웃어넘길 텐데, 어중간한 반응에

괜히 민망해진 윤아가 얼른 옷을 챙겨 입으며 말을 돌렸다.

"혹시 요리했어?"

"요리까지는 아니고. 그냥 간단하게 아침 대용으로 먹을 거 만들어 봤어."

정말로 뭘 만들긴 한 모양이었다. 살짝 열린 미닫이문 너머에서 고소한 냄새가 방 안으로 흘러들어 오고 있었다.

"뭐 만들었는데?"

윤아는 고개를 갸웃했다. 냉장고에 계란밖에 없을 텐데?

"직접 와서 봐."

얼마나 대단한 걸 만들었길래 저리 기세등등하단 말인가. 먼저 주방을 향해 걸어가는 겸의 뒷모습에 자신감이 가득 스며 있다.

겸이 완전히 등을 돌린 것을 확인한 윤아는 그제야 침대 밑으로 비죽 튀어나온 팬티와 브래지어를 집어 들었다.

돌돌 말린 속옷을 겸이 발견하지 못해서 다행이라고 생각하는 그 순간이었다. 주방으로 들어서던 겸이 몸을 휙 틀었다.

"안 와?"

"먼저 가 있어. 나는 속옷 좀……."

황급히 속옷을 등 뒤로 숨기며 윤아가 말끝을 흐렸다. 그러자 겸이 무슨 말인지 다 알겠다는 듯 픽, 웃는다.

"간밤엔 더한 짓도 했는데 내숭 떨기는."

"야, 그런 거 아니거든?"

"아님 말고."

윤아가 발끈해서 소리치자, 겸이 심드렁한 얼굴로 돌아섰다.

"아무튼 얼른 와. 식으면 맛없어."

주방으로 먼저 들어가는 겸의 뒷모습을 뚫어질 듯 노려보던 윤아는, 이내 겸의 모습이 완전히 시야에서 사라지자 짧게 한숨을 내쉬었다.

"뭐야, 쟨 왜 저렇게 뻔뻔해?"

사실 새벽녘 격정적인 두 번의 섹스를 끝내고 잠에 빠져들기 직전, 언뜻 걱정을 했었다.

어쩌면 아침에 겸의 얼굴을 똑바로 볼 수 없을지도 모르겠다고. 얼굴을 보면 간밤에 했던 이런 짓 저런 짓들이 모두 떠올라 민망해서 혀 깨물고 그 자리에서 죽어 버리고 싶어질지도 모르겠다고.

그런데 막상 겸과 얼굴을 마주해도 걱정했던 만큼의 불편한 감정은 느껴지지 않았다. 조금 민망하긴 했지만, 대화 역시도 자연스러웠고. 녀석이 뻔뻔하게 나와서 그런 건지도 모르겠지만 어쨌든 신기할 정도로 평소와 같은 분위기였다.

겸의 말대로, 우리 사이에 섹스가 추가된 것 말고는 정말 바뀐 건 없는 것 같았다. 지금껏 고민했던 시간들이 무색해질 정도로.

"……불행 중 다행인 건가."

작게 중얼거리며 윤아는 속옷을 주섬주섬 챙겨 입었다.

주방의 미닫이문을 열자 은은하게 퍼져 오던 냄새가 한층 더 진하게 코를 자극했다. 윤아의 시선이 잘 차려진 식탁으로 향했다.

집에 있던 밑반찬 몇 가지와 겸이 준비했다는 음식이 보였다.

샛노란 계란죽이 넓은 볼에 소복하게 담겨져 뽀얀 김을 뿜어내고 있었다. 일단 냄새와 비주얼은 합격이다.

"이걸 정말로 네가 했다고?"

윤아의 눈이 둥그렇게 커졌다. 그냥 계란 프라이 정도 예상했었는데 계란죽이라니. 상상 이상이었다.

"먹을 만할 거야. 이건 자신 있거든."

"웬일이야? 라면도 제대로 못 끓였으면서."

"라면은 내가 별로 안 좋아하니까 그렇지."

"계란죽은 좋아하고?"

"미국에 있을 때, 평소엔 음식에 대한 불평 없이 잘 먹었거든? 그런데 이상하게 술 먹은 다음 날은 그 느끼한 음식들이 안 당기더라. 그렇다고 라면은 또 먹기 싫고. 그래서 냉장고에 있는 걸로 간단하게 만들 음식 찾다가 이걸 찾았지. 재료도 간단하고 조리법도 생각보단 쉽고. 사실 처음엔 몇 번 실패했었는데 계속하다 보니까 늘더라."

겸은 자신이 요리라는 것을 했다는 것이 꽤나 자랑스러운 듯했다. 하지만 듣고 있는 윤아의 얼굴은 밝지 않았다.

머나먼 이국땅에서 술 때문에 쓰린 속을 붙들고 엉성하게 요리에 도전했을 겸의 모습을 떠올리자 괜히 코끝이 찡해졌다.

"장하다, 장해. 그러게 누가 맨몸으로 혼자 미국 가래? 쓸데없이 사서 고생을 하고 난리야. 1년도 채 못 버티고 이렇게 돌아올 거였으면서."

"미국 갔던 거 후회는 없어."

"아이고. 그러세요?"

"응. 다시 돌아간대도 같은 결정을 했을 거야, 난."

대체 미국에 뭘 숨겨 놨기에 저러는 걸까. 이렇게 금방 돌아온 걸 보면 딱히 뭔가 대단한 걸 숨겨 놨던 것 같지도 않은데 말이다. 도저히 저 시커먼 속은 알 수가 없다.

여유로운 미소를 띤 겸을 향해 콧방귀를 흥! 뀌어 준 윤아는 숟가락으로 휘적거리던 죽을 크게 한입 떠먹었다.

"어때?"

겸이 기대에 찬 눈빛으로 물어 왔다. 마음 같아서는 반짝이는 얼굴에 대고 맛없어. 단칼에 내치고 싶었지만, 그러기엔 정말로 죽이 너무 맛있었다. 고소하고 짭짤하고. 그녀의 입에 딱 맞았다.

술을 먹고 난 다음 날은 항상 입맛이 없어서 아침은 건너뛰었는데, 죽이라서 그런지 부담 없이 잘 들어간다.

"뭐, 먹을 만하네."

심드렁한 말투와는 달리 윤아는 허겁지겁 죽을 입으로 퍼 나르기 시작했다. 턱을 괸 채 그 모습을 지켜보고 있던 겸이 귀엽다는 듯 픽, 웃었다.

"근데."

"응?"

"그 남자랑은 갑자기 왜 헤어진 거야?"

순간 목구멍까지 차오르던 식욕이 거짓말처럼 뚝 떨어졌다. 윤아는 들고 있던 숟가락을 식탁 위에 탁, 소리 나게끔 내려놓았다.

"빨리도 물어본다."

"그동안 그런 거 물어볼 상황이 아니었잖아."

하긴. 우리 일만으로도 정신이 없긴 했지. 덕분에 실연의 아픔 따위는 느낄 틈도 없었으니까 말이다.

솔직히 말하자면 요 며칠 까맣게 잊고 있었다. 자신이 불과 한 달 전 이별했다는 사실을. 그것도 믿었던 남자 친구의 바람이라는 최악의 상황으로.

"나보다 다른 여자가 더 좋대."

"뭐?"

"5년 만난 나를 버리고 가도 후회 안 할 자신 있을 정도로, 그 여자가 좋대."

"그 자식이 바람을 피웠단 말이야?"

"양다리였나 봐. 근데 난 그걸 전혀 눈치 못 챘던 거 있지."

윤아는 자조적으로 픽 웃었다.

"나 눈치가 이렇게 없는 캐릭터였던가?"

마치 남 일 얘기하듯 담담해 보였지만, 사실 속은 그렇지 않았다.

며칠 전까지만 해도 밤마다 도대체 우리가 왜 이렇게 됐을까. 왜 너는 날 두고 다른 여자에게 마음을 빼앗겼을까. 혹시 그게 내 탓인 건 아닐까. 수도 없이 의문을 던지고 괴로워했다.

하지만 그녀가 할 수 있는 건 아무것도 없었다. 생각할수록 더욱 자존감만 갉아먹게 될 뿐. 그저 나 싫다고 떠난 남자 쿨하게 이쪽에서도 잊어 주는 게 최선이었다.

그렇게 최근 한 달 동안 윤아는 남겨진 마음을 혼자 정리하고 있는 중이었다.

중간에 갑작스러운 사고가 터져 버린 덕에 예상했던 것보다 훨씬 빠른 시간 내에 깨끗하게 잊어버렸지만 말이다.

"그걸 그냥 뒀어?"

저보다 더 화가 난 듯 겸이 한껏 인상을 험악하게 구기며 물었다.

"뺨 한 대 날려 줬어."

"고작 한 대?"

"세게 쳤어. 아주 세게."

윤아가 애써 장난스럽게 웃으며 말했지만, 심각하게 굳은 겸의 얼굴은 좀처럼 풀릴 생각을 하지 않았다.

"너 괜찮아? 그래도 결혼까지 생각했었잖아."

"결혼까지 갈 인연은 아니었나 보지, 뭐."

가볍게 내뱉어지는 윤아의 말에 겸은 마음에 안 든다는 듯 한쪽 눈썹을 살짝 찌푸렸다.

"서윤아. 너 안 어울리게 쿨한 척할래, 자꾸?"

"쿨한 척하는 게 아니라, 사실이 그렇잖아. 고작 설렘 하나 때문에 5년이나 만난 여자를 버리는 남자였는데, 내가 그것도 모르고 덥석 결혼까지 했어 봐. 결국 사람 본성은 언젠가 드러나고야 마는 법인데, 결혼하고 나서 바람을 폈다면? 그건 더 끔찍하지 않아?"

"그건 그렇지."

"그래서 차라리 지금 이렇게 된 게 잘됐다 싶어."

"그렇다면 다행이고."

말과는 달리 겸은 여전히 미심쩍다는 얼굴이다. 하지만 이 모든 건 사실이었다. 지금 그녀는 스스로도 당황스러울 정도로 정말이지 아무렇지 않았다.

5년 동안 윤아는 정훈과의 관계에 누구보다 최선을 다했었다. 그래서 그에게 이별 통보를 받았을 때엔 꽤 충격을 받긴 했었다. 심지어 바람이라니. 감당 못 할 배신감까지도 느꼈었다.

하지만 원망은 잠시였다. 그 시간들을 견뎌 내고 나니 이제는 오히려 홀가분해졌다. 그저 그 사람과 나는 인연이 아니었나 보다, 라는 생각뿐.

사실은 한 달 전만 해도 꽤 오랫동안 아프고 힘들 줄 알았다. 그런데 이제는 내 사랑이 고작 이것밖에 안 됐었던가? 하는 마음이 들 정도다.

아마도 이 모든 게 겸 덕분이지 싶다.

잠이 오지 않는 밤을 함께 보내 주고, 주말 아침을 함께 먹어 주고, 또 오랜 친구의 모습으로 제 걱정을 해 주고.

마치 바통 터치라도 한 것처럼 녀석이 이렇게 그 사람의 빈자리가 생각나지 않을 정도로, 배신당했다는 더러운 기억마저 잊고 지낼 수 있도록 꽉 채워 주고 있었으니까 말이다. 비록 정상적인 관계는 아니긴 했지만.

어쩌면 그래서 이 말도 안 되는 관계를 받아들일 수 있었던 걸지도 모르겠다. 이 상황에서 겸마저 잃을 순 없다는 생각 때문에, 다신 누군가를 또 잃고 싶지 않다는 생각 때문에, 마지막 지푸라기라도 잡아 본 걸지도.

곧 바스러질 한낱 지푸라기일 뿐이라는 걸 잘 알면서도 말이다.

윤아는 저를 빤히 바라보고 있는 겸을 향해 정말 괜찮다는 뜻으로 싱긋 웃어 보였다.

감사 인사 대신이었다.

고맙다는 말을 하기에는, 아무래도 조금 애매한 상황이었으니까.

레스토랑 주차장에 주차를 한 윤아는 차 문을 열고 내리는 대신 의자 헤더에 머리를 기대며 짧게 한숨을 내쉬었다. 차의 앞 유리 너머로 보이는 하늘이 유독 맑고 푸르다. 모처럼 만에 화창한 날씨였다.

하지만 윤아의 기분은 날씨와는 상관없이 축축 처져 있었다. 마음이 영 불편했던 탓이다.

어제 오후쯤 '차승주'라는 남자에게서 연락이 왔었다. 처음엔 액정에 뜨는 이름을 보고 당황했지만 이내 주말에 다시 만나기로 했던 것이 떠올라서 얼른 전화를 받았다.

통화 내용은 간단했다. 그가 먼저 약속 시간과 장소를 말하며 어떠시냐고 물었고, 윤아는 네, 알겠습니다. 대답했을 뿐이다.

[오늘 오후 1시. 강남 ○○레스토랑입니다.]

윤아는 휴대폰을 꺼내 오늘 아침 그에게서 받은 문자를 다시금 확인했다. 혹시나 또 약속을 잊을까 봐 걱정이 됐던 모양이다.

하긴, 그럴 만도 하지. 첫 만남에 말도 없이 바람을 맞혔으니.

윤아의 시선이 흘끗 시계를 향했다. 약속 시간까지 약 30분이 남아 있었다. 혹시라도 오는 중에 돌발 상황이 벌어져서 늦기라도 할까 봐 일찍 준비해서 나왔더니 생각보다 훨씬 일찍 도착해 버렸다.

그래도 늦는 것보다야 이쪽이 훨씬 마음이 편했다. 첫 약속을 펑크 낸 주제에 두 번째 약속에서 지각까지 하면 그 얼마나 실례겠는가. 민폐도 그런 민폐가 없을 것이다.

"여기 레스토랑 건물 1층이 커피숍이라고 했던 것 같은데……."

먼저 가서 커피라도 한잔하고 있을까, 싶은 생각에 차에서 내리려던 순간이었다. 그녀의 휴대폰이 울렸다.

발신인을 확인한 윤아의 눈이 동그랗게 커졌다. 겸이였다.

윤아는 잠깐 망설였다. 왠지 지금 타이밍에 겸의 전화를 받는다는 게 불편하게 느껴졌다. 꼭 나쁜 짓을 하다 들킨 기분이다. 그럴 이유가 전혀 없는데도 말이다.

겸과는 그저 파트너일 뿐이다. 친구에서 섹스만 추가된. 그러니 겸에게는 당당하지 못할 이유가 하등 없었다.

오히려 자신이 미안하게 생각해야 할 상대는 승주였다. 마음에

도 없는 소개팅을 확실히 거절하지 못한 저 때문에 두 번의 금쪽
같은 주말을 날려 먹게 했으니까.

결국 고민 끝에 윤아는 전화를 받았다.

"여보세요."

— 어디야?

"나? 강남."

— 강남엔 왜?

강남이라면 그냥 강남인 줄 알지. 뭘 이렇게 꼬치꼬치 캐묻는
단 말인가.

"점심 먹으러."

틀린 말은 아니었다.

— 누구랑?

대체 뭐라고 대답을 해야 한단 말인가. 윤아의 미간이 살짝 찌
푸려졌다.

그냥 처음부터 소개팅을 하러 왔다고 말하면 될 일이었다. 하
지만 왠지 내키지가 않았다. 진짜 소개팅을 하기 위해서 온 게 아
니라 사과를 하기 위해서 온 자리였으므로.

그런데 겸이 생각보다 집요하게 묻는 통에 거짓말을 한 게 되
어 버렸다. 점심 먹으러 왔다는 얘기까지는 분명히 사실이었는데
말이다.

"……친구랑."

윤아는 곤란한 기색이 역력한 얼굴로 거짓말을 뱉어 냈다. 영
상 통화가 아닌 게 천만다행이었다.

— 친구 누구?

아니, 얘가 대체 왜 이래? 무슨 범인 취조하는 것도 아니고!

거듭되는 질문에 순간 짜증이 훅 치미는 것도 잠시. 가만 생각해 보니 평소와 다름없는 대화였다.

겸의 친구가 자신의 친구고, 자신의 친구가 겸의 친구였으니. 누구를 만나느냐 묻는 건 하등 이상할 게 없는 질문이었다. 그냥 억지로 거짓말을 계속 꾸며내다 보니 스스로가 찔려서 예민해졌던 것이다.

"민지."

민지는 그나마 겸과의 접점이 가장 덜한 친구였다. 고등학교를 졸업한 뒤로는 셋이서 본 적이 손에 꼽을 정도였으니까 말이다.

— 아, 박민지?

"으응."

— 그러고 보니 걔랑 안 본 지도 오래됐네. 잘 지내지?

"어. 잘 지내지, 그럼."

얘가 뜬금없이 민지에 대한 안부는 왜 묻는단 말인가. 평소엔 만나든 말든 관심도 없더니.

어색하게 민지의 안부를 전한 윤아는 그가 더 캐묻기 전에 얼른 말을 덧붙였다.

"근데 왜 전화했어? 무슨 일 있어?"

— 아니, 그냥. 점심이나 같이 먹을까 했지.

"점심?"

— 어제 보니까 너희 집 냉장고 텅 비었더라고. 아무래도 혼자

있으니 밥 잘 안 챙겨 먹는 거 같아서 억지로라도 먹이려 했지. 근데 뭐, 알아서 잘 먹고 다니네.

가볍게 던져진 겸의 말에 양심이 콕콕 찔려 왔다. 윤아는 어색하게 웃으며 대답했다.

"너도 참 별걱정을⋯⋯."

— 별걱정이라니. 그게 얼마나 중요한 문젠데.

"뭐?"

— 많이 먹고 얼른 살찌워. 네가 아니라 우리를 위해서.

장난기 섞인 겸의 목소리에 윤아의 얼굴이 일순 딱딱하게 굳었다. 언젠가 농담처럼 녀석이 뱉었던 말이 떠올라서였다.

역시 그때 했던 그 말은 농담이 아니었던 것이다. 어쩐지, 녀석이 웬일로 저가 밥 먹는 걸 다 걱정해 주나 했다.

"너, 내가 분명 헛소리하지 말랬지."

— 헛소리라니. 이게 다 우리를⋯⋯.

"끊어!"

겸의 말이 끝나기도 전에 윤아가 먼저 전화를 뚝 끊어 버렸다. 더 들을 필요도 없었다. 어차피 헛소리만 할 테니까.

그날 밤 이후로 겸은 시도 때도 없이 야한 얘기를 꺼내기 시작했다. 마치 일상적인 말인 것처럼 아주 자연스럽게. 윤아는 도통 그런 겸에게 적응이 되질 않았다.

나보다 녀석에 대해 더 잘 안다고 생각했는데, 저렇게 야한 놈이었을 줄이야. 능글맞은 놈인 줄은 진작 알았지만 능글맞음에 19금까지 더해지니 도저히 감당 불가다.

하지만 전화를 칼같이 끊어 버린 것과는 달리 그녀의 시선은 한동안 검게 변한 액정에 머물렀다. 차에서 내리려던 것은 까맣게 잊은 채 윤아는 다시금 의자 헤더에 머리를 기댔다.

왜일까.

이상하게도 전화를 받기 전보다 지금이, 찝찝한 마음이 배가 되었다.

결국 일찍 들어가 커피숍에서 커피 한 잔을 하려던 계획은 물거품이 되었다. 윤아가 레스토랑에 도착한 것은 겨우 약속 시간을 10분 남기고서였다. 하마터면 한참을 일찍 도착해 놓고도 지각을 할 뻔했다.

"예약하셨습니까?"

예약 여부를 묻는 웨이터에게 윤아는 '차승주'라는 이름을 얘기했다. 예약자를 확인한 웨이터는 금세 그녀를 예약된 룸으로 안내하기 시작했다.

웨이터의 안내를 따라 걸으며 윤아는 레스토랑의 전경을 휘둘러보았다. 1층은 커피숍이고 2, 3층은 레스토랑인 꽤 큰 건물이었는데, 특이한 점은 가운데가 3층까지 뻥 뚫려 있다는 점이었다.

그 가운데에는 분수가 있었는데, 3층에서부터 1층으로 차르르 떨어지는 분수의 물줄기는 시시각각 변하는 LED전구의 색을 따라 형형색색으로 물들어 갔다. 3층까지 이어지는 대리석 계단과 투명한 난간까지. 마치 고급 호텔에 온 것 같은 느낌이었다.

사실 이번 약속에서 유일하게 반가웠던 부분이 약속 장소가 이 레스토랑이라는 것이었다. 예전부터 꼭 한 번 와 보고 싶던 곳이었다.

괜찮은 건물을 방문하게 됐을 때 저도 모르게 구석구석 살피고, 단점과 장점을 찾아내는 건 윤아의 직업병이었다. 하지만 지금은 평소보다 더욱더 세심하게 보고 있는 중이었다. 이 건물이 바로 겸의 작품이었기 때문이다.

겸이 미국으로 떠나기 전 한국에서의 마지막 작품이었다. 이 건물을 설계할 때 겸이 꽤나 심혈을 기울였던 것으로 알고 있다. 그래서 윤아는 더욱더 이 건물이 궁금했었다.

하지만 이 건물이 완공되자마자 미국으로 떠나 버린 녀석이 너무도 괘씸해서 굳이 찾아볼 생각을 하지 않았다. 토종 한국인 입맛인 정훈 때문에 굳이 이런 양식 레스토랑을 찾을 일이 없었기도 했고.

건물을 감상하는 동안 어느덧 예약된 룸 앞에 도착했다. 웨이터가 친절하게 문을 열어 주었고 윤아는 열린 문으로 천천히 들어갔다.

"안녕하십니까. 차승주입니다."

윤아가 룸에 발을 딛기가 무섭게 남자가 자리에서 벌떡 일어나 인사를 건넸다.

10분이나 일찍 도착했기에 상대가 와 있을 줄은 미처 예상하지 못했던 윤아는 살짝 놀란 얼굴로 고개를 꾸벅 숙였다.

"네, 안녕하세요. 서윤아입니다."

승주가 손수 의자를 빼어 주며 말했다.

"앉으시죠."

TV에서나 종종 봤던 남자의 매너에 윤아는 어색하게 쭈뼛쭈뼛 자리에 앉았다. 살짝 엉덩이가 닿으려는 순간, 승주가 의자를 안쪽으로 밀어 준 덕분에 편하게 앉을 수 있었다.

"일찍 오셨네요."

"저도 제가 일찍 온 줄 알았는데 아니었네요. 먼저 와 계셨을 줄은 몰랐어요."

"아닙니다. 이제 막 왔습니다, 저도."

거짓말이다. 자신은 이미 30분 전에 도착해 있었다. 주차장에서 계속 앉아 있었지만 이후에 들어오는 차들 중 남자 혼자 내리는 모습은 보지 못했다. 그러니 아마도 그보다 더 일찍 도착했으리라.

그런데 왜 저렇게 말했을까. 오래 기다렸다고 말하면 내가 미안해할 것 같아서?

윤아는 마주 앉아 있는 남자를 살폈다. 전화로 목소리를 들었을 때 언뜻 머릿속에 그려졌던 이미지와 비슷했다.

딱딱한 말투와 똑 닮은 약간은 경직된 표정. 얇은 은테 안경을 쓴 남자는 날카로운 인상이었다. 하지만 지연이 입에 침이 마르도록 칭찬했던 대로 흔치 않은 외모의 소유자였다.

"주문하시죠."

승주가 활짝 펼친 메뉴판을 건넸다.

"B코스가 해산물입니다."

"네?"

"아, 지연이한테서 들었습니다. 서윤아 씨가 해산물을 좋아하신다고."

기분 탓일까. 그리 말하는 승주의 얼굴이 살짝 붉어진 것처럼 보이는 것은. 상대의 음식 취향까지 미리 듣고 나왔다니. 아무래도 그는 보기보다 꽤 세심한 남자인 모양이었다.

윤아는 메뉴판을 덮으며 승주를 향해 활짝 웃어 보였다.

"네, 맞아요. 별명이 고등학교 때 해산물 킬러였어요."

잠시 후 주문을 받으러 들어오는 웨이터에게 승주는 B코스 두 개를 주문했다.

차승주 씨도 해산물을 좋아하시나 봐요? 물었을 때, 그는 딱딱한 얼굴로 음식은 가리는 거 없습니다. 대꾸했다. 하지만 더 이상 그 대답이 쌀쌀맞게 느껴지지는 않았다.

"아 참. 지난번에는 정말 죄송했어요."

앞에 놓인 물을 홀짝이던 윤아가 문득 드는 생각에 얼른 그를 향해 고개를 꾸벅 숙였다.

"당시에 갑자기 정신없는 일이 생겨서 그만, 본의 아니게 굉장한 무례를 범했어요."

"괜찮습니다. 이렇게 봤으니 됐죠."

"그래도……."

"약속 시간이 지나도 안 나오시길래 바람맞은 줄 알고, 얼마 기다리지 않고 집으로 갔습니다. 그러니 그렇게까지 미안해하실 필요 없습니다."

거짓말 따위는 절대 못 할 것처럼 생겨서 그는 또다시 거짓말을 술술 뱉어 내고 있었다. 이미 지연에게 그가 한 시간이나 저를 기다렸다는 사실을 알고 있는데 말이다.

이 순간, 윤아는 확실하게 깨달을 수 있었다. 방금 전 이제 막 왔다는 말도 저를 배려해서 한 말이라는 것을. 이 남자는 보기와는 달리 배려심이 많다 못해 철철 넘치는 사람이었던 것이다.

그러자 이런 상대를 바람맞혔다는 사실이 더욱 미안하게 느껴졌다. 그러나 그보다 더 미안한 건, 자신은 마지못해 이 자리에 나왔다는 점이었다.

물론 상대방도 지연의 오지랖에 의한 희생양일 순 있었지만, 저를 향한 배려가 넘치는 걸 보니 왠지 그런 것 같지는 않았다.

그리고 역시나.

왜 불길한 예감은 항상 맞는 것인지. 코스 요리 중 메인 메뉴가 나왔을 때, 승주가 말했다.

"지연이한테 얘기 들으셨습니까?"

"네? 무슨 얘기요?"

뜬금없는 질문에 윤아가 들었던 포크를 다시금 슬쩍 내려놓으며 물었다.

"제가 서윤아 씨 소개시켜 달라고 졸랐다는 거요."

"네에?"

"졸랐습니다, 제가."

"……"

"서윤아 씨에게 한눈에 반해서요."

승주의 말에 윤아가 큰 눈을 깜빡거렸다. 전혀 예상치 못한 말이었던지라 충격적이기까지 했다.

"저희가…… 만난 적이 있던가요?"

전혀 모르겠다는 얼굴이다. 그래서 많이 당황스럽다는 듯.

어린아이처럼 뽀얗고 순진무구한 그녀의 얼굴에 승주의 입꼬리가 미세하게 움직였다. 하지만 자세히 봐야 알 수 있을 정도로 미묘한 움직임이라 윤아는 전혀 눈치를 채지 못했다.

"그렇다고 할 수도 있고 아니라고 할 수도 있죠."

"그게 무슨……."

"저는 서윤아 씨를 봤지만, 서윤아 씨는 저를 못 봤을 거라는 얘깁니다."

이 남자, 점점 알쏭달쏭한 말만 한다. 안 그렇게 생겨서는.

수수께끼 같은 승주의 말을 풀어 보려고 윤아가 미간을 그러모으면서 고심할 때였다. 그 모습을 재미있다는 듯 바라보고 있던 승주가 힌트를 던져 주었다.

"〈갓스시〉 단골이시죠?"

〈갓스시〉라는 말에 윤아가 눈을 동그랗게 떴다. 그녀가 가장 좋아하는 초밥 전문점이었다. 못해도 한 달에 한 번은 꼭 출석 도장을 찍을 정도로.

"네. 근데 그걸 어떻게 아셨어요?"

"조금 전에 제가 서윤아 씨를 봤다고 했잖습니까."

"그럼 혹시……?"

"네. 제가 그 가게 주인입니다. 주방장이기도 하고요."

승주의 가벼운 대답에 윤아는 놀랍다는 듯 입을 쩍 벌렸다. 저 얼굴로 회를 뜨다니. 좀처럼 상상이 되질 않는다. 게다가 자신의 단골 가게 주인이었다니.

"그럼 제가 여태 먹은 초밥들이 전부 차승주 씨가 만든 것이라는 건가요?"

"적어도 저희 가게에서 드셨던 초밥들은요."

"우와……!"

동그랗게 말린 입술 사이로 감탄사가 흘러나왔다. 조그만 얼굴도, 커다란 눈도, 붉은 입술도. 온통 동글동글한 윤아의 모습에 승주는 처음으로 피식, 소리 내어 웃었다.

지금 윤아의 얼굴은 지극히 익숙한 얼굴이었다. 몇 년 동안 그가 꾸준히 봤던 얼굴.

승주가 처음 윤아를 본 것은 3년 전이었다. 가게를 오픈한 지 딱 한 달 됐을 때, 그녀가 손님으로 가게에 찾아왔다.

당시 그녀를 눈여겨보게 된 이유는 딱 하나였다. 혼자서 가게를 찾아온 여자 손님은 그녀가 처음이었기 때문이다. 그것도 포장이 아니라 홀에서 당당하게 먹고 간다고 했다.

카운터를 보는 알바생에게 그 이야기를 전해 들은 승주는 초밥을 만들어 내보낸 뒤, 슬그머니 홀로 나와 보았다. 그곳엔 하얗고 조그맣고 동글동글하게 생긴 여자가 자신이 만든 초밥을 맛있게 먹고 있는 모습이 보였다.

'우와, 진짜 맛있어.'

그녀는 그때도 지금처럼 입술을 동그랗게 말고 감탄을 했다. 그러곤 어찌나 복스럽게 먹던지, 매일 만들어 초밥이라면 지긋지긋한 자신조차도 먹고 싶다는 생각이 들 정도였다.

요리를 하는 사람에게 있어서 누군가가 자신이 만든 요리를 맛있게 먹어 주는 것보다 더 기쁜 일이 또 어디 있을까. 한 점, 한 점. 먹을 때마다 눈빛이 초롱초롱 빛나는 그녀의 모습이 가슴에 쿡 박혔다.

그 뒤로도 그녀는 한 달에 한 번은 꼭 나타났다. 첫날처럼 혼자올 때도 있었고, 누군가와 함께 올 때도 있었다. 하지만 늘 맛있게 먹는 그 모습만큼은 한결같았다.

그러던 어느 날, 그녀가 처음으로 남자 친구와 함께 가게를 찾아왔다. 그리고 그날, 승주는 이상하게도 묘한 기분에 휩싸였다.

어째서 실망스러운 감정이 든단 말인가. 대화 한번 나눠 보지 않은, 그저 제 음식을 맛있게 먹어 주는 단골손님이었을 뿐인데 말이다.

그렇게 혼란스러운 감정을 느끼길 몇 달. 어느 날 연락하고 지내던 고등학교 후배 지연에게서 가게에 밥을 먹으러 오겠다는 연락을 받았다. 가게를 오픈한 지 꼬박 2년 만이었다.

'됐어. 안 와도 돼.'

'선배는 왜 손님을 거부하고 그래?'

'너 초밥 별로 안 좋아하는 거 다 아는데, 뭐. 네가 안 팔아 줘도 충분히 장사 잘되고 있으니까 걱정 마.'

'그게 아니라, 우리 회사 대리님이 좋아하셔. 선배 가게 초밥 을.'

'아, 그래?'

'응. 그래서 점심시간에 같이 가려는 거야. 오랜만에 선배도 볼 겸해서 겸사겸사.'

오랜만에 보는 후배와 그녀의 회사 상사를 위해 특별 메뉴를 준비하고 있을 때였다. 주방의 커튼 너머로 지연의 모습이 보였 다. 그리고 지연과 함께 들어오는 윤아의 모습도.

그는 정말이지 깜짝 놀랐다. 세상이 좁다지만 이렇게까지 좁을 줄은 몰랐다. 그녀가 지연이 다니는 회사의 대리일 줄이야. 그때 까지만 해도 승주는 이 모든 게 신기한 우연이라고 생각했다.

그런데 얼마 전, 우연한 계기로 지연에게서 그녀의 이별 소식 을 듣게 되었다. 생판 남의 이별 소식에 왜 자신의 광대와 입꼬리 가 승천을 하려는 것인지.

'정말이야? 정말로 헤어졌다고?'

'그래. 근데 한 대리님 이별 소식에 선배가 왜 이렇게 관심을 가져? 수상한데?'

'아니, 뭐. 그냥, 우리 가게 단골이니까……'

'모든 가게 주인들이 단골의 연애사에 관심을 가지진 않지. 게다가 선배처럼 남 일에 무심한 사람이라면 더더욱.'

'⋯⋯.'

'솔직히 말해 봐, 선배. 혹시 우리 대리님한테 흑심 있는 거 아니야?'

세상 모든 일에 무심한 승주는 그제야 자신의 마음을 깨달았다. 아, 내가 이 여자를 마음에 두고 있었구나. 하고.

그 사실을 깨달은 뒤로 승주는 체면이고 뭐고 다 덮어 두고 지연을 조르기 시작했다. 자리 한번 만들어 달라는 부탁이었다.

지연은 그녀가 남자 친구와 헤어진 지 얼마 안 돼서 곤란하다 했지만, 그런 불리한 말 따위는 한 귀로 듣고 한 귀로 흘리며 무작정 고집스럽게 졸라 댔다. 결국 지연이 두 손 두 발을 다 들고 이렇게 자리를 마련해 줄 때까지.

지연이 말했다. 선배가 이렇게 막무가내인 남자인 줄 몰랐다고. 그때 승주가 대답했다. 나도 내가 이런 놈인 줄 몰랐다고.

"세상이 참 좁네요."

아직도 이 말도 안 되는 우연이 믿어지지가 않는지 윤아가 얼떨떨한 얼굴로 얘기했다.

그에 승주 역시 고개를 끄덕이며 대꾸했다.

"그러게 말입니다."

요즘 왜 이렇게 불편한 식사 자리가 자주 생기는지 모르겠다.

게다가 또 하필이면 코스 요리라 음식이 나오는 속도도 더뎠다.

윤아는 저를 빤히 바라보는 승주의 눈빛을 애써 외면하며 길고 긴 식사를 끝냈다.

"계산서 이리 주세요."

"계산서 말입니까?"

"식사는 제가 살게요. 저번에 바람맞혔던 것에 대한 사죄의 의미로요."

식사를 끝마치고 룸을 나서며 윤아가 승주의 손에 들린 계산서를 뺏어 들었다. 하지만 곧 승주가 도로 그녀의 손에서 계산서를 쏙 빼냈다.

"아닙니다. 예전부터 제가 서윤아 씨에게 식사 대접을 꼭 하고 싶었습니다."

"그래도 이번엔 제가……."

"정 미안해서 그러시는 거면 식사는 됐고."

윤아의 말을 뚝 끊으며 승주가 말했다.

"영화 한 편 보여 주시는 게 어떻겠습니까?"

"영화요?"

"네. 안 그래도 보고 싶은 영화가 최근에 개봉을 했더군요."

그리 말한 승주는 어느덧 계산대 앞에 가서 계산서와 함께 자신의 카드를 내밀고 있었다.

이게 아닌데…….

승주의 뒷모습을 바라보며 윤아는 짧막하게 한숨을 내쉬었다.

월요일 아침. 출근을 하자마자 윤아는 대리님, 커피 한잔해요! 소리치는 지연의 손에 의해 탕비실로 질질 끌려왔다.

　"여기요. 대리님."

　"고마워."

　지연이 건네는 머그잔을 받아 들며 윤아가 어색하게 웃었다. 이다음 지연의 입에서 나올 말이 충분히 예상됐기 때문이다.

　그리고 역시나, 지연이 과도하게 두 눈을 반짝이며 물었다.

　"어떻게 됐어요?"

　"응? 뭐가?"

　시침을 뚝 떼고 물었지만 그냥 넘어갈 지연이 아니다. 지연이 가볍게 그녀의 어깨를 툭 치며 말했다.

　"아이참. 어제 선배 만나셨다면서요. 다 들었어요. 어땠어요?"

　"다 들었다면서. 근데 뭘 물어?"

　"두 분이 어제 만나기로 했다는 것까지만 딱 들었어요. 그 선배가 워낙 입이 무거운 사람이라, 궁금해 죽겠다는데도 더는 얘기를 안 해 주더라고요."

　"나도 입이 무거운 사람인데……."

　"서 대리님까지 진짜 이러실 거예욧!"

　지연이 섭섭하다는 듯 꽥 소리를 내질렀다. 하지만 윤아는 못 들은 척 커피만 홀짝거릴 뿐이었다.

'제가 성격이 원체 급하기도 하고, 이런 걸 돌려 말하는 성격도 아니라……. 조금 성급하게 구는 것 같긴 하지만, 이 자리에서 단도직입적으로 말씀드리겠습니다.'

영화를 다 보고 나왔을 때의 일이었다. 영화관의 지하 주차장에 도착해 이제 막 각자의 차로 흩어지려는 순간, 승주가 대뜸 말을 꺼냈다.

대충 뒷말을 예상한 윤아의 낯빛이 어두워졌다.

'서윤아 씨에게는 갑작스러울 수 있겠지만, 저는 서윤아 씨에 대해 알아 가고 싶습니다.'

'……'

'아, 그렇다고 지금 당장 저와 교제를 해 달라고 말하는 건 아닙니다. 그냥 단발성 만남으로 끝나지만 말고. 앞으로 몇 번 더 만나 보고 싶다는 말씀을 드리는 겁니다.'

이토록 진중한 고백이라니.

윤아의 얼굴에 티 나게 당혹감이 서렸다. 누군가에게 고백을 받는다는 것 자체가 아주 오랜만의 일이라 더욱 낯설게 느껴졌다.

'당신에게 저란 놈에 대해 조금 더 알려 드릴 수 있도록. 기회를 주시지 않겠습니까?'

하루 종일 무표정하던 남자의 입가가 살짝 떨리는 것이 보였다. 긴장을 하고 있다는 얘기일 터. 저를 향한 눈빛과 살짝 떨리는 목소리가 여실히 알려 주고 있었다. 그저 가볍게 던지는 말이 아니라 진심을 다한 고백이라는 것을.

그래서 더 망설일 수가 없었다. 진심을 다한 고백에는 진심을 다해서 대답해 줘야 하는 게 맞는 거니까. 윤아는 두 눈을 질끈 감고 대답했다.

'……죄송해요.'

'거절, 입니까?'

'……'

'역시 제가 너무 성급하게 군 것 같군요. 조금만 더 생각을 해 주실 수 없겠습니까?'

승주가 흔들리는 눈빛으로 저를 바라보고 있었다. 윤아는 더욱더 단호하게 대답했다.

'아니요. 정말 죄송해요. 저는 지금 남자를 만날 생각이 없어요. 이 자리도 사실 지연 씨의 부탁을 거절하기가 힘들어서 어쩔 수 없이 나온 거예요. 만약 차승주 씨의 그런 마음, 진작 알았다면 결코 나오지 않았을 거예요.'

'그렇군요.'

승주가 씁쓸한 얼굴로 고개를 끄덕였다. 윤아는 승주를 향해 최대한 정중한 몸짓으로 고개를 꾸벅 숙여 보였다.

'제가 차승주 씨의 소중한 시간을 두 번이나 빼앗았네요. 정말로 죄송합니다.'

이번에도 승주는 담담한 어조로 괜찮습니다, 말했다. 자신이 욕심을 부린 걸 알고 있다고, 오히려 부담을 줘서 제가 더 미안하다고 사과했다.

그 말에 더 미안한 마음이 들어 윤아는 또 죄송합니다, 고개를 숙였다.

누군가 봤다면 둘이서 개그를 하는 줄 알았을 것이다. 그렇게 서로를 향해 몇 번이고 사과를 한 다음에야 두 사람은 각자의 차로 향했다.

"대리님! 정말 말 안 해 주실 거예요?"

침묵을 유지하고 있는 윤아의 팔을 지연이 흔들어 댔다. 답답해 죽겠다는 얼굴이다.

"아니, 잘됐으면 잘됐다. 안 됐으면 안 됐다. 그 정도는 소개팅 주선자한테 얘기해 줄 수 있는 거잖아요. 둘 다 포커페이스는 또 얼마나 대단한지, 말 안 해 주면 잘된 건지 잘 안 된 건지 감이 전혀 안 온단 말이에요."

지연의 호기심이 이해는 됐다. 본인의 말대로 그 결과가 어찌 됐건 소개팅이라는 걸 주선한 사람이었으니, 그 정도의 알 권리는 있다는 생각도 들었고.

"잘 안 됐어."

윤아는 들고 있던 머그잔을 만지작거리며 간단하게 대답했다. 그러자 예상하지 못했다는 듯 지연의 눈이 동그랗게 커진다.

"잘 안 됐어요? 왜요?"

"왜긴. 나 당분간은 남자 만날 생각 없다고 했잖아. 그 자리도 지연 씨 때문에 어쩔 수 없이 나간 거 알면서."

"그건 그렇지만. 그래도 우리 선배 진짜 괜찮은 사람인데……."

"그래. 괜찮은 사람인 것 같더라."

"그죠? 만나면 만날수록 더 진국이거든요, 그 선배가."

지연이 두 눈을 반짝이며 말했다.

진국.

어제 봤던 그 남자에게 꼭 맞춤옷처럼 잘 어울리는 단어인 듯했다. 하지만 딱 거기까지였다.

윤아는 기대에 찬 지연의 눈을 보며 고개를 내저었다.

"근데 그 사람이 좋은 사람인 거랑은 별개의 문제야, 이건."

"그래도요. 딱 한 번만 더 만나 보고 결정하시면 안 돼요? 만나다 보면 마음이 바뀔지 또 누가 알아요. 네?"

저번에도 지연이 이렇게 끈질기게 소개팅 권유를 해서 어쩔 수 없이 알겠노라 대답했던 것이었다. 정말로 그 남자의 속사정을 알았더라면, 가벼운 만남의 자리가 아니라 저를 향한 마음이 담긴 자리인 줄 진작 알았더라면, 끝까지 거절했을 것이다.

"지연 씨."

또 저번처럼 끈질기게 물고 늘어지는 지연을 향해 윤아가 그만 하라는 듯 낮게 그녀의 이름을 불렀다.

그제야 지연은 흥분을 가라앉히고 머쓱해진 얼굴로 사과했다.

"죄송해요, 대리님. 제가 너무 아쉬워서 그랬어요."

지연의 마음은 잘 알았다. 좋은 사람이니 잘해 보라고. 다른 마음이 있어서 그런 게 아니라 아쉬운 마음에 이런다는 걸.

그래서 윤아는 지연의 오지랖에 화를 내는 대신 낮게 웃으며 커피를 한 모금 들이켰다.

단 한 번의 만남이었지만 그의 눈빛과 목소리, 그리고 대화를 통해 '차승주'라는 남자가 꽤 괜찮은 사람이라는 건, 윤아 역시 알 수 있었다.

그녀 역시도 솔직히 조금은 아쉬운 생각이 들긴 했다. 지금 이 타이밍이 아니었다면, 어쩌면 괜찮은 인연이 되었을지도 모르겠다고.

사실 승주의 고백을 칼같이 거절한 건, 남자 친구와 헤어진 지 한 달밖에 되지 않았고, 그래서 남자를 만날 생각이 없다는, 표면적인 그 이유 때문만은 아니었다.

더 큰 이유는 조심스러운 승주의 고백을 받는 순간, 그 위로 겸의 얼굴이 겹쳤기 때문이었다.

자신도 모르겠다.

그 순간 어째서 진지한 고백을 하는 남자의 얼굴 위로, 섹스 파트너 따위나 하자던 겸의 얼굴이 떠올랐던 건지. 어째서 진지한 그 고백에 일분일초도 더 고민해 봐야겠다는 생각조차 들지 않았던 건지.

윤아가 복잡한 머릿속을 떨치려 내리깔았던 시선을 들어 올렸을 때였다. 언제부터 와 있었던 건지 반쯤 열린 탕비실 문틈 사이로 겸의 모습이 보였다.

갑작스러운 겸의 등장에 윤아의 눈이 살짝 커졌다. 하지만 겸은 무심한 얼굴로 손을 들어 문을 똑똑 두드릴 뿐이다.

"안녕하세요. 한 팀장님."

지연이 겸을 발견하고 밝게 웃으며 인사를 건넸다.

"김지연 씨. 부장님이 찾으시던데요."

"부장님이 절 찾으셨다고요?"

"네. 뭐 때문인지는 모르겠지만, 꽤 급한 일인 것 같던데."

"그래요? 대체 무슨 일이지……."

지연은 전혀 짚이는 게 없는지 고개를 갸웃하면서도, 얼른 들고 있던 잔을 싱크대 위에 내려놓고는 빠른 걸음으로 문을 향해 걷기 시작했다.

"대리님. 저 먼저 가 볼게요."

"응. 그래."

지연이 탕비실을 나가고 활짝 열려 있던 문이 탁, 닫혔다. 그와 동시에 좁은 탕비실 안에 서늘한 기운이 감돌았다.

문 바로 앞에 서 있는 겸이 비스듬하게 윤아를 내려다보고 있었다. 그 눈빛이 왠지 모르게 차갑다.

대체 어디서부터 들은 거야? 어제 거짓말을 했다는 것도 다 들었나?

겸의 시선을 고스란히 받아 내며 윤아는 그의 표정을 읽으려고 노력했다. 그러나 워낙 얼굴에 감정을 드러내지 않는 녀석이라 도저히 무슨 생각을 하는지 읽어 낼 수가 없었다.

단지 확실하게 알 수 있는 건, 무언가가 녀석의 심기를 거슬렀다는 것이다. 그게 자신인지, 아니면 다른 무엇인지는 확신할 수 없지만.

"커피 마시러 왔어?"

결국 무거운 침묵을 먼저 깬 건 윤아였다. 하지만 겸은 대답도 않고 그녀를 빤히 바라볼 뿐이었다. 여전히 서늘한 시선이다.

무슨 말이라도 하면 좋으련만. 한참을 기다려도 굳게 닫힌 입술은 벌어질 기미가 보이지 않았다.

안 그래도 좁은 공간이라 답답한 느낌인데, 이런 무거운 공기라니. 이러다간 숨이 막혀서 죽을 수도 있겠다는 생각이 들었다. 농담이 아니라 진심으로.

일단 자리를 벗어나는 게 우선이라는 생각에 윤아는 남아 있던 커피를 개수대에 쏟아부었다. 지연이 두고 간 커피까지 모두 버린 다음, 잔을 씻기 위해 수도꼭지를 틀었을 때였다.

굳게 닫혀 있던 겸의 입이 열렸다.

"소개팅을 했다고?"

서늘한 시선보다 더 서늘한 목소리.

윤아의 고개가 절로 겸을 향해 돌아갔다. 겸의 한쪽 입꼬리가 비웃듯 말려 올라간다.

"민지라는 이름이었나 보지, 그 남자가."

다 들었구나.

윤아는 속으로 한숨을 집어삼켰다.

이렇게 금방 들통날 줄 알았다면 어제 그냥 솔직하게 얘기하는 건데 그랬다. 괜히 쓸데없이 거짓말은 해 가지고…….

"미안."

툭 뱉어지는 윤아의 사과에 겸의 눈매가 가늘어졌다.

"뭐가 미안한데?"

"거짓말한 거. 속이려고 한 건 아니었는데, 나도 모르게 말이 그렇게 나갔어."

"그게 전부야?"

"응?"

윤아가 무슨 말이냐는 듯 되묻자, 겸이 그녀를 향해 성큼 다가 왔다.

"네가 나한테 미안한 거, 그게 다냐고."

위압감이 느껴지는 겸의 눈빛에 윤아의 어깨가 흠칫 떨렸다. 이번에는 헷갈릴 것도 없었다. 분명 저 얼굴은 화가 난 얼굴이었 다. 그것도 다른 무언가가 아닌 바로 자신 때문에.

하지만 왜? 대체 왜?

"그럼 뭐?"

윤아는 애써 덤덤한 척 그를 올려다보았다.

"설마 소개팅한 것도 너한테 사과해야 한다는 거야?"

일순, 겸의 얼굴이 티 나게 굳었다.

"그래서 넌 지금 당당하다?"

"그래. 당당해. 내가 네 앞에서 당당하지 못할 이유 있어?"

윤아는 지금 저를 향해 화를 내고 있는 겸이 이해가 가질 않았다.

변하는 건 없다고. 그냥 섹스만 추가된 거라고. 파트너일 뿐이라고. 그렇게 제 입으로 말하지 않았던가.

어제는 저도 모르게 남자를 만난다는 걸 숨기기는 했지만, 거짓말한 것을 제외하면 잘못한 일은 전혀 없다고 생각했다. 찜찜한 마음이 들기는 했지만 그건 겸에게 미안해서가 아니라, 분명 그 남자에게 미안해서였으니까 말이다.

하지만 겸은 생각이 다른 모양이었다. 삐딱하게 그녀를 내려다보고 있던 겸의 새카만 눈동자가 착 가라앉았다.

"그래. 네가 소개팅을 하든 말든, 문제 될 건 없지. 너랑 나는 연인이 아니라, 섹스 파트너니까."

노골적인 겸의 말에 이번에는 윤아의 얼굴이 살짝 굳었다.

이미 확실히 인지하고는 있었지만 이렇게 대놓고 들으니 기분이 묘했다. 친구도 연인도 아닌, 그저 한낱 '섹스 파트너'라는 이름으로 겸과 자신이 묶여 있다는 것에 왠지 허탈한 기분까지 들었다.

"근데."

겸이 한 걸음 더 그녀의 앞으로 다가왔다. 그와 동시에 윤아의 걸음이 한 걸음 뒤로 주춤 물러났다.

그러나 겸은 또다시 한 걸음 성큼 다가와 그녀와의 거리를 좁혔다.

"네가 잊으면 안 되는 게 있어."

서늘하게 말하며 겸이 그녀의 양어깨를 붙든 채 벽으로 밀쳤다. 쿵. 그녀의 등이 차가운 벽에 완전히 닿았다.

"지금, 뭐 하는 거야?"

겸의 단단한 팔과 벽 사이에 완전히 갇혀 버린 윤아가 당황해서 소리쳤다. 하지만 겸은 전혀 동요 없이 여전히 서늘한 눈으로 그녀를 내려다볼 뿐이었다.

겸의 시선이 그녀의 붉은 입술에 닿았다. 이상했다. 분명 녀석의 시선은 서늘하다 못해 싸늘할 지경이었는데, 그런 시선이 닿는 입술은 불에 데기라도 한 것처럼 화끈거렸다.

윤아가 저를 붙들고 있는 팔을 치워 내려고 할 때였다. 겸이 손을 뻗어 그녀의 입술을 스윽, 부드럽게 쓸었다.

"여기."

입술을 훑는 간지러우면서도 자극적인 감각에 윤아의 몸이 뻣뻣하게 굳었다.

그 순간이었다. 겸의 얼굴이 훅 다가오는가 싶더니, 이내 그의 입술이 윤아의 입술을 듬뿍 머금었다.

"읍!"

갑작스러운 키스에 윤아가 고개를 틀었다. 하지만 겸은 그녀의 입술을 문 채로 놓아주지 않았다. 도톰한 입술을 훑던 겸의 혀가 집요하게 그녀의 닫힌 입술을 벌리고 안으로 들어왔다.

말랑한 것이 윤아의 입 안을 헤집기 시작했다. 마치 그녀의 입에 남아 있던 커피의 쓴맛을 모조리 가져가기라도 할 듯 겸은 집요하게 입 안을 훑고 빨아 당겼다.

이렇게까지 거칠게 몰아붙이는 키스는 처음이었다. 입 안으로 흘러 들어오는 겸의 거친 숨결은 따뜻하다 못해 뜨겁게 느껴졌다.

그 열기가 고스란히 윤아에게 전해졌다. 머리가 찌릿하고 몸이 뜨거워지기 시작했다.

대체 뭘까. 이 느낌은…….

낯설고 생경한 느낌에 윤아가 속으로 거듭 당황할 때였다. 움직이지 못하게 윤아의 턱을 붙들고 있던 겸의 손이 천천히 아래로 내려가더니, 블라우스 안으로 훅 들어왔다.

브래지어 틈을 비집고 들어온 그의 손이 윤아의 젖가슴을 세게 움켜쥐었다.

"으읏!"

겸의 손아귀 안에서 그녀의 가슴이 사정없이 비틀렸다. 짜릿한 고통과 함께 묘한 쾌감이 느껴졌다.

"여기도."

겸이 윤아에게서 입술을 살짝 떨어뜨리며, 숨을 토해 내듯 속삭였다. 그러고는 다른 한 손이 천천히 그녀의 몸을 훑고 내려간다 싶더니, 이내 그녀의 치마 안으로 훅 들어왔다.

"그리고……."

그는 그녀의 몸을 와락 끌어안듯 망설임 없이 탄력 있는 한쪽 엉덩이를 거칠게 움켜쥐었다.

"여기도."

여전히 뜨거운 숨을 토하듯 말을 뱉어 내며, 겸이 윤아의 이마에 제 이마를 맞댔다. 아주 가까운 거리에서 두 사람의 시선이 마주쳤다.

솟구치는 화를 억지로 참아 내기라도 하는 듯 겸의 눈빛은 짙게 가라앉아 있다.

"다 내 거라는 거."

겸이 그녀의 가슴과 엉덩이를 움켜쥐고 있던 손을 천천히 풀어 냈다. 그리고 윤아를 똑바로 바라보며 경고하듯 말했다.

"명심해, 서윤아."

"……."

"난 내 거 남이랑 나눠 갖는 취미 없으니까."

세상에 이런 살벌한 경고가 또 어디 있을까.

윤아는 겸이 탕비실을 나가자마자 다리에 힘이 풀려 바닥에 쓰러지듯 풀썩 주저앉았다.

구겨진 블라우스와 허리춤까지 말려 올라간 치마를 정리해야 한다는 생각도 못 한 채 눈만 깜빡였다. 마치 한차례 폭풍우가 휩쓸고 지나가기라도 한 듯 머리가 멍했다.

도대체 지금 저에게 무슨 일이 일어난 건지 모르겠다. 손쓸 틈도 없이 남자의 힘에 눌려 강제로 어떤 짓을 당했던 것 같기는 한데, 이상하게도 전혀 불쾌한 느낌은 남지 않았다. 그저 달뜬 호흡만이 흘러나올 뿐.

만약 이곳이 회사가 아니라 침대 위였다면, 위험했을지도 모르겠다. 분명 자신이 화를 내야 할 상황인데도 화가 나기는커녕, 겸이 아까 키스를 멈추고 입술을 뗐을 땐 아쉽다는 생각마저 들었으니까.

인정하기는 싫지만, 막무가내로 밀어붙이는 녀석의 거친 스킨십에도 몸과 마음이 동했던 것이다.

"……나 미쳤나 봐, 진짜."

넋이 나간 얼굴로 윤아가 중얼거렸다.

Bad
relationships

늦은 후회

툭. 투툭.

창문을 두드리는 빗소리에 침대 헤드에 등을 기대고 앉아 책을 읽고 있던 윤아가 벌떡 자리에서 일어났다.

투명한 유리창 너머로, 먹구름이 잔뜩 낀 하늘이 흩뿌리는 빗방울들이 또렷이 보인다. 분명 어젯밤 일기 예보에서는 이제 장마가 끝나서 당분간은 비 소식이 없을 거라고 했었는데 말이다.

"일기 예보를 믿은 내가 바보지."

한숨을 푹 내쉰 윤아는 책상 의자에 걸려 있던 얇은 베이지색의 카디건을 대충 걸쳐 입고 집을 나섰다.

그녀의 걸음이 향한 곳은 바로 위층인 옥상이었다. 오래되어 녹이 슨 옥상 철문을 열고 들어가자 활짝 펼쳐진 건조대에 걸려 있는 빨래들이 고스란히 비를 맞고 있는 모습이 보인다.

윤아는 허겁지겁 빨래집게를 빼내기 시작했다. 그와 동시에 갑자기 거세진 빗줄기가 그녀의 머리와 옷을 적시기 시작한다.

빗방울이 제법 굵다. 내리는 속도도 점점 빨라지는 것 같고.

"젠장. 타이밍 한번 멋지네."

윤아는 이를 악 깨물고 손을 더 빠르게 움직였다.

장마 기간 동안 쌓아 두었던 탓에 꽤 많은 양의 빨래들을 하나하나 품에 안고, 마지막으로 건조대까지 잘 접은 윤아는 그 모든 것을 한 번에 들고 뒤뚱뒤뚱 옥상을 내려왔다.

젖은 빨래와 젖은 머리카락에서 물방울이 뚝뚝 떨어졌다. 갑자기 비가 폭우처럼 쏟아지는 바람에 고작 몇 분 만에 빨래는 물론이거니와 자신까지 홀딱 젖어 버렸다.

품에 안겨 있는 빨래들은 무겁지, 어깨에 대충 걸친 건조대는 제 키만 하지, 거기다가 빗물 땜에 온몸이 찝찝하기까지 하니 짜증이 확 치민다. 오늘 아침에 웬일로 부지런을 떨었던 자신이 원망스러워지기까지 했다.

그렇게 짜증스럽게 현관문을 열어젖힌 순간.

"왔어?"

집 안에서 겸의 얼굴이 배꼼 튀어나왔다.

예상치 못한 등장에 깜짝 놀란 윤아의 눈이 둥그렇게 커졌다.

"뭐야. 너 언제 왔어?"

"지금 막."

겸이 그녀의 품에 한 아름 안겨 있는 빨래들과 건조대를 받아

들며 가볍게 대꾸했다. 그 모습이 꼭 이 집의 주인인 것처럼 아주 자연스럽다.

"말도 없이 웬일이야?"

"심심해서."

"내가 집에 없었으면 어쩌려고?"

윤아가 황당하다는 얼굴로 묻자 겸이 피식, 웃는다.

"네가 주말에 나 말고 만날 사람이 누가 있어. 박민지도 요즘 바쁘다며."

저거 지금 나 무시하는 거 맞지?

왠지 자존심이 팍 상하는 기분에 윤아가 발끈해서 소리쳤다.

"야. 무슨, 내가 만날 사람이 너희 둘밖에 없는 줄 알아?"

"그럼 아니야?"

"어?"

"나랑 박민지 말고. 네가 만날 사람이 또 있냐고."

심드렁한 겸의 물음에 윤아는 살짝 벌리고 있던 입을 꾹 다물었다. 딱히 생각나는 인물이 없었기 때문이다.

사실 윤아는 인간관계가 꽤나 좁은 편이었다. 태어났을 때부터 늘 함께해 온 겸과 마음이 잘 맞는 민지가 있었기에 이만하면 충분하다고 생각하기도 했고. 애인이 자신에게만 올인해 주길 바라는 성향의 정훈을 만나면서는 그나마 있던 친구들과도 연락이 뚝 끊겨 버렸다.

그러니까 겸의 말대로 자신은, 주말에 만날 사람이 없어서 집이나 지키는, 그래서 굳이 연락하지 않고 언제든 찾아와도 상관없는, 그런 사람이었던 것이다.

지금껏 의식하지 못하고 지냈는데, 이렇게 정리를 하고 보니 참으로 불쌍한 인간이 아닐 수 없다.

"거봐. 없지?"

겸이 얄밉게 웃었다.

왠지 진 느낌이다. 재수 없어.

"그래도 앞으론 연락 먼저 하고 와. 안 그러면 문 안 열어 줄 테니까. 그리고 비밀번호도 멋대로 누르고 들어오지 말고."

윤아가 단호하게 말했다. 하지만 그런 윤아의 말은 듣는 둥 마는 둥 겸이 빨래를 만지작거리며 물었다.

"근데 이거 다 젖었는데?"

"아, 그거. 다시 널어야 해."

"빗물인데 다시 안 빨아도 괜찮아?"

"그 정도는 괜찮아."

"그럼 이건 내가 널 테니까, 넌 일단 씻고 와라. 많이 젖었네."

그리 말한 겸은 윤아가 뭐라고 대답을 할 새도 없이 휙 몸을 돌려 베란다를 향해 걸었다. 그러고는 건조대를 펼치더니 옷을 야무지게 탈탈 털어 하나씩 하나씩 빨래집게에 꽂기 시작한다.

그 모습이 어찌나 자연스러운지, 정말 이곳이 겸의 집인지 제 집인지 헷갈릴 지경이다. 모르는 사람이 보면 분명 자신이 겸의 집에 놀러 온 손님으로 보이리라.

밖에서는 결코 볼 수 없는, 흰색 면 티에 검은색 반바지를 입은 겸의 편한 차림도 그에 한몫하는 듯했다. 게다가 머리 손질을 하지 않아 자연스럽게 앞으로 흘러내린 앞머리까지. 밖에서 보이던 딱딱하고 차가운 이미지와는 확실히 느낌이 많이 달랐다.

그러고 보니 요즘 겸의 출입이 잦았다. 야근을 하는 날이면 자신의 집까지 가기 너무 귀찮다며, 회사에서 가까운 윤아의 집에서 자고 갔고. 주말이면 오늘처럼 심심하다며 불쑥 집으로 찾아오곤 했다.

오늘 한 빨래 중에 겸의 팬티가 무려 세 장이나 있었으니 말 다 했다.

아무리 가족이라도 누군가와 함께 사는 게 불편해서 일찍 독립을 했고, 심지어는 5년을 만난 정훈마저도 집에 들였던 적이 손에 꼽을 정도였다.

그런데 이상하게도 겸과 함께 있는 것은 불편하게 생각되지 않았다. 예고도 없이 이렇게 제멋대로 불쑥불쑥 찾아오는데도 말이다.

사실 처음엔 30년 지기 친구와 하루아침에 섹스를 나누는 사이가 됐다는 것이 당황스럽기도 하고, 불편하게 느껴졌었다. 이러다 차라리 인연을 끊느니만 못한 사이가 되는 건 아닐까, 하는 걱정이 가장 앞섰었다.

그런데 웬걸. 시간이 지나고 나니 불편하기는커녕 원래도 마음이 잘 통하는 녀석과 속궁합까지 잘 맞으니, 어느덧 이보다 더 좋을 순 없는 관계가 되어 버렸다.

오히려 정훈과 연애를 할 때보다 훨씬 편했다. 몸도 마음도, 모두.

요즘은 문득문득 그런 생각이 든다. 이렇게 지내는 것도 나쁘지 않은 것 같다고.

샤워를 끝낸 윤아가 욕실에서 머리까지 대충 말리고 나왔을 때, 겸은 현관에서 배달원에게 치킨을 받아 들고 있었다. 방 안을 휙 둘러보니 테이블에 맥주 두 캔이 나란히 놓여 있고 TV 화면에는 영화의 시작을 알리는 장면이 일시정지가 되어 있는 게 보인다.

"치킨 괜찮지?"

"이미 시켜 놓고 뭘 물어?"

소파로 가로질러 오며 윤아가 황당하다는 듯 물었다.

"그래서 괜찮다는 거야, 안 괜찮다는 거야."

"치킨은 사랑이지."

테이블에 치킨을 내려놓으려던 겸이 도로 뺏을 듯 말하자, 윤아가 날름 대답하며 치킨 봉지를 받아 들었다.

그 모습에 겸이 픽, 웃었다.

"근데 DVD 빌려 왔어?"

빠른 손놀림으로 치킨을 세팅하며 윤아가 물었다.

"응."

"뭔데?"

"인터스텔라. 너 보고 싶다며."

겸의 대답에 윤아의 눈이 반짝였다.

개봉했을 당시 신드롬을 일으킬 정도로 대단한 인기를 끌었던 영화였다. 안 본 사람들이 손에 꼽힐 정도로.

그런데 안타깝게도 그 손꼽히는 사람들 중에 윤아도 포함되어 있었다. 정훈이 SF 영화는 좋아하지 않았기 때문이다.

사람들이 다 재미있대. 라는 말이 씨알도 먹히지 않았다. 결국 정훈과 영화를 보는 것을 포기하고 다른 사람들에게 물어봤을 땐 이미 다들 보고 난 후였다.

믿었던 민지마저도 친구들과 함께 영화를 관람했다는 얘기에 아, 난 이 영화를 영영 볼 수 없겠구나. 하고 아예 포기했었다. 혼자서 영화관을 갈 순 없는 노릇이었으니까.

"근데 넌 이거 봤다고 하지 않았어?"

자신의 기억이 맞는다면 주변 인물들 중에서 이 영화를 제일 먼저 보고 재미있더라, 얘기해 준 사람이 겸이였다.

"응. 근데 재미있었던 거라 또 봐도 괜찮을 거 같아서."

"그래?"

윤아가 살짝 놀랍다는 듯 겸을 바라보았다. 그도 그럴 것이 겸은 한 번 본 영화는 절대 두 번 보지 않는 성격이었다. 그건 영화뿐만 아니었다. 드라마도, 책도 포함이었다.

겸은 이미 알고 있는 내용을 또다시 보는 건 시간 낭비일 뿐이라고 늘 말했었다. 머리가 좋아서 아무리 시간이 지나도 한 번 봤던 것은 또렷하게 기억하고 있는 탓이기도 했다.

인간은 망각의 동물이라는데 겸은 그게 잘 안 되는 편이었다. 공부를 할 때는 엄청난 도움이 되는 머리였지만, 그 외에는 글쎄. 딱히 좋아 보이진 않는다.

어쨌든 그런 녀석이 다시 보겠다고 하는 걸 보니, 어지간히 이 영화가 재미있기는 한 모양이었다. 한층 더 기대가 된다.

"이제 불 꺼도 돼."

치킨 무까지 완벽하게 세팅한 윤아가 겸을 향해 얘기했다. 겸이 벽에 있던 스위치를 눌렀다.

방을 밝게 비추고 있던 형광등이 꺼지자 제법 분위기가 났다. 아직 오후 5시밖에 되지 않았지만 비가 내리는 덕분에 커튼을 치지 않아도 딱 정당히 어두웠다.

불을 끄는 미션을 끝내고 돌아온 겸이 자리에 앉았다. 그리 넓지 않은 소파라 두 사람의 허벅지가 자연스럽게 부딪혔다.

움찔.

괜스레 당황한 윤아는 얼른 다리를 꼬았다.

요즘 들어 계속 이 상태다. 예전 같았으면 대수롭지 않게 여겼을 가벼운 스킨십에도 깜짝깜짝 놀라곤 했다. 겸은 별생각이 없어 보이는데 저 혼자 과하게 의식하는 것 같아서 민망할 정도다.

슬쩍 바라본 겸의 옆얼굴은 역시나 평상시와 다름없었다.

음란 마귀가 낀 건 진정 자신뿐이란 말인가.

괜히 민망해진 윤아는 얼른 리모컨의 재생 버튼을 눌렀다. 멈춰 있던 화면이 움직이기 시작한다.

역시 많은 사람들이 괜찮다고 하는 것엔 이유가 있는 법이었다. 이런 영화를 영영 못 보게 될 뻔했다니, 진짜 억울할 뻔했다.

영화가 진행될수록 윤아는 뭔가에 홀리기라도 한 듯 빠져들어

갔다. 치킨을 먹는 것도 잊으면서.

문득 이는 갈증에 맥주를 먹기 위해 손을 뻗었을 때였다.

시선은 여전히 화면에 고정한 채 손만 뻗어 허공을 더듬거리는데, 겸의 손이 그녀의 손을 탁 붙들었다. 그러고는 어디론가 끌고 간다.

살포시 내려앉는 손바닥에 맥주 캔이 아니라 딱딱한 어떤 것이 닿았다. 묘한 느낌에 화면에만 집중하고 있던 윤아의 시선이 옆으로 휙 돌아갔다.

설마 했는데 자신의 손이 겸의 소중한 곳에 닿아 있는 것이 보인다. 그것도 겸에 의해서.

"뭐 하는 거야?"

당황한 윤아가 손을 빼려 했다. 하지만 겸은 꽉 붙든 손을 쉽게 놓아주지 않았다.

"책임져."

"뭘?"

"이렇게 만든 거."

뻔뻔한 겸의 말에 윤아가 미간을 살짝 찌푸렸다.

"내가 대체 뭘 했다고?"

"뭘 안 했다는 게 더 문제지."

"뭐?"

"네가 이렇게까지 이 영화에 집중할 줄 알았으면, 다른 거 빌려 왔을 거야."

겸이 낮게 으르렁거렸다.

"벌써 일주일이나 참았어. 이제 한계야, 정말."

정말이지 못 참겠다는 듯 겸의 얼굴이 살짝 일그러졌다. 그와 동시에 움찔, 그녀의 손이 닿아 있는 겸의 것이 조금 더 팽창하는 것이 느껴졌다.

생리 때문에 요 며칠 관계를 못 하긴 했었다. 하지만 그렇다고 이렇게 선정적인 장면이라고는 눈을 씻고 찾아봐도 단 한 장면도 나오지 않는 영화를 보면서 어찌 이리될 수가 있다는 말인가.

윤아는 믿기지 않는다는 듯 겸을 바라보았다. 대체 언제, 어느 부분에서 겸이 흥분을 한 것인지 도저히 알 수가 없다.

삑.

겸이 리모컨을 눌러 아예 TV를 꺼 버렸다. 그와 동시에 어둑하던 주변에 완전한 어둠이 짙게 내려앉았다.

캄캄한 어둠 속에서 겸의 눈이 위험하게 반짝 빛난다.

"침대로 갈래. 아님 여기서 할까."

겸이 상체를 숙여 그녀를 향해 훅 다가왔다. 윤아의 몸이 절로 뒤로 뉘어졌다.

"잠깐만."

이러다가는 꼼짝없이 말려들게 될 것 같아서 윤아가 가까워지는 겸의 가슴을 턱 막았다.

하지만 겸은 무심한 손길로 윤아의 손을 치우고는 덮치듯 그녀의 위로 몸을 겹쳤다. 그러고는 그녀의 귓가에 작게 속삭인다.

"아니다. 그냥 여기서 하자. 오늘은 좀 색다르게."

말이 끝나기가 무섭게 겸이 윤아의 귓불을 살짝 깨물었다.

"아!"

절로 신음이 흘렀다. 축축한 혀가 귓바퀴를 할짝거리자, 질척한 소리와 함께 온몸에 소름이 돋아났다. 허리가 비틀렸다.

귀는 불과 얼마 전에 겸이 발견한 자신의 성감대였다. 항상 달고 다녔음에도 단 한 번도 생각해 보지 못했다. 고작 귀 하나를 통해서 이렇게 짜릿한 감정을 느끼게 될 수 있으리라곤.

간지러운 느낌과는 또 달랐다. 미칠 것 같아서 가만히 있을 수가 없었다.

윤아가 그렇게 느낀다는 사실을 알게 된 뒤로 겸은 시작할 때마다 그녀의 가장 예민한 약점인 귀를 집요하게 건드렸다. 너무도 치사한 행동이었지만 효과는 확실했다. 마치 그것이 스위치라도 되는 듯, 한번 불이 들어오면 도저히 거부할 수가 없었으니까.

겸은 입으로는 그녀의 귀를 지분거리고, 양손으로는 그녀의 팽팽하게 부푼 젖가슴을 지분거렸다. 꼿꼿하게 솟은 유두를 집요하게 괴롭혀 대던 그의 한 손이 아래로 내려와 그녀의 은밀한 부위에 닿는, 그 순간이었다. 그의 아래에서 정신없이 신음만 흘리던 윤아가 문득 손을 뻗어 겸의 부푼 앞섶을 꽈악 붙들었다.

"웃."

갑작스러운 자극에 겸이 모든 행동을 뚝 멈추고선 간헐적인 신음을 뱉어 냈다. 그 틈을 타고 겸의 아래에서 빠져나온 윤아가 겸의 위에 올라왔다.

"뭐 하는 건데?"

제 위에 올라탄 윤아를 올려다보는 겸의 얼굴에 당황한 기색이 역력했다. 그럴 만도 했다. 지금까지 위에 올라타는 건 매번 그였고, 밑에 깔려서 신음을 흘리는 건 매번 그녀였으니까.

하지만 이젠 그녀 역시 섹스라는 것을 즐길 줄 알게 되었다. 좋은 게 좋은 거라고. 기왕 하는 거, 수동적인 것보다는 적극 참여하고 싶었다. 그리고 이렇게 당황한 겸의 얼굴을 내려다보는 것도 꽤나 재밌는 것 같기도 하고.

"색다르게 하자며. 오늘은."

싱긋 웃으며 말을 내뱉은 윤아가 겸의 바지 속으로 손을 혹 집어넣었다. 그러고는 바지와 팬티를 한꺼번에 혹 내렸다.

팬티 속에 억압되어 있던 녀석의 페니스가 자유를 만끽하듯 일자로 볼똑 솟았다.

겸의 것을 내려다보는 윤아의 눈이 동그랗게 커졌다. 기세 좋게 겸의 바지를 벗길 땐 언제고 막상 제대로 마주하고 보니 당혹감이 들었다. 이렇게 마주하는 건 처음이었는데 자신의 생각보다 너무 컸다.

마른침이 꼴깍 넘어갔다. 저게 내 몸속을 파고들었다니. 찢어지지 않은 게 신기할 정도다.

입을 살짝 벌린 채 물끄러미 그것을 바라보기만 하던 윤아는 이내 큰 결심이라도 한 듯 비장한 얼굴로 상체를 살짝 숙였다.

살짝 벌어진 그녀의 윗입술에 페니스의 정점이 닿았다. 생각보다 부드러웠다.

입술만 살짝 갖다 댔을 뿐인데 미끈거리는 액이 찔끔 흘러나왔다. 남자도 흥분하면 액이 나온다더니, 그 말이 사실인 모양이었다.

또렷하게 지금의 제 상태를 알려 주는 겸의 반응에 자신감이 붙은 윤아는 과감하게 입을 벌리고 페니스의 윗부분을 삼켰다.

"흐읏!"

거친 신음과 함께 겸의 몸이 뒤로 확 젖혀졌다. 이를 악 깨문 단단한 턱이 지금 그가 얼마나 참고 있는지를 여실히 보여 주고 있었다.

이렇게까지 겸이 흥분한 모습을 보는 건 처음이었다. 그 모습이 왜 이렇게 섹시해 보이는지. 조금 더 쾌락으로 일그러지는 녀석의 얼굴을 보고 싶다는 생각이 들었다.

아, 이래서 겸이 저를 집요하게 괴롭히는구나. 새삼 깨달았다.

늦게 배운 도둑질이 무섭다고 했던가. 요즘 윤아는 그것을 느끼고 있는 중이었다. 몰랐던 맛을 깨닫고 난 뒤부터는 섹스를 하는 게 즐거워졌다.

겸이 변태인 줄 알았는데, 이런 생각을 하는 자신도 별반 다를 건 없어 보인다. 아니, 오히려 알고 보면 겸보단 자신이 더 심각할지도.

'아이스크림.'

'······아이스크림?'

'그래. 막대 아이스크림을 녹여 먹듯이 아주 부드럽게 빨아 봐. 그러면 남자가 아주 좋아 죽으면서 녹아 버릴 거야. 마치

아이스크림처럼.'

언젠가 민지가 남자를 함락시킬 수 있는 방법이라며 얘기해 줬던 것을 떠올렸다. 그때까지만 해도 저가 남자의 것을 이렇게 입에 물고 있을 줄은 생각도 하지 못했다. 묘하게 생긴 데다가 비릿한 냄새까지 나는 것을 입에 넣기가 왠지 꺼림칙했기 때문이었다.

그런데 막상 이렇게 입 안에 넣고 보니 비릿한 향도 못 참을 정도는 아니었다. 오히려 제 입 안에 갇혀서 움찔움찔, 거리는 것이 귀엽게까지 느껴졌다.

윤아는 민지가 알려 줬던 대로 막대 아이스크림을 떠올리며 혓바닥으로 겸의 페니스를 살살 핥기 시작했다. 동그란 귀두부터 시작해서 단단한 기둥까지. 천천히 혓바닥으로 쓰다듬듯 핥아 갔다.

곧 겸의 허벅지에 단단하게 힘이 들어가는 게 느껴졌다. 끙끙, 신음을 참으려고 안간힘을 쓰는 것도 느껴졌다.

저 때문에 흥분하고 있구나, 깨달은 윤아는 신이 나서 조금 더 적극적으로 고개를 움직였다.

위에서 아래로. 아래에서 또 위로. 마치 피스톤 운동을 하듯 겸의 페니스를 뿌리까지 삼켰다가 뱉어 냈다가를 반복했다. 목구멍까지 닿을 때면 조금 고통스럽기는 했지만, 즉각 즉각 나타나는 겸의 반응에 윤아는 정성을 다했다.

흥건해진 침과 녀석이 찔끔찔끔 뱉어 내는 애액이 뒤섞여 야릇한 소리가 방 안에 가득 퍼져 나갔다. 그리고 잠시 후, 참고 참던 겸의 입에서 결국 신음이 터졌다.

"으윽!"

도저히 못 참겠다는 듯 겸이 불쑥 상체를 들어 올려 윤아를 마주 보았다. 어둠 속에서도 상기된 얼굴이 또렷이 보였다.

겸의 새카만 눈동자가 크게 일렁였다.

민지의 말이 틀린 것 같았다. 정성을 들인 애무에 아이스크림처럼 녹기는커녕 불기둥처럼 화르륵 타오르고 있었다.

"엎드려."

탁한 숨과 함께 꽉 잠긴 목소리가 흘러나왔다. 평소보다 더 흥분한 기색이 짙게 밴 겸의 목소리에 윤아는 뭔가에 홀리기라도 한 듯 저도 모르게 소파에 손을 대고 엎드렸다.

그녀의 뒤에 선 겸이 그녀의 바지를 훅 벗겨 냈다. 바지와 동시에 벗겨진 팬티가 무릎에 걸렸다.

이대로는 불편할 것 같아 팬티를 제대로 벗으려 살짝 움직이는 순간이었다. 기다란 손가락이 그녀의 엉덩이 골을 부드럽게 스윽 매만졌다. 손끝의 떨림이 그녀의 여린 피부에 그대로 전해졌다.

"으응."

앙증맞은 뽀얀 엉덩이가 살짝 떨리는 게 고스란히 겸의 시야에 비쳐졌다. 꼭 어서 넣어 달라는 말을 하는 것만 같았다. 겸의 페니스가 터질 듯 크게 팽창했다.

겸은 콘돔을 끼울 생각도 하지 못하고 급하게 자신의 것을 엉덩이 사이에 성급하게 갖다 댔다. 입구에 닿자 힘을 주지도 않았는데 귀두가 미끄러지듯 그녀의 안으로 들어간다. 안이 워낙 좁아

내부로 완전히 들어가지는 못하고 곧 멈춰지기는 했지만.

자신의 것을 빨면서 그녀 역시 흥분을 했던 모양이었다. 그 사실을 깨닫자 더 이상 참을 수가 없어졌다.

미치겠네, 진짜.

살짝 들어가기만 했는데도 이미 절정에 다다른 듯 몸에 힘이 바짝 들어갔다. 천천히, 그리고 깊게 밀어 넣자 윤아의 엉덩이가 들썩였다. 그와 동시에 그녀의 아래가 겸의 페니스를 꽉 물었다.

탁. 탁. 탁.

겸이 허리 운동을 시작하자 그의 것이 제 안에 박히는 소리가 적나라하게 들려왔다. 정자세로 누워 있을 때보다 훨씬 깊게 삽입이 되는 것 같았다. 게다가 엉덩이를 고스란히 보이고 있다는 것이 민망하기까지 했다.

어디까지 보일까. 겸은 지금 대체 어떤 표정을 짓고 있을까. 볼수 없으니 상상이 됐다. 그리고 그 야릇한 상상은 민망함과 동시에 흥분감을 가져다줬다.

겸의 허리 운동이 점점 빨라졌다. 살과 살이 맞물려 내는 질척거리는 소리도 점점 더 강해졌다. 겸의 커다란 손이 그녀의 양 엉덩이를 붙들고는 쥐어짜듯 움켜쥐었다. 엉덩이가 양쪽으로 들리자, 그의 뿌리와 그녀의 입구가 더욱 가까워지면서 겸이 더욱더 깊은 곳으로 파고들었다.

"하아, 하아. 아앗……!"

거칠게 몰아붙이는 겸의 움직임에 윤아의 몸이 더 이상 버티지 못하고 꼬꾸라지듯 앞으로 넘어졌다. 다리를 움직이고 싶었지만 무릎에 걸린 팬티 때문에 꼼짝을 할 수가 없었다. 윤아는 소파에 얼굴을 처박은 채 연신 고통과 흥분이 미묘하게 섞인 신음을 흘려 댔다.

엉덩이를 쥐고 있던 겸의 양손이 그녀의 가슴을 움켜쥐었다. 그러고는 자신의 쪽으로 끌어안듯 잡아당겼다. 꼬꾸라져 있던 윤아의 상체가 일으켜졌다. 그녀의 매끈한 등허리가 탄탄한 겸의 가슴에 닿았다.

겸이 고개를 살짝 숙여 윤아의 둥근 어깨에 입술을 내렸다. 혀를 할짝거리자 윤아의 몸이 작게 경련했다. 한껏 달아오른 지금은 온몸이 성감대와 같았다. 고작 혓바닥이 살을 쓸었을 뿐인데 참을 수 없을 만큼 짜릿한 감각이 느껴졌다.

현관 입구 쪽에 세워져 있는 전신 거울에 두 사람의 모습이 비쳤다. 마치 한 몸인 듯 딱 붙은 두 사람의 몸이 리듬을 맞춰 들썩거린다.

거울 속 모습을 흘낏 바라본 겸이 얼굴을 일그러뜨리며 속도를 더욱 올리기 시작했다.

퍽퍽퍽.

강한 힘에 소파가 조금씩 밀려나기 시작했다. 윤아의 몸이 마치 종잇장이라도 되는 듯 거세게 흔들렸다. 새하얗게 변한 머릿속이 참을 수 없는 열기로 들끓었다.

"아아……! 하앗!"

강렬한 쾌감과 함께 먼저 절정에 다다른 윤아의 입에서 간드러지는 교성이 크게 울렸다. 마치 아래가 뜯어져 나갈 것만 같았다.

그와 동시에 거친 숨을 몰아쉬며 겸이 페니스를 꺼냈다. 촤악. 뿌얀 액체가 윤아의 가녀린 등을 가득 덮었다. 마치 뜨거운 물세례를 맞기라도 한 듯 등이 화끈거린다.

"하아, 하아."

거친 숨을 몰아쉬며 겸이 소파로 털썩 쓰러졌다. 가쁜 숨이 잦아들자 그가 손을 뻗어 앞으로 흘러내린 윤아의 머리카락을 살짝 정리해 주며 나른한 목소리를 뱉어 냈다.

"……미치게 좋았어, 진짜."

너무 좋아서 말로 하지 않고는 배길 수 없을 정도의 감정이었다. 사정을 하기 아까울 정도로, 참고 또 참으면서 이 기분을 조금 더 오래도록 느끼고 싶을 정도로, 정말이지 미치게 좋았다.

"……나도."

등을 닦을 생각도 하지 못하고 그대로 소파에 얼굴을 파묻으며 윤아 역시 그의 말에 동감했다. 지금까지 중 단연 최고의 느낌이었다.

그 뒤로도 방 안을 가득 메운 뜨거운 열기는 좀처럼 식지 않았다. 결국 에어컨의 온도를 가장 낮게 낮춰야만 했다.

윤아는 오랜만에 부모님의 집을 찾았다. 정훈과 헤어지고는 처음이었다. 자신보다 더 속상해하시는 부모님의 얼굴을 보는 게 어쩐지 죄송스러워서 일부러 피했기 때문이었다.

하지만 더는 피할 수가 없었다. 오늘 아침 어머니인 은옥에게서 밑반찬을 만들었으니 가져다주겠다는 연락을 받았다.

속옷이며, 운동 기구며, 베개까지. 어느덧 자취방에 겸의 흔적이 너무도 많아진 탓에 어머니를 집에 들이기가 위험했다. 결국 자신이 직접 가지러 오는 수밖엔.

"엄마야."

현관을 들어서며 윤아가 살갑게 은옥을 찾았다. 하지만 그녀를 반기는 건 은옥이 아니라 겸의 어머니 미영이었다.

"어머나. 윤아구나. 이게 얼마 만이니?"

아무래도 두 분이서 티타임을 갖고 계셨던 모양이었다. 두 어머니는 바로 옆집에 살고 있었고 사이가 워낙 좋아서 이렇게 종종 서로의 집을 오가며 수다를 떨곤 하셨다. 아주 자주 있는 일이었다.

하지만 오늘 이렇게 딱 마주칠 줄은 몰랐던지라 윤아는 살짝 당황하며 어색한 미소를 지었다.

"안녕하셨어요. 이모."

"그러엄. 나야 아주 안녕했지. 너도 안녕했지?"

미영이 특유의 소녀 같은 미소를 지으며 물었다. 어딜 봐도 쉰이 넘은 나이로는 절대 보이지 않는 동안 미모였다.

하지만 오늘따라 그 아리따운 얼굴을 보기가 영 불편하다. 겸이 제 어머니인 미영을 아주 빼다 박은 얼굴이었기 때문이다.

꼭 겸과 함께 있는 것 같은 느낌이다.

"근데 넌 어쩜 볼 때마다 이렇게 예뻐지니. 요만했을 때가 엊 그제 같은데 이제 진짜 숙녀가 다 됐네."

미영이 새삼스러운 눈으로 윤아를 훑었다.

숙녀라는 말을 듣기엔 서른이라는 나이가 좀 많은 듯 느껴졌지만, 미영의 눈에 자신은 한없이 어려 보이리라는 것을 잘 알고 있었기에 윤아는 별말 없이 웃어 보였다.

"저희 엄마는요?"

"응. 서 변호사님이 집에 뭘 놔두고 갔다고 전화를 하셔서 가지고 좀 전에 급하게 전해 주러 가셨어."

"아, 그렇구나."

"30분 내로 오겠다고 하셨으니까 앉아서 같이 기다리자꾸나."

윤아는 어색해 죽을 것 같은 마음으로 미영의 맞은편 자리에 앉았다.

처음이었다. 태어났을 때부터 친이모보다 오히려 미영을 훨씬 더 자주 봤고, 한없이 따뜻하고 부드러운 성격의 미영을 친엄마보다 더 잘 따르기도 했었는데. 이렇게 얼굴을 마주하는 것이 불편하다 느끼게 될 날이 오게 될 줄이야.

"참. 국수는 대체 언제 먹여 줄 거니?"

"네?"

윤아가 당황해서 물었다. 아무래도 은옥이 아직 헤어졌다는 소식을 전하지 않은 모양이었다. 하긴, 뭐 좋은 얘기라고 동네방네 떠들고 다니겠는가.

"올해 안으로 날 잡을 것 같더니, 왜 소식이 없어. 이모는 벌써 디자인도 다 뽑아 놨는데 말이야."

미영은 유명한 패션디자이너였다. 자신의 이름을 딴 브랜드도 가지고 있을 정도로 업계에서는 인정을 받는 능력자였다.

미영은 윤아가 아주 어렸을 때부터 늘 입버릇처럼 말했었다. 네 결혼식 드레스는 꼭 내가 디자인해 주겠노라고.

원래 딸을 낳으면 자신이 만든 웨딩드레스를 입히는 게 아주 오랜 소원이었다고 하셨다. 하지만 달랑 아들 하나밖에 없어서 아쉬운 대로 윤아를 통해 소원 성취를 하고 싶다고.

작년에 어른들 앞에서 윤아가 결혼 얘기를 넌지시 꺼냈을 때도 미영이 드레스는 내가 해 줄게. 하며 얘기하긴 했었다. 그때까지만 해도 농담인 줄 알았는데 저렇게 말을 하는 걸 보니 정말로 디자인을 준비해 둔 모양이었다.

"……이모."

이걸 대체 어떻게 설명해야 할까. 잠깐 망설이던 윤아는 결국 솔직하게 얘기하기로 했다. 더 미뤄서 좋을 건 없을 것 같았다. 아니, 그래선 안 되는 일이었다.

"아무래도 국수는 한참 더 기다리셔야 할 것 같아요."

"응? 왜?"

"헤어졌거든요."

"아니, 왜?"

"그냥요. 어쩌다 보니 그렇게 됐어요."

미영은 정말로 충격받은 얼굴이었다. 그러더니 이내 곧 미안해 죽겠다는 얼굴로 변했다.

"어머, 난 그런 줄도 모르고……. 괜히 입방정을 떨었네."

"아니에요."

윤아가 일부러 활짝 웃어 보였다. 하지만 미영은 미안한 기색을 영 감추지 못했다.

"윤아야. 괜찮니?"

"네. 괜찮아요."

"그래. 아직 젊잖니. 그 나이 땐 만나고 헤어지고 하는 거지, 뭐. 더 좋은 인연을 만나려고 그런 거라 생각하렴. 똥차 가고 벤츠 온다잖니."

똥차 가고 벤츠라…….

왜 갑자기 겸의 얼굴이 떠오르는지 모르겠다. 미쳤나 봐, 진짜. 윤아는 황급히 머릿속에 떠오르는 겸의 얼굴을 지워 냈다.

"근데 이모. 그 사진은 뭐예요?"

윤아가 얼른 화제를 돌리기 위해 테이블 위에 놓여 있는 사진을 가리켰다. 하지만 잘못된 선택이었던 모양이다. 어쩐지 미영이 곤란한 얼굴을 한다.

"아, 이거……."

"뭔데요?"

"우리 겸이한테 선 자리가 들어왔는데, 그 아가씨 사진이야. 네 엄마가 자기도 한번 보고 싶다고 해서 가져왔어."

순간 가슴이 철렁하고 내려앉는 느낌이 들었다.

"……선이요?"

"으응. 남자 나이 서른이면 아직 창창하다고 하지만, 너무 좋은 자리라 놓치기가 아깝지 뭐니. 그리고 겸이 녀석 또 언제 저번처

럼 미국으로 간다고 할지 모르니까. 이렇게라도 잡아 둘까 싶기도
하고."

결혼이 깨졌다는 소식을 전해 들은 직후 이런 얘기를 하는 게
미영은 영 미안한 모양이었다. 그런 미영을 향해 윤아는 애써 괜
찮은 척 웃어 보였다.

"예쁘네요."

윤아의 시선이 테이블에 놓인 사진으로 향했다. 사진 속 여자
는 정말로 예뻤다. 세련된 외모에 섹시한 느낌마저 풍기는 게, 여
태 겸이 만났던 여자 취향과 정확하게 일치했다.

"그렇지?"

윤아가 전혀 티를 내지 않자 마음이 편해진 듯 미영은 슬쩍 신
이 나서 말을 덧붙였다.

"직업도 중학교 교사라고 하더라."

"교사라……. 좋네요."

"어때. 윤아 네가 생각해도, 이 정도면 겸이 녀석도 군말 없이
선보러 갈 것 같니?"

"네. 딱 한겸 취향이에요."

"그래? 네가 그렇다면 그런 거겠지. 뱃속에 열 달을 품었던 나
보다 네가 그 녀석을 더 잘 아니까."

미영이 안도의 한숨을 살짝 내쉬며 말을 덧붙였다.

"워낙에 선 같은 건 질색하는 녀석이라 걱정했는데, 다행이구
나."

그녀가 알기로 최근 몇 년간 겸은 솔로였다. 원래도 딱히 여자

가 없으면 못 사는 타입도 아니었기에, 완전히 잊고 있었던 모양이다. 그에게 이렇게 빨리 다른 여자가 생기게 될 수도 있다는 사실을.

"외모도 괜찮고. 직업도 괜찮고. 정말 잘 고르셨네요, 이모."

그리 말하며 윤아는 가볍게 웃어 보였다. 하지만 목구멍에 가시라도 걸린 듯 침이 삼켜지지 않는다.

장마가 완전히 소강상태에 접어들자 조금 널찍해졌던 스케줄이 다시금 빡빡하게 채워지기 시작했다. A팀이고 B팀이고 할 거 없이 일주일을 매일같이 야근에 시달렸다.

눈코 뜰 새 없이 바쁜 나날이 흘러가고 있었다. 〈건축사무소 드림〉의 누구도 예외는 없었다.

"서 대리님. 퇴근 안 하세요?"

시계가 10시를 이제 막 넘어가는 시간. 사무실에 윤아와 함께 마지막까지 남아 있던 지연이 퇴근 준비를 끝마치고 윤아의 책상 앞으로 찾아왔다.

"응. 나는 조금 더 남았어."

"며칠째 너무 무리하시는 거 아니에요? 그러다 쓰러지시겠어요."

"어차피 내일은 주말이잖아. 푹 자면 돼."

"그래도……."

"괜찮다니까. 내 걱정은 말고 퇴근하시죠, 김지연 씨."

윤아가 싱긋 웃으며 말하자, 지연이 먼저 들어가 보겠습니다. 하고 고개를 꾸벅 숙였다. 좋은 주말 보내라는 인사말을 건넨 뒤, 윤아는 지연이 가는 뒷모습을 보지도 않고 다시금 하던 작업에 몰두하기 시작했다.

며칠째 제대로 자지도 못하고 일을 했던 탓에 몸은 피곤해 죽을 것만 같았다. 하지만 머리는 쉴 수가 없었다.

가만있으면 잡생각이 둥둥 떠다녀서 뭐라도 해야만 했다. 차라리 이 타이밍에 일이라도 바쁜 게 다행이다 싶을 정도였다.

정신을 놓고 일에만 집중하다 시계를 보니 어느덧 12시가 다 돼 가고 있었다. 급하지 않은 업무까지 이번 일주일 동안 몰아서 다 해 버렸더니 더 이상은 할 일이 없을 지경이었다.

하지만 그럼에도 뭐 더 할 게 없나 뒤적거리던 윤아는 결국 30분이 더 지나고서야 퇴근 준비를 시작했다.

"서윤아."

사무실의 정리를 완벽하게 끝낸 다음 복도로 나왔을 때였다. 비스듬하게 벽에 기대 서 있던 겸이 그녀를 불렀다.

"이제 끝났어? 우리 회사 업무는 B팀이 다 하나 보네."

손목시계를 내려다보며 중얼거리는 겸의 모습에 윤아가 눈을 둥그렇게 떴다.

"너 퇴근한 거 아니었어?"

"했지."

"근데?"

"집에 갔다가 다시 왔어. 너 이러고 있을 거 같아서."

그러고 보니 녀석의 복장이 오늘 출근했을 때의 옷과는 달랐다. 샤워까지 하고 나왔는지 앞머리가 평소와 달리 자연스럽게 흘러내려 와 있었다.

"그게 무슨 말이야?"

"차 키 이리 줘. 운전기사 해 줄 테니까."

겸이 손바닥을 척 내밀며 말했다.

"됐어. 운전기사는 무슨."

"너 오늘 하루 종일 거울 한 번도 안 봤지? 지금 다크서클 장난 아니야. 이 상태로 운전했다가는 큰일 날지도 모른다. 밤도 늦었는데."

"……"

"이 오빠 믿고 맡겨. 집 앞까지 안전하게 모셔다드릴 테니까."

저를 걱정해서 한 시간이 넘게 걸리는 거리를 다시 돌아왔다는데 어찌 거절할 수가 있겠는가. 윤아는 결국 한숨과 함께 차 키를 겸에게 넘길 수밖에 없었다.

지하 주차장까지 내려가는 동안 두 사람 사이에는 침묵이 흘렀다. 겸이 무언가를 물었지만 윤아는 귀찮다는 듯 그저 응, 하고 대답했을 뿐이다.

조수석에 올라타자마자 윤아는 등받이에 완전히 몸을 기댄 뒤 두 눈을 감았다. 겸은 별말 없이 차를 출발시켰다.

겸의 운전은 한없이 부드러웠다. 윤아는 알고 있었다. 겸의 평소 운전 스타일이 얼마나 거친지를. 그러니까, 이건 온전히 저를 위한 배려였던 것이다.

가슴에 묵직한 돌덩이가 내려앉기라도 한 듯 속이 답답해져 왔다. 윤아는 감은 눈을 뜨고 차창을 열었다. 한적한 도로 위를 쌩하니 달리는 차 안으로 시원한 바람이 들어왔다. 하지만 답답한 속까지 시원해지지는 않았다.

윤아는 다시금 눈을 감았다.

"다 왔어."

겸의 말에 윤아는 감았던 눈을 떴다. 도로 위를 달리던 차가 멈춰 있었다. 하지만 익숙한 주차장이 아니었다.

윤아는 눈앞에 펼쳐진 광경에 큰 눈을 끔뻑였다. 수많은 불빛들이 수놓아져 있는 검은 강물이 일렁이고 있었다.

"집으로 가는 거 아니었어?"

"바람 좀 쐬고 가자. 내일 어차피 주말인데."

뭐라고 말을 할 새도 없이 겸이 차에서 내렸다. 잠깐 망설이던 윤아 역시 차에서 내렸다.

시원한 강바람이 윤아의 머리카락을 흐트러트렸다. 기다란 머리카락이 뺨을 간질였다. 윤아는 손목에 매고 있던 고무줄을 가지고 머리를 하나로 깔끔하게 묶었다. 그러고는 양팔을 벌리고 가슴을 펼친 채로 맑은 공기를 듬뿍 마셨다.

아주 조금, 답답했던 속이 풀리는 느낌이다.

이미 앞서간 겸은 강물이 잘 보이는 벤치에 자리를 잡고 앉아 있었다. 겸이 윤아를 보며 자신의 옆자리를 툭툭 쳤다.

"이리 와."

윤아는 얌전히 겸의 옆자리에 엉덩이를 붙였다. 서늘한 바람이 기분 좋게 두 사람을 지나쳐 갔다.

"무슨 일이야?"

겸이 문득 물었다. 그의 시선은 여전히 강물에만 고정된 상태였다.

"뭐가?"

"시침 떼지 말고 얘기해. 대체 뭐가 문제야?"

겸이 시선을 휙 돌려서 윤아를 마주 보았다. 그의 새카만 눈동자에 윤아가 갇혔다.

"내가 널 몰라? 요즘 진짜 이상해, 너."

"……."

"무슨 일인지 진짜 얘기 안 할 거야?"

하지만 아무리 다그쳐도 윤아의 입은 마치 죽은 조개처럼 떨어질 생각을 하지 않았다. 답답하다는 듯 짜증스럽게 얼굴을 구긴 겸이 다시금 물었다.

"혹시 전 남친 때문이야?"

"뭐?"

"그 자식한테서 연락 왔냐고."

"그런 거 아니야."

윤아가 작게 고개를 내저었다. 그러고 보니 5년이나 만났는데, 헤어진 지 한 달 만에 정훈에 대해서는 깔끔하게 완전히 잊어버렸다.

아닌 게 아니라 겸이 귀국한 후로는 단 한 순간도 정훈을 떠올린 적이 없었다. 마치 처음부터 제 인생에는 없었던 것처럼 존재감이 완전히 사라진 것이다. 황당할 정도로 깨끗하게.

"그럼 대체 뭔데? 어?"

"……."

"말을 해야 알지. 그래야 내가 도와줄 게 있으면 도와줄 거 아냐."

저를 향한 걱정이 가득 담긴 겸의 눈빛을 말가니 응시하던 윤아가 조심스럽게 입을 뗐다.

"겸아."

"응."

"넌, 후회 안 해?"

"뭘?"

"우리 이렇게 된 거."

뜬금없는 윤아의 질문에 겸은 잠깐 생각하는 듯 입을 다물었다. 그러다 이내 간단하게 대답했다.

"응. 안 해."

확신에 찬 겸의 얼굴엔 정말로 후회하는 감정 따위는 손톱만큼도 보이지 않았다.

섹스 파트너.

사랑 없이도, 감정 없이도 그저 속궁합만 맞으면 섹스를 즐길 수 없는 부담 없는 관계. 책임도, 정리도, 그 어떤 것도 필요치 않은, 지극히 가벼운 관계.

더도 말고 덜도 말고 딱 이 정도가 좋다고 말하는, 충분히 이 관계가 만족스럽다고 말하는 겸을 보고 있자니 왠지 마음 한편이 욱신거린다. 겸이 이렇게 대답할 거라 예상하고 있었으면서도 말이다.

"……그렇구나."

느릿하게 대답하는 윤아의 얼굴을 빤히 바라보던 겸이 물었다.

"갑자기 왜 그런 걸 묻는데?"

대답 대신 윤아는 시선을 피했다. 그러자 겸이 얼굴을 살짝 찌푸린다.

"왜. 넌 후회해?"

"……."

후회하느냐고?

윤아는 당장이라도 대답하고 싶었다.

응. 후회해.

겸아, 있잖아. 나는 지금 미친 듯이 후회해. 돌아갈 수 있다면 그날 밤으로 돌아가서 모든 걸 되돌리고 싶어. 다 없던 일로 하고 싶어. 지금까지 너와 함께했던 수많은 밤을 잊을 수만 있다면 깔끔하게 잊고 싶어. 그 정도로 후회해.

왜 네 제안을 받아들였을까. 결국 이 선택은 네 빈껍데기만 곁에 남겨 두는 것뿐이었는데.

왜 자만했을까. 너에 대한 내 마음이 아주 오래전에 끝났다고.

왜 생각하지 못했을까. 내가 너를 또다시 맘에 담게 될지도 모른다는 걸.

며칠 전, 미영의 앞에 섰을 때 윤아는 죄책감 때문에 가슴이 쪼그라드는 기분이 들었다. 그리고 그 여자의 사진을 봤을 때는, 상실감 때문에 가슴이 텅 비는 느낌이 들었다.

그제야 윤아는 깨달았다. 이 말도 안 되는 관계에 익숙해지면서 자신이 가장 중요한 하나를 잊어버렸다는 것을. 바로 언젠가는 끝이 오고야 마리라는, 그 기본적인 사실을.

이 말도 안 되는 관계에 언젠가는 끝이 오리라는 건, 시작할 때부터 이미 잘 알고 있었다.

'대신 한 가지만 약속해.'

'뭔데?'

'둘 중 한 명에게라도 진짜 상대가 나타나면, 그땐 깔끔하게 모든 일을 잊고 친구로 돌아가기로.'

먼저 선을 그었던 것도 그녀였다. 그런데 어느 순간부터 까맣게 잊어버린 것이었다.

이대로 영원할 줄 알았나 보다. 지금 이대로가 너무 좋아서, 만족스러워서, 은연중에 그러길 바랐던 것이다.

가슴에 찌르르한 통증이 느껴진다. 윤아는 저도 모르게 주먹을 꽉 쥐었다.

처음에 자신했던 것처럼 우리는 과연 친구로 돌아갈 수 있을까. 이 관계가 끝나고 나면 정말로 아무렇지 않게 너를 볼 수 있을까. 벌써부터 이렇게 가슴이 아픈데. 네 옆에 다른 여자가 있는 모습을…… 내가 정말 견뎌 낼 수 있을까.

"왜 대답이 없어. 후회하느냐니까?"

겸이 대답을 재촉하듯 다시 한 번 물었다. 넘실거리는 물결을 바라보고 있던 윤아는 아랫입술을 질끈 깨물었다.

어쩌면 이번이 마지막 기회인지도 몰랐다. 이 말도 안 되는 관계를 바로 잡을 수 있는 기회. 여기서 제 마음을 고백하고 겸의 대답을 듣는 것이, 모든 것을 제자리로 돌릴 수 있는 최선의 방법이라는 걸 알고 있었다.

하지만 겸의 대답은 이미 나왔다. 후회하지 않는다고 했으니까. 파트너로 지내는 지금이 충분히 만족스럽다고 했으니까.

그렇다면 정해진 답은 딱 하나밖에 없었다. 진심을 고백하는 순간 이 관계는 끝이 난다. 친구인 겸도 잃고, 파트너인 겸도 잃게 되는 것이다.

하지만 윤아는 아직 자신이 없었다. 지금 당장 이 관계를 말끔하게 정리할 자신이. 그리고 겸을 잃을 자신이.

내가 지금 꼭 솔직해질 필요가 있을까? 굳이 이 관계를 지금 내 손으로 끊어 낼 필요가 있을까? 나는 전혀 원하지 않는데……?

치열한 고민 끝에 윤아는 힘겹게 입술을 달싹였다.

"아니."

그 옛날에도 그랬듯 이번에도 자신만 숨기면 되는 일이었다. 그러면 둘 사이에는 아무런 문제도 없을 테니까. 언젠가는 끝나겠지만, 적어도 지금 당장은 아닐 테니까. 조금이라도 이 관계를 유지할 수 있을 테니까.

"나도 후회 안 해."

애써 덤덤한 척 대답을 뱉어 내는 순간, 강바람이 불어와 그녀의 가슴을 휑하니 스쳐 지나갔다.

꼭 가슴에 커다란 구멍이 난 것만 같다.

Bad relationships

그래도 난 너야

　살다 보면 이상하게도 뭘 해도 안 되는 시기가 온다. 일명 '머피의 법칙'이라는 말이 왠지 모르게 뼛속까지 와 닿는 시기라고 나 할까. 아무래도 윤아에게는 지금 딱 그런 시기가 찾아온 것 같았다.

　일요일 아침부터 벨소리가 요란하게 울렸다. 이 정도 안 받으면 끊어질 법도 한데 상대는 집요하게 전화를 걸어 댔다. 중요한 전화인 모양이었다.

　윤아는 끈질긴 벨소리에 결국 눈을 떴다. 시계를 확인하니 고작 10시였다.

　젠장.

　욕지거리가 절로 흘러나왔다. 마음먹고 늦잠을 자려고 했는데 완전히 망해 버렸다. 어젯밤 너무 피곤해서 전화를 무음으로 돌려 놓는다는 걸 깜빡 잊었던 것이다.

벨소리의 주인공은 대학 동기인 현지였다. 그나마 대학 동기들 중 친하게 지냈던 친구였다. 잠결이었지만 반가운 마음에 윤아는 얼른 전화를 받았다.

"여보세요."

— 뭐야. 너 목소리가 왜 그래? 설마 자고 있었어?

"응. 지금 막 깼어."

누가 봐도 이제 막 잠에서 깬 듯 꽉 잠긴 목소리에 현지가 실 망한 티를 팍 냈다.

— 너 너무 한 거 아니야?

"으응?"

— 너 완전히 잊었나 보구나? 오늘 우리 만나기로 한 거.

잔뜩 서운함이 배어 있는 목소리에 윤아의 눈이 번쩍 뜨였다.

그러고 보니 며칠 전에 현지에게서 연락을 받았던 것 같다. 아 니, 받았었다. 분명히. 다른 생각을 하는 통에 완전히 잊고 있었 지만.

헉!

윤아는 누워 있던 상체를 발딱 일으켜서 전화를 제대로 고쳐 받았다.

"미안. 깜빡했어."

— 됐어. 결혼하면서 친구가 걸러진다는 말이 있던데, 이제 알 겠네. 그 말뜻을.

현지가 흥! 콧방귀를 뀌며 잔뜩 삐진 목소리를 뱉어 냈다. 그제야 윤아는 오늘 약속에 대해서 완벽하게 기억을 해 냈다.

지난번 동기 모임에서 현지가 깜짝 결혼 발표를 하며, 친했던 몇몇에게 청첩장을 따로 돌리는 자리를 마련하겠다고 얘기를 했었던 것이다.

요즘은 대부분이 모바일로 청첩장을 돌리는 시대 아닌가. 이런 와중에도 현지는 그래도 얼굴 보고 인사를 하는 것이 예의가 아니겠냐며 나름 신경을 써서 자리를 만들고 초대를 한 것이었다. 그러니 이 상황에 대해 충분히 섭섭해할 만했다.

윤아는 제 머리를 꽁 쥐어박았다. 벌써부터 치매라도 걸린 건지, 요즘따라 약속을 잊는 일이 잦았다. 이러다가 진짜 한 방에 훅 가는 건 아닐까. 걱정이 될 지경이다.

기억을 더듬어 보자면 분명 1시 약속이었다. 지금부터 준비를 하면 충분히 맞춰 갈 수 있는 시간이었다.

윤아는 진심으로 미안해하며 꼭 늦지 않게 가겠노라 말했고, 성격이 두루뭉술한 현지는 축의금 두둑하게 넣어 주면 너의 죄를 사해 줄게. 하며 웃었다.

현지를 따라 웃으며 명심할게. 대답한 윤아는 통화를 끝내자마자 눈곱을 떼는 것도 잊은 채 욕실로 향했다.

최근 지긋지긋한 장마에다가, 또 장마가 끝나기가 무섭게 회사가 바빠지는 탓에 출근을 제외한 외출은 정말 오랜만이었다.

게다가 오늘은 여자들만 모이는 자리인지라 평소보다 조금 더

메이크업과 헤어에 힘을 줬다. 서두른 덕분에 시간이 제법 남아서 옷도 이것저것 입어 보고 메이크업에 가장 잘 어울리는 옷을 고를 수 있었다.

집에서 나서기 직전, 현관에 세워져 있는 전신 거울을 통해 제 모습을 살핀 윤아는 흡족한 미소를 지었다. 오랜만에 공을 들여 꾸민 모습은 제가 봐도 썩 괜찮아 보였다.

주차장으로 향하며 윤아는 콧노래까지 흥얼거렸다. 날씨도 좋고 기분도 좋고. 오늘따라 왠지 좋은 일이 생길 것만 같은 막연한 예감이 들었다.

미리 시동을 켜서 에어컨을 튼 채로 차가 조금 시원해지기를 기다리는 중이었다. 지하 주차장 안으로 익숙한 차 한 대가 들어오는 게 보였다.

겸의 차였다.

물론 오늘도 겸에게서 미리 연락을 받은 건 없었다. 이번에도 주말이니 약속도 없이 집에서 빈둥거리고 있겠거니 생각하고 찾아온 게 틀림없다.

"오늘은 헛걸음하셨네요! 꼬시다, 아주."

운전석에 앉아 있던 윤아가 흥! 콧방귀를 뀌며 차에서 내렸다.

이제 막 주차를 한 겸이 윤아를 발견했는지 이쪽으로 다가오고 있었다.

"내가 분명히 말했지? 이렇게 불쑥불쑥 오지 말고, 미리 연락하고 오라고."

10센티 높이의 하이힐을 신은 윤아가 딱 10센티만큼 콧대를 높이며, 겸을 향해 고고하게 얘기했다.

"봐. 말 안 듣더니 결국 이렇게 허탕 치잖아."

겸이 삐딱하게 선 채로 그녀의 전신을 쓱 훑었다. 달라 보이겠지, 평소랑은. 현재 모습에 자신감이 넘치는 윤아가 우쭐해져서 말했다.

"보시다시피 나 지금 되게 중요한 약속이 있어서 나가는 길이거든?"

"김현지 만나러 가냐?"

"……어?"

"오늘 여자애들한테 청첩장 돌린다며."

아, 맞다. 얘도 우리 동기였지.

그제야 윤아는 한껏 높였던 콧대를 제자리로 돌려놨다. 김이 다 새 버렸다. 뭐 대단한 약속이라도 있는 것처럼 보이려고 했는데 말이다.

"다 알면서 여긴 왜 왔어? 왜. 너도 같이 가게?"

"거길 내가 왜 가. 여자들만 불렀다며."

"그럼?"

약속 있어서 나가야 하는 것도 알고. 그렇다고 그 약속에 같이 가려는 것도 아니라면. 대체 제집에서 한 시간이나 걸리는 이곳까지 왜 행차를 했단 말인가.

윤아가 도저히 이해할 수 없다는 듯 겸을 바라보았다. 하지만 겸은 대답은 않고 그녀를 빤히 쳐다볼 뿐이었다.

그렇게 몇 초가 지났을까. 답답해서 더 이상은 못 참겠다 싶을 때쯤, 겸이 천천히 입을 열었다.

"할 얘기가 있어서 왔어."

"할 얘기?"

윤아가 고개를 갸웃하자, 겸이 툭 던지듯 말했다.

"최 여사가 선 자리를 잡았다더라?"

순간 심장이 철렁했다. 이미 알고 있었지만 겸의 입으로 들으니 제대로 실감이 났다. 하지만 금세 언제 그랬냐는 듯 표정을 풀고는 겸을 바라보았다.

"그래?"

"안 놀라네."

"며칠 전에 집에 갔는데, 마침 이모 계셔서 얘기 들었어. 괜찮은 선 자리 들어왔다고 좋아하시더라."

겸의 눈이 가늘어졌다.

"알고 있었다고?"

"응. 사진 봤는데 예쁘더라. 딱 네 취향이었어."

떨리는 가슴을 애써 들키지 않으려 윤아는 최대한 덤덤하게 얘기했다.

그러자 겸의 얼굴이 확 굳어졌다. 그가 팔짱을 끼며 삐딱하게 윤아를 내려다보았다.

"그게 다야?"

"뭐가?"

앞뒤 다 잘라먹은 물음에 윤아가 못 알아듣겠다는 듯 살짝 미간을 좁히자, 겸이 다시 한 번 얘기했다.

"지금 나한테 할 말. 그게 다냐고."

착 가라앉은 눈빛이 윤아를 향했다. 입술을 꽉 다물고 있는 겸은 꼭 화가 난 것처럼 보였다.

아니, 확실하다. 서늘한 기운이 풍기는 저 얼굴은, 분명 화가 난 얼굴이었다. 그것도 꽤나 많이.

하지만 대체 왜?

윤아는 도저히 이해할 수 없다는 듯 겸을 바라보았다.

"그럼 내가 지금 이 상황에서 무슨 말을 해야 하는데? 선보는 거 응원이라도 해 달라는 거야, 뭐야?"

"내가 지금 그딴 말이나 듣자고 여기까지 온 것 같아?"

겸이 낮게 으르렁거렸다. 하지만 윤아는 전혀 움츠러들지 않고 더 당당하게 겸의 서늘한 시선을 맞받아쳤다.

"그건, 오히려 내가 묻고 싶은 말이야."

"……."

"대체 무슨 말이 듣고 싶어서 여기까지 온 건데?"

되묻는 윤아의 말에 얼핏 화가 실렸다. 겸을 바라보는 커다란 눈망울이 흔들렸다.

굳이 여기까지 찾아와서 선본다는 걸 알려 주는 건 대체 무슨 심보란 말인가. 어쩌면 선을 통해 진짜 상대를 만나게 될 수도 있으니, 저더러 이 관계를 정리할 마음의 준비를 하란 말이라도 하고 싶은 걸까.

그렇다면 자신은 미리 알려 줘서 고맙다고 인사라도 해야 하는 걸까.

윤아는 아랫입술을 질끈 깨물었다.

아무리 생각해 봐도 이 상황에서 저가 할 수 있는 말은 아무것도 없는 듯했다. 녀석의 이런 친절이 눈곱만큼도 고맙게 생각되지 않았으니까.

"후."

고집스럽게 저를 노려보는 윤아를 바라보며 겸은 짜증이 섞인 한숨을 내뱉었다. 녀석의 짙게 가라앉은 눈동자에는 화가 난 기색이 역력하게 드러나 있었지만, 윤아는 전혀 동요하지 않았다.

지금 화를 내야 할 상대는 아무리 생각해 봐도 겸이 아니라 바로 자신이었다. 그럼에도 화를 낼 수조차 없는 입장이라는 것이 더욱 그녀를 비참하게 만들었다.

파트너란, 그런 거니까.

"오늘 오후 3시. 벨라 호텔 1층 커피숍."

대뜸 뱉어지는 말에 윤아가 무슨 뜻이냐는 듯 겸을 바라보았다. 그 눈빛을 읽은 듯 겸이 친절하게 설명을 덧붙여 주었다.

"선보는 시간이랑 장소야."

전혀 불친절한 얼굴로.

"그걸 왜 나한테 얘기하는데?"

윤아가 황당하다는 듯 되물었다.

"글쎄. 마지막 희망? 아니면 발악? 뭐, 그 정도로 해 두자."

마지막 희망과 발악이라니?

수수께끼처럼 알쏭달쏭한 겸의 말에 윤아의 미간이 좁아졌다. 하지만 겸은 더 물을 새도 없이 이미 그녀에게서 등을 돌려 자신의 차로 향하고 있었다.

"야, 한겸!"

겸의 뒷모습을 보며 윤아가 소리쳤다. 하지만 겸은 대답 없이 차에 올라타더니, 그대로 차를 출발시켰다.

차가 윤아를 스쳐 지나가며 차창 너머로 겸의 옆얼굴이 보였다. 평소와는 달리 진지함이 가득 밴 낯선 얼굴이었다. 그래서 윤아는 그저 멀어지는 겸의 차 뒤꽁무니를 멍하니 바라볼 수밖에 없었다.

선을 보러 간다는 겸. 그러나 붙잡을 수 없는 자신.

친구라는 이름보다 더 보잘것없는 섹스 파트너라는 이름으로 묶인 우리 사이.

"……최악이다, 정말."

머릿속으로 지금 상황을 곱씹어 보던 윤아는 허탈한 한숨을 내뱉었다. 새카만 매연을 한가득 들이마시기라도 한 듯 가슴이 답답해서 주먹으로 쾅쾅 가슴께를 두드렸다. 하지만 증상은 조금도 나아지지 않았다.

윤아는 애써 아래로 처지는 입꼬리를 단단히 붙들었다.

하지만 불과 몇 분 전까지만 해도 이유 없이 들떠 있던 기분은 이미 바닥에서 처참하게 뒹굴고 있었다.

윤아가 약속 장소에 도착했을 때는, 이미 가게 안은 많은 사람들로 복작거리고 있었다. 소박하게 몇 명만 간추려서 초대했다던 현지의 말과는 달리 마치 조그만 이 레스토랑을 통째로 빌리기라도 한 듯 그녀의 손님들로 만원이었다.

게다가 전부 한 번쯤은 봤던 얼굴들이라 마치 동문회 자리인 것 같은 착각이 들 정도였다. 공대 특성상 여자가 몇 없었는데, 적어도 위로 다섯 학번, 그리고 아래로 다섯 학번 사이의 여자들이 다 모인 듯싶었다.

현지는 윤아와 정반대되는 성격의 소유자였다. 대학에 입학을 해서도 낯을 가리는 성격 때문에 친구가 곁밖에 없었던 윤아와 달리 현지는 사교성이 좋아 동기, 선배, 후배 할 것 없이 두루두루 친하게 지냈다.

두 사람이 친해지게 된 것도, 겸이 군대를 가면서 아웃사이더가 될 위기에 처한 윤아에게 현지가 먼저 손을 내밀어 주면서였다. 덕분에 윤아는 겸이 없는 2년 동안에도 외롭지 않게 대학 생활을 할 수 있었다.

"윤아야!"

많은 사람들을 상대하느라 정신이 없어 보이던 현지가 입구에 막 들어선 윤아를 발견하곤 이쪽으로 오라는 듯 손을 흔들었다.

현지가 있는 둥근 테이블엔 윤아와 같은 학번의 동기들이 앉아 있었다. 그중에는 혜주의 얼굴도 보였다.

얼마 전 동기 모임에서도 봤던 얼굴들이라 윤아 역시 전혀 어색함 없이 테이블에 합석했다.

"잠은 다 깼어?"

현지가 장난스럽게 물었다. 아침에 했던 통화를 떠올린 윤아가 얼른 머리를 조아렸다.

"미안해. 입이 열 개라도 할 말이 없다, 정말."

"됐어. 축의금 두둑하게 챙겨 줄 거라며. 용서했어, 이미."

현지가 청첩장 하나를 윤아에게 건네며 눈을 찡긋했다.

"네 결혼식 날짜와 내 월급날이 가까워야 할 텐데……."

장난스럽게 현지의 말을 맞받아치며 윤아는 청첩장을 펼쳐 들었다.

사랑스러운 베이비핑크 톤의 카드에 두 사람의 웨딩 사진이 실려 있고 그 아래에 예쁜 글씨로 '저희 행복하게 잘 살겠습니다.'라는 문구가 적혀 있다. 과하지도 않고 그렇다고 부족하지도 않은, 딱 알맞게 예쁜 청첩장이었다.

"청첩장 예쁘네."

"그치? 청첩장까지 패키지였는데, 여기 웨딩숍이 세세하게 잘 챙겨 주더라."

현지가 해사하게 웃으며 말했다. 누가 봐도 행복의 정점에 서 있는 새 신부의 얼굴이었다.

그 모습에 괜히 윤아의 얼굴에까지 미소가 번지려고 할 때였다. 현지가 말을 덧붙였다.

"참. 너도 할 때 여기서 해."

"응?"

"내가 네 생각이 나서 은근슬쩍 물어봤거든. 그랬더니 내 소개로 왔다고 얘기하면, 더 싸게 잘해 주겠다고 하더라고."

"아……."

"나한테 고마워해, 넌. 결혼 준비할 때 웨딩숍 고르는 것도 진짜 일인데 거들어 줬으니까. 알겠니?"

제 딴엔 생각해 준답시고 꺼낸 현지의 말에 윤아는 어색하게 웃었다.

5년이란 시간이 결코 짧지 않았기에 윤아의 주변 사람들은 모두 그녀의 연애 사실을 알고 있었다. 반지까지 받았으니 당연히 다들 그 남자와 결혼도 하겠구나, 생각했고.

그래서 더욱 헤어졌다는 사실을 말하기가 어려웠다. 게다가 상대가 바람이 나서 차였다는, 처참한 말로에 대해서는 더더욱.

하지만 그런 윤아의 속을 전혀 알 길 없는 현지는 주제를 바꿀 생각이 없는 듯했다.

"근데 진짜 너희는 언제쯤 할 생각이야? 올해 안에 할 것처럼 하더니. 이쯤 되면 슬슬 구체적인 계획이 잡혀야 하는 거 아니야?"

언제까지고 입을 다물고 있을 순 없는 노릇이었다. 바람을 폈다는 얘기는 굳이 하지 않더라도 헤어졌다는 사실쯤은 아무래도 얘기를 해 둬야 할 것 같았다. 그렇지 않으면 이렇게 계속해서 곤란한 질문을 받게 될 것이고, 유야무야 넘어가다 보면 나중엔 일부러 속인 꼴이 될지도 모르니까 말이다.

정훈과 다시 시작할 가능성은 제로였으니까.

"저기, 그게 사실은……."

"김현지!"

큰맘 먹고 솔직하게 털어놓으려던 순간이었다. 가게의 문이 요란스럽게 열리는가 싶더니 이내 우렁찬 목소리가 현지를 불렀다.

어찌나 목소리가 컸는지 용기를 낸 윤아의 목소리는 완전히 묻혀 버렸다.

가게 안에 있던 사람들의 시선이 죄다 그쪽으로 쏠렸다. 부담스러울 정도로 타이트한 새빨간 원피스를 완벽하게 소화한 여자가 남다른 포스를 풍기며 현지를 향해 손을 흔들고 있었다.

"어, 선배! 왔어요?"

현지가 반가운 듯 자리에서 벌떡 일어나더니, 윤아에게 양해를 구한 다음 여자를 향해 다가갔다. 윤아는 멍한 시선으로 현지와 함께 반갑다는 듯 방방 뛰고 있는 여자의 모습을 바라보았다.

풍성하게 웨이브 진 긴 갈색 머리. 그리고 동양인의 몸매라고 하기에는 너무도 완벽한 대문자 S라인의 몸매. 모델처럼 길게 뻗은 다리와 조그만 얼굴. 세련된 이미지를 풀풀 풍기는 여자는 윤아도 잘 아는 얼굴이었다.

강주은. 그녀는 윤아보다 두 학번 위의 선배로, 당시 '공대 여신'이라는 별명이 붙을 정도로 남자들의 워너비였다.

주은은 입학하자마자 '공대 남신'이라는 별명을 얻은 겸에게 티 나게 작업을 걸었고, 얼마 안 가 두 사람은 대학 내에서 가장 유명한 CC가 되었다.

많은 여자들을 수시로 갈아치우는 여성 편력을 자랑하던 겸답지 않게 두 사람은 꽤나 오래 사귀었다. 그래서 그 기간 동안 윤아와도 종종 함께 어울리곤 했었다.

주은은 생긴 것과는 다르게 화끈한 성격이었다. 겸과 만나던 여자들은 모두 윤아를 경계했었는데, 주은은 오히려 윤아를 더 잘 챙겨 주었다. 내가 사랑하는 남자의 가장 친한 친구니 잘 지내고 싶다며.

심지어 주은은 겸의 군대까지 기다려 줬었다. 제대를 하고 나서 얼마 안 가 결국 헤어지고 말았지만, 어쨌든 겸의 인생에서는 최고로 오래 사귄 여자였다.

물론 지금까지도 그 기록은 깨지지 않았다. 주은과 헤어진 뒤로 겸이 다시 화려한 여성 편력을 자랑하던 예전으로 돌아가 버린 것이다. 오는 여자 막지 않고, 가는 여자 잡지 않는.

그래서 윤아는 생각했다. 겸에게 직접적으로 듣지는 못했지만 아마도 녀석이 주은과 헤어지고 방황을 하는 게 아닐까 하고. 그리고 또 녀석에게 진정한 사랑은 주은밖에 없지 않았을까, 하고.

윤아는 주은의 얼굴을 물끄러미 바라보았다. 그녀의 얼굴 위로 얼마 전 봤던 겸의 선 상대라던 여자의 얼굴이 겹쳤다. 꽤나 비슷한 느낌이었다.

정말 제대로 녀석의 취향이었구나, 그 여자.

사진 속 여자의 모습을 떠올리며, 윤아는 씁쓸하게 웃었다.

겸의 취향은 윤아와는 완전히 정반대의 이미지였다.

그 순간 윤아는 새삼스러운 사실 하나를 깨달았다. 자신이 겸의 취향에 일치했던 건 정말로 속궁합, 딱 하나밖에 없었다는 것을.

가슴이 시큰거린다.

처음엔 각 학번별로 따로 모여 있었지만, 식사를 하고 수다를 떨며 시간을 보내다 보니 경계가 완전히 사라져 있었다. 사실 여학생 자체가 몇 없었기에 학교 다닐 때에도 선후배 할 거 없이 여자들끼리 친하게 지내는 분위기이긴 했었다. 낯을 가리는 성격의 윤아는 그 분위기에 휩쓸리지 못했었지만 말이다.

식사가 치워지고 각 테이블에 커피와 디저트가 놓였다. 본격적인 여자들의 수다가 시작된 것이었다.

식사를 끝내고 자리를 피하려고 했지만 타이밍을 놓쳐 버린 윤아는 꼼짝없이 자리에 앉아 있을 수밖에 없었다.

하지만 마땅한 주제 없이 이리저리 오가는 수많은 대화 사이에 끼지 못하고 커피만 홀짝거릴 뿐이었다. 끊임없이 조잘거리는 목소리들 때문에 머리가 다 띵했다.

그렇게 시간이 얼마나 더 지났을까. 참아 보려고 했지만 더 이상은 무리였다. 윤아가 자리에서 슬쩍 일어날 때였다. 그녀를 발견한 현지가 물었다.

"어디 가게?"

중간에 저 혼자 빠진다고 하면 현지 성격에 겉도는 자신을 또 걱정할 게 뻔했다. 그래서 윤아는 괜히 화장실 핑계를 댔다.

마치 피신이라도 하듯 화장실로 들어온 윤아는 세면대 앞에 서서 거울을 바라보았다. 아까 집을 나설 때 봤던 모습이 아니었다. 마치 자정이 넘어가도록 야근을 한 듯 생기를 잃은 퍼석한 얼굴이다.

윤아는 흘끗 손목시계를 내려다보았다. 작은바늘과 큰바늘이 모두 숫자 3을 가리키고 있었다.

'오늘 오후 3시. 벨라 호텔 1층 커피숍.'

쓸데없이 친절하던 겸의 목소리가 떠올랐다. 불친절하던 그 얼굴과 함께.

지금쯤이면 이제 막 두 사람이 서로 얼굴을 마주했을 것이다. 시간 약속은 칼같이 지키는 녀석이었으니까, 만약 여자가 늦지 않았다면 말이다.

그리고 분위기는 꽤나 화기애애할 것이다. 겸의 번지르르한 겉가죽을 보고 웃지 않는 여자는 없으니까. 그리고 겸 역시 여자의 외모가 마음에 들었을 거고.

문득 눈앞에 두 사람이 마주하고 있는 모습이 그려진다. 괜히 사진을 봤나 보다. 이렇게 생생하게 상상이 될 줄 알았다면, 보지 않는 건데 그랬다.

사실 전혀 궁금하지도 않았다. 겸이 선볼 여자의 얼굴 따위는.

거울 속으로 제 얼굴이 일그러져 가는 모습을 보고 있을 때였다. 뒤편에 있던 칸의 문이 벌컥 열리더니 주은이 옷매무새를 가다듬으며 나왔다.

거울을 통해 두 사람의 눈이 마주쳤다. 그와 동시에 두 사람의 눈이 살짝 커졌다.

"윤아, 안녕?"

먼저 인사를 건넨 건 주은이였다. 그녀는 기다란 속눈썹을 깜빡이며 웃었다.

잠깐 당황하던 윤아 역시 고개를 까닥 숙였다.

"안녕하세요, 선배."

"엄청 오랜만에 보는 것 같네. 대학 졸업하고는 처음인가?"

"네. 아마도요. 잘 지내셨죠?"

"그냥저냥 지냈어. 잘 지낼 만한 세상이 아니잖아, 요즘 세상이."

수도꼭지의 물을 틀며 주은이 심드렁하게 대꾸했다. 그에 윤아는 그건 그렇죠. 라고 작게 동조했다.

"한겸은 잘 지내니?"

왜 그 얘기가 안 나오나 했다. 손을 씻으며 무심하게 묻는 주은을 향해 윤아는 고개를 끄덕였다.

"네."

"너희는 아직도 붙어 다니나 보구나. 그렇게 오래 붙어 다녔으면 징글징글할 법도 한데. 너희 우정도 참 대단하다, 대단해."

혀를 내두르는 주은의 말에 윤아는 그저 작게 웃을 뿐이었다. 우정이라는 말이 생선 가시처럼 목에 콱 걸리는 것 같았다.

따가웠다, 목구멍이. 그리고 일말의 양심이.

"근데 있잖아."

주은이 수도꼭지를 잠그며 문득 고개를 들어 거울 속으로 윤아와 시선을 맞추며 말했다.

"아주 오래전부터 너한테 꼭 물어보고 싶은 게 있었는데……."

"그게 뭔데요?"

"한겸, 그 자식 말이야."

아무리 오래전 헤어졌다지만 전 남친을 '그 자식'이라고 제법 거칠게 칭하는 주은의 목소리가 티 나게 작아졌다.

그녀는 그러고도 불안한지 주변을 휙 둘러보더니, 사람이 없다는 걸 확인하고 나서야 조심스럽게 말을 덧붙였다.

"게이 맞지?"

예상치 못한 물음에 놀란 윤아가 입을 쩍 벌리며 되물었다.

"⋯⋯네에?"

과한 윤아의 반응에 주은 역시 살짝 놀란 듯 눈을 크게 떴다.

"어머, 너도 몰랐니?"

"⋯⋯."

"난 당연히 너는 알고 있을 줄 알았지. 너희 워낙 친했으니까."

주은이 실수했다는 듯 혀를 살짝 내밀어 보였다. 하지만 윤아는 좀처럼 충격이 가시질 않아서 큰 눈만 끔뻑거릴 뿐이었다.

게이라니? 누가? 한겸이?

곱씹어 봐도 좀처럼 소화가 되질 않는 말이었다. 꼭 뒤통수를 망치로 얻어맞기라도 한 듯 정신이 얼얼하다.

"선배."

윤아가 심호흡을 한 번 크게 하고 난 뒤, 주은을 불렀다.

"그게 대체 무슨 말이에요? 한겸이 게이라니?"

"쉿. 소리 낮춰. 누가 들으면 어쩌려고."

검지를 제 입술에 갖다 댄 주은이 마치 주변을 의식하듯 고개를 이리저리 돌렸다. 하지만 윤아의 목소리는 좀처럼 작아질 기미가 없었다.

"그 말, 사실이에요?"

"……."

"선배가 방금 한 말, 책임질 수 있어요?"

"아니. 나도 뭐, 확실하게 아는 건 아닌데……."

"아닌데요?"

따지듯 묻는 윤아의 말에 주은이 조금 전과는 달리 확신에 찬 얼굴로 대답했다.

"한겸, 그 자식이 게이 아니면 고자. 둘 중 하나라는 건 확신해."

이건 또 무슨 말인가. 게이는 뭐고 고자는 또 뭐야.

윤아가 도저히 이해가 안 된다는 듯 바라보자, 주은이 한숨을 살짝 내쉬며 말했다.

"내가 진짜 자존심이 상해서 무덤까지 비밀로 가져가려고 했는데 말이야. 한겸이랑 내가 왜 헤어졌는지 아니?"

윤아가 고개를 내저었다.

"섹. 스."

주은이 붉은 입술을 모아 한 자 한 자 또박또박 뱉어 냈다.

"네?"

"섹스 때문에 헤어졌다고. 그 망할 놈이랑 섹스 때문에!"

흥분했는지 꽥 소리를 지른 주은이 뒤늦게 황급히 제 입을 막았다. 하지만 이미 윤아의 귀에는 '섹스'라는 단어가 제대로 박히고 난 후였다.

247

"섹스랑······ 게이랑······ 대체 무슨 상관이······."

말이 제대로 나오지 않았다. 그러나 주은은 무슨 말인지 다 알아들었다는 듯 대답했다.

"내가 한겸 군대까지 기다려 준 거 알지?"

"네."

"군대 가기 전까지 2년을 만났어. 그런데 그동안 단 한 번도 나를 건드릴 시도조차 하지 않는 거야. 그때까진 귀엽네, 짜식. 했지. 그 나이면 한창 끓어오를 텐데 잘 참는 것 같아서 기특해하기까지 했어."

고등학교를 졸업하고 이제 갓 스무 살이 된 겸을 먼저 꼬신 게 주은이였다. 자신이 두 살이나 연상이고, 또 아직 어리니까, 들이대기 부담스러워서 그런가 보다 했었다.

이때까지는 주은 역시 남녀 사이의 스킨십에 대해 크게 신경쓰지 않았었다.

"그렇게 군대를 보냈지. 그런데 군대에 있는 2년 동안에도 전혀 건드릴 생각을 안 하더라? 군인인 다른 친구 애인들은 휴가 나올 때마다 너무 괴롭혀서 죽겠다던데, 난 그 말이 아주 먼 나라 말처럼 들리는 거야. 그래도 그때까진 괜찮았어. 얘가 생긴 거랑 달리 순진한가 보다, 날 지켜 주려고 그러나 보다, 했어. 바보같이."

"······."

"그런데 사건은 제대하는 날 터졌어."

"······."

"참다 참다 못 참겠어서 얘기했지. 나랑 자자고. 못 알아듣는 척하길래 귓구멍에 대고 확실하게 말해 줬어. 섹스하고 싶다고. 내가 먼저 말했어! 남자들이 데이트 한 번 해 보는 게 소원이라고 말할 정도로 인기 터지던, 이 강주은이가!"

또렷하게 떠오르는 그때의 기억에 주은은 흥분해서 소리쳤다.

겸이 제대를 하는 날, 주은은 아주 작정을 했다. 더는 이대로 플라토닉 러브인 채로 시간을 흘려보낼 수 없다고 생각했다.

여자도 성욕이 있다는 사실을 주은은 그때 처음 깨달았다. 본인 몸으로 직접.

술에 취해 몸을 가누지 못하는 척 쓰러졌고 결국 모텔까지 들어가는 건 성공했다. 하지만 문제는 그 뒤에 일어났다.

미친 척하고 옷을 벗기 시작했더니, 눈도 깜짝하지 않고 이불을 덮어 주는 게 아닌가. 게다가 모텔에 저를 재워 놓고 혼자 집으로 갈 생각까지 하는 것 같았다.

결국 안 되겠다 싶어서 작전을 변경했다. 돌직구를 날려야겠다고. 그래서 말했다. 나랑 자자고. 그래도 못 알아듣는 것 같아서 아주 확실하게 얘기까지 했다. 섹스하고 싶다고, 너랑.

그렇게 자존심이고 뭐고 다 내려놓고 얘기했는데 돌아오는 대답이 가관이었다.

'선배. 저 혼전순결주의자예요.'

순간 주은은 저가 잘못 들었나 했다. 저 섹시한 얼굴로 '혼전순결'이라는 가당치 않는 말을 뱉어 냈다는 게 도저히 믿기지가 않아서.

게다가 지금은 야심한 시각. 오직 둘밖에 없는 야릇한 공간에서. 쭉쭉 빵빵 몸매의 자신이 다 헐벗은 채로 '섹스'라는 단어를 노골적으로 뱉어 냈는데!

'……농담하는 거지?'

'난 결혼할 상대에게 내 순결을 바치고 싶어요. 진짜 죽도록 사랑하는 여자에게, 이 여자라는 확신이 드는 여자에게, 제 처음을 줄 거예요. 그러니까.'

'……'

'선배랑은 못 해요. 미안해요.'

겸은 정말이지 미안하다는 듯, 송구스러워 죽겠다는 듯, 허리를 90도 각도로 꾸벅 숙여 보이기까지 했다.

자신을 죽도록 사랑하는 게 아니라고, 제 면전에 대놓고 저토록 당당하게 뱉어 내는 겸의 거절에도 주은은 도저히 믿을 수가 없었다. 꿈인지 생시인지 구분이 되질 않았다.

하지만 훤히 드러나 있는 탐스러운 제 젖가슴을 눈앞에 두고도 전혀 반응을 보이지 않는 겸의 아래를 본 순간, 이건 꿈이 아니라 현실이라는 사실을 받아들일 수밖에 없었다.

"내가 진짜 한겸, 그 자식만 생각하면……."

예전 일을 떠올리자 다시금 기분이 상한 주은은 얼굴을 붉히며

이를 바득 갈았다. 7년도 더 된 일이건만 이제 와 생각해 봐도 민망하고 자존심이 상해서 죽을 것만 같았다.

강주은 인생에 다신 없을 굴욕이었다.

"한겸이…… 혼전순결주의자라고 했다고요?"

주은의 얘기를 다 들은 윤아가 넋 나간 얼굴로 물었다.

사실은 겸이 혼전순결주의자라고 말을 했다는 사실보다 주은과 그렇게 오래 만나 놓고 단 한 번도 잠자리를 갖지 않았다는 사실이 더욱더 충격적이었다.

자신이 생각해도 몸매 좋고 예쁜 주은을 단 한 번도 건드리지 않았다니. 게다가 여자가 먼저 벗고 덤볐다는데 그걸 막아 냈다니. 도저히 믿기지가 않았다.

"너도 말이 안 된다고 생각하지? 그 얼굴로, 그 몸매로, 혼전순결주의자라는 게 말이나 되는 소리니?"

"말이…… 안 되죠. 네, 안 돼요."

윤아는 멍하니 대꾸했다.

말이 안 됐다. 주은의 유혹을 뿌리쳤다는 것도 못 믿을 말이지만, 그보다도 더 말이 안 되는 건 녀석이 혼전순결주의자라는 것이었다. 만약 지금 이게 사실이라면, 지금까지 저와 함께했던 수많은 밤들은 대체 뭐란 말인가.

"네가 생각해도 이상하지? 그치?"

"……."

"아무래도 게이야. 게이밖에 없어."

확신에 찬 주은과 달리 머릿속이 복잡한 윤아는 얼떨떨한 얼굴로 말을 내뱉었다.

"그렇지만 겸이 얼마 전까지만 해도 백인 여자 친구가 있었는데……"

"안 봐도 뻔해. 그 백인 여자가 들이댔겠지, 뭐. 별로 인정하고 싶지는 않지만 어딜 가도 먹힐 껍데기잖아. 한겸, 그 녀석이야 원래부터 오는 여자 안 막고 가는 여자 안 잡는 스타일이니까. 나도 그렇게 연애했던 거고."

"……"

"여태껏 여자들 막 만나는 건 아마 눈속임이었을 거야. 이제 생각해 보니까 나랑 오래 사귄 것도 내가 귀찮게 구는 성격이 아니니까. 그래서 편하니까. 그냥 관계를 유지하기만 한 거 같아. 쇼윈도로."

"……"

"그것도 아니면 진짜 고자든가."

윤아는 주은이 이토록 확신을 하는 것에 대해 충분히 이해가 됐다. 저 몸매를 보고 반응이 없었다니, 고자거나 게이거나 둘 중 하나일 거라고 충분히 의심할 수 있을 것 같았다.

자신도 만약 겸과 이런 사이가 되기 전에 이 얘기를 들었다면 의심했을 것 같으니까 말이다.

하지만 지금은 아니었다. 자신은 겸과 잤다. 그것도 수없이.

그 수많은 밤 동안 그녀는 쾌락에 일렁이던 겸의 짙은 눈동자를 봤고, 시도 때도 없이 고개를 들던 겸의 분신을 보았고, 뜨겁게 분출하던 그의 욕망을 보았다.

자신이 본 겸은, 결코 고자도 게이도 아니었다. 그럴 리가 없었다.

그렇다면……?

문득, 윤아의 머릿속에 아까 만났던 겸의 모습이 떠올랐다.

'그게 다야?'

'지금 나한테 할 말. 그게 다냐고.'

'내가 지금 그딴 말이나 듣자고 여기까지 온 것 같아?'

'오늘 오후 3시. 벨라 호텔 1층 커피숍.'

'선보는 시간이랑 장소야.'

'글쎄. 마지막 희망? 아니면 발악? 뭐, 그 정도로 해 두자.'

자신의 집 앞까지 굳이 찾아와 선본다는 사실을 알렸던 것. 뭔가 다른 대답을 원하는 것처럼 화를 내던 모습. 그리고 마지막으로 체념한 것 같던 눈빛까지.

아까는 알쏭달쏭 수수께끼처럼만 보이던 녀석의 말이 마치 퍼즐 조각처럼 하나씩 맞춰지기 시작했다.

점점 정체를 드러내는 퍼즐의 큰 그림은, 그녀가 전혀 예상하지 못했던 그림이었다.

……설마.

윤아는 고개를 내저었다. 저와 관계를 맺었던 이유가, 사랑이었다니. 그건 너무도 말이 안 됐다. 겸의 처음을 가진 게 자신이라니. 그건 더더욱 말이 안 됐다.

하지만.

그럼에도 윤아는 설마 하는 1%의 가능성에 흔들렸다. 99%의 상황이 아니라고 얘기하지만, 희박할지라도 단 1%의 가능성에 매달리고 싶어졌다.

"선배. 죄송한데 현지한테 얘기 좀 전해 주세요."

"응? 갑자기 무슨 얘길?"

"저 급한 일 생겨서 먼저 간다고요! 꼭 좀 부탁드려요!"

별안간 다급하게 소리치는 저를 보며 의아해하는 주은을 남겨 둔 채로, 윤아는 화장실을 뛰쳐나와 그대로 밖으로 나왔다. 그러고는 마침 앞에 서 있는 택시에 무작정 올라탔다.

"아저씨! 벨라 호텔로 가 주세요! 빨리요!"

심장이 불안정하게 쿵쾅쿵쾅 뛰었다.

택시에서 내린 윤아는 무작정 호텔 커피숍으로 뛰어 들어갔다. 텅 빈 머릿속에는 '설마'라는 두 글자만이 뱅글뱅글 맴돌 뿐이었다.

"어서 오세요."

커피숍 안으로 들어서는 윤아를 향해 직원이 깍듯한 인사를 건넸을 때서야 정신이 번쩍 들었다. 직진밖에 할 줄 모르는 듯 움직이던 두 다리가 우뚝 멈춰 섰다.

그제야 윤아는 자신이 아무런 준비도 없이 무작정 이곳까지 왔다는 사실을 깨달았다.

머릿속에 '설마' 하는 생각이 들었을 땐, 당사자를 만나 직접 확인을 해야겠다는 생각뿐이었다. 하지만 막상 정신을 차리고 보니 막막해졌다.

대체 뭘 어쩌려고?

윤아는 스스로의 행동에 실소를 흘렸다. 스토커도 아니고 이게 대체 뭐 하는 짓인지 모르겠다.

녀석이 선보는 자리엔 찾아와서 뭘 어쩌겠다고 여기까지 온 건지. 스스로가 생각해 봐도 황당한 행동을 했다 싶었다. 절대 이렇게 무모한 성격이 아니었는데 말이다.

문득 집 나갔던 정신을 되찾은 윤아가 다시금 돌아가려고 할 때였다.

당당하게 들어왔던 입구를 향해 몸을 돌리려던 찰나, 창가 테이블에 앉아 있던 겸과 시선이 딱 마주쳤다.

"……!"

순간, 당황한 윤아의 두 눈이 마치 튀어나올 듯 커졌다. 하지만 그건 겸도 마찬가지였다.

여전히 윤아를 똑바로 바라보며 겸이 두 눈을 깜빡였다. 혹시 저가 잘못 본 게 아닌가, 하고 헷갈려 하는 것 같았다.

몇 초간 두 사람의 시선이 허공에서 맞닿았다. 그러다 이내 이러고 있을 때가 아니라는 걸 먼저 깨달은 윤아가 황급하게 겸에게서 몸을 틀었다.

입구를 향해 내달리려던 순간이었다.

"서윤아!"

뒤에서 저를 부르는 겸의 목소리가 들려왔다. 그와 동시에 윤아의 걸음이 뚝 멈춰졌다.

하지만 그렇다고 돌아볼 자신은 없었다. 마치 나쁜 짓을 하다 선생에게 들킨 학생처럼 부끄럽고 민망했다.

대체 이 절체절명의 위기 상황을 어떻게 모면할 수 있을까. 역시 그냥 모르는 척 도망을 치는 게 답인 걸까? 나중에라도 네가 거길 왜 나타났냐고 물으면 뭐라고 말을 해야 하지?

짧은 순간에 정말이지 별의별 생각이 다 들었다. 하지만 복잡한 머릿속과는 달리 다리는 마치 바닥에 뿌리라도 내린 듯 옴짝달싹하지 않았다.

미치겠네, 진짜.

초조함에 입술을 잘근잘근 씹을 때였다. 뒤에서 인기척이 느껴지는가 싶더니 누군가가 그녀의 손목을 턱, 낚아챘다.

상대방이 제법 힘을 준 탓에 반동으로 윤아의 몸이 휙 돌아섰다. 그와 동시에 알 수 없는 표정으로 저를 내려 보고 있는 겸의 얼굴이 보인다.

"저기……."

무슨 말이라도 꺼내야 할 것 같아서 윤아가 딱 붙은 입술을 달싹였을 때였다. 겸이 그녀의 팔을 붙든 채로 다짜고짜 걸음을 옮기기 시작했다.

"뭐, 뭐 하는 거야?"

"……."

"어디 가는 건데?"

윤아가 당황해서 물었지만 돌아오는 대답은 없었다. 겸의 손을 뿌리치려고 애를 썼지만, 남자의 힘을 이기기엔 역부족이었다. 결국 윤아는 겸이 움직이는 곳으로 질질 끌려가듯 향할 수밖에 없었다.

몇 걸음 움직인 끝에 겸의 걸음이 멈춘 곳은 아까 그가 앉아 있던 창가 자리였다.

두 사람이 나타나자 앉아 있던 여자가 고개를 슬쩍 들어 윤아를 바라보았다. 여자는 사진으로 봤던 것보다 훨씬 더 미인이었다.

"이 여잡니다."

당혹감에 입술을 잘근잘근 씹고 있는 윤아의 어깨를 제 쪽으로 확 끌어당기며 겸이 여자를 향해 말했다. 그러자 여자가 활짝 웃으며 윤아를 향해 인사를 건넸다.

"안녕하세요."

"네? 아, 네."

윤아는 저도 모르게 고개를 꾸벅 숙였다. 단 1초 만에 이게 뭐하는 짓이지? 하는 의문이 들기는 했지만 말이다.

"한겸 씨 축하해요."

여자가 겸을 향해 해사하게 웃어 보였다.

"아무래도 그 짝사랑 졸업할 수 있을 것 같네요."

"글쎄요. 워낙 눈치 없는 여자라 말입니다."

겸이 윤아를 흘끗 내려다보며 대답했다.

"죄송하지만 먼저 가 보겠습니다."

"행운을 빌어요."

윤아를 사이에 두고서 알 수 없는 말을 주고받던 두 사람이 서로를 향해 까딱 고개를 숙여 마지막 인사를 했다.

"가자."

더는 볼일이 없다는 듯 여자에게서 돌아선 겸이 얼떨떨하게 서 있는 윤아의 손을 잡아끌었다. 이번에도 윤아는 겸에게 끌려가듯 커피숍을 나왔다.

호텔을 빠져나와서도 겸은 걸음을 멈추지 않았다. 분명 차를 가지고 왔을 텐데 주차장으로 향하는 것도 아니었다.

아까부터 모든 것이 의문스러웠지만, 갑작스럽게 일어난 상황에 어안이 벙벙한 윤아는 겸이 하는 대로 휩쓸릴 수밖에 없었다.

대체 이게 어떻게 된 걸까. 방금 여자가 한 말은 뭐고, 지금 이 상황은 또 뭐고?

겸과 마주하면 복잡한 머릿속이 깔끔하게 정리가 될 줄 알았는데 오히려 더 복잡해지는 것만 같았다.

그렇게 한참을 걷다 겸이 걸음을 멈춘 곳은 호텔과 그리 멀지 않은 곳에 위치한 공원이었다. 오랜만에 화창한 주말이라 그런지 나들이를 온 사람들이 제법 많았다.

겸은 커다란 나무 그늘에 놓여 있는 벤치 바로 앞에서 꽉 붙들고 있던 윤아의 손을 놓아주었다. 그러고는 윤아를 벤치에 앉히고 자신은 그 앞에 우뚝 섰다.

"왜 왔어?"

겸의 물음에 윤아는 잠깐 뭔가를 생각하는 듯 입을 다물었다. 그러다 이내 퉁명스럽게 말했다.

"네가 알려 줬잖아."

"뭐?"

"선보는 시간이랑 장소. 나더러 찾아오라고 알려 준 거 아니었어?"

조금은 뻔뻔한 물음.

예상치 못했던 윤아의 반응에 겸의 눈이 살짝 커졌다가 이내 제자리로 돌아왔다.

바람이 불어 그의 머리카락을 살짝 흐트러뜨렸다. 그 사이로 살짝 웃고 있는 겸의 얼굴이 보인다.

"아깐 전혀 못 알아듣는 것 같더니. 몇 시간 새에 제법 눈치가 빨라졌다, 너?"

혹시나 해서 쿡 찔러 봤는데 맞았다. 믿을 수 없지만 정말로 1%의 가능성이 99%를 이긴 것이었다.

먼저 뻔뻔하게 나간 건 자신이면서도 돌아오는 겸의 반응에 윤아는 적잖이 당황했다. 솔직히 오는 동안 기대를 하지 않은 건 아니었지만, 그래도 이렇게 쉽고 간단하게 대답을 들을 줄은 몰랐다.

100% 중 겨우 1%의 확률. 기적과도 같은 확률에 당첨이 됐으니 기뻐야 하는데, 윤아는 마냥 얼떨떨하기만 했다.

"……아까 그 말은 뭐야?"

"무슨 말?"

"이 여잡니다, 했던 거."

"아아."

겸이 입술을 살짝 늘이며 가볍게 웃었다. 싱그러운 공원의 풍경과 잘 어울리는 그 미소에 윤아가 눈을 살짝 찌푸리며 물었다.

"그 여자한테 내 얘길 한 거야?"

"했어."

"뭐라고?"

"왜. 내가 네 욕이라도 했을까 봐?"

겸이 손을 뻗어 윤아의 머리카락을 부드럽게 쓸어 넘겨 주며 말했다. 아까 불어왔던 바람이 흐트러뜨린 건, 겸의 머리뿐만이 아닌 모양이었다.

"사랑하는 여자가 있다고 했어."

순간 가슴이 쿵, 하고 내려앉았다. 하지만 그런 윤아의 속을 아는지 모르는지 겸은 의연한 얼굴로 말을 이어 갔다.

"아주 오랫동안 짝사랑 중이라고. 근데 그 여잔 둔해 빠져서 십여 년이 넘는 시간 동안 전혀 눈치를 못 채고 있다고도 말했어. 너무하지 않느냐고 물었더니, 그런 것 같다고 대답하더라."

"……."

"네가 생각했을 땐 어때?"

겸이 머리에서 손을 떼며, 윤아에게 시선을 맞추었다. 그 순간 두 사람 사이로 바람이 또 한 번 불어왔다.

애써 정리해 준 머리가 다시금 엉망이 되었지만, 두 사람은 전혀 개의치 않고 서로의 눈동자를 똑바로 바라보고 있을 뿐이었다.

"대체…… 언제부터?"

"아주 오래됐어. 나도 그 계기가 기억이 안 날 정도로 아주 오래전부터."

겸의 입술이 한껏 늘어졌다.

"널 좋아했어. 서윤아."

담백한 겸의 목소리가 윤아의 귓가를 파고들었다. 작은 울림에 윤아의 몸이 전기에 감전이라도 된 듯 찌르르 떨려 왔다.

아주 오래전부터 널 좋아했어.

생각지도 못한 말이었다. 겸과 자신 사이에서는 결코 용납되지 않을 감정이라 믿었다. 한겸과 서윤아 사이에 우정이 아닌 다른 감정은 있을 수 없다고. 그러니 털어 내야만 하는 거라고.

그런데 그 긴 시간 동안 한겸에게 서윤아는 친구가 아닌 여자였다고 한다. 그 긴 시간 동안 꽁꽁 제 마음을 숨긴 것이었다고 한다.

두 귀로 똑똑히 들었음에도 도저히 믿기지가 않았다. 윤아는 얼떨떨한 얼굴로 입을 벌렸다.

"근데 왜……."

"왜 여태까지 말 안 했냐고?"

윤아는 작게 고개를 끄덕였다. 겸이 픽, 엷은 웃음을 흘리며 말했다.

"용기가 없어서."

"……"

"네가 거절하면 친구로도 네 옆에 남아 있지 못할까 봐, 도저히 말을 못 하겠더라."

등줄기를 타고 소름이 확 돋았다. 혹시 내 속에 들어왔다 갔니? 하고 불쑥 묻고 싶을 정도였다. 그 언젠가 감정을 꾹 누르며 수도 없이 되뇌었던 생각과 토씨 하나 다르지 않았다.

친구로라도 네 옆에 있고 싶어.

비겁하지만, 최선이었던 것이다. 그때의 우리에겐.

"근데 뒤늦게 깨달았어. 네가 다른 남자의 아내가 될지도 모른다고 생각하는 순간, 이제 더는 친구로도 남아 있을 수 없다는 걸."

"……."

"그렇다면 굳이 마음을 숨길 필요가 있을까. 이러나저러나 친구로 네 곁에 있을 수 없는 건 같은데, 시원하게 내 마음 고백이라도 해 보는 게 덜 억울하지 않을까."

솔직 담백한 겸의 고백에 윤아는 저도 모르게 숨을 참았다.

친구라는 이름으로 제 마음을 숨긴 채 지내는 게 얼마나 답답했을지. 어떤 마음으로 그동안 저를 봤을지. 다른 남자의 곁에 있는 저를 보며 얼마나 마음이 아팠을지.

윤아는 백번 공감이 됐다. 저 역시 그랬으니까.

사실은 '잠깐'이 아니라 아주 오랫동안, 겸을 제 마음에 담았었고. 그래서 많이 아팠었다.

한번 생긴 마음은 좀처럼 쉽게 사라지지 않았다. 숨기고 또 숨겨도 어느 순간 불쑥 튀어나와 저를 괴롭혔다. 주인 마음도 모르고 자꾸만 커져 가는 제 사랑이 감당이 되질 않아, 마음에도 없는 다른 남자와 연애를 시작했을 만큼.

감당해야 하는 아픔이라고 생각했다. 친구를 제멋대로 마음에 담은 죗값인 거라고. 그렇게 생각했었다.

같은 마음인 줄도 모르고…….

겸 역시도 제 마음은 전혀 모르고 아팠던 거겠지. 저처럼…….

"혹시 내가 그렇게 오랜 시간 동안 너를 다른 눈으로 보고 있었다는 게 소름 끼치거나 기분 나쁘지는 않아?"

아무런 반응을 보이지 않는 윤아 때문에 걱정이 된 모양이었다. 겸이 조심스럽게 물어 왔다.

윤아는 얼른 고개를 내저었다.

절대 아냐. 백 번도 천 번도 더 이해하는걸.

그러자 안심된다는 듯 겸이 예쁘게 웃었다.

"다행이다."

그러나 미소도 잠시. 이내 입가에 걸려 있던 웃음기를 싹 지운 겸이 차분한 눈빛으로 그녀를 바라보며 말했다.

"많이 늦었지만…… 정식으로 고백할게."

겸은 천천히 몸을 숙이는가 싶더니 이내 바닥에 한쪽 무릎을 꿇은 채 윤아와 시선을 맞췄다. 드라마에서나 나올 법한 고백의 정석과도 같은 자세였다.

윤아는 저도 모르게 마른침을 꼴깍 삼켰다.

그런 윤아를 제 눈동자에 가둔 채, 잠깐 뜸을 들이던 겸의 입술이 이내 부드럽게 떨어졌다.

"큰맘 먹고 하는 고백을 섹스 파트너 제안이라고 엉뚱하게 착각했던 너지만. 날 놔두고 다른 남자랑 소개팅까지 해서 내 속 다 뒤집은 너지만. 선본다는 말에도 질투는커녕 상대방 예쁘더라, 얘기하던 눈치 없는 너지만…….”

어째 디스에 가까운 것 같은 겸의 고백에 윤아가 슬쩍 눈을 흘겼다. 그러자 겸이 눈을 반달로 접으며 예쁘게 웃어 보였다.

“그래도 난 너야.”

“…….”

“무슨 짓을 해도, 얼마의 시간이 더 흐른대도, 난 계속 너야. 지금까지 그랬고. 앞으로도 그럴 거야. 아마도 죽는 그날까지 평생을.”

겸이 윤아를 향해 손바닥을 척 내밀어 보였다. 마치 이 손을 잡아 달라는 듯.

“이젠 친구 아닌 남자로 당당하게 네 옆에 서고 싶어. 허락해 줄래?”

늘 뻔뻔하던, 그래서 얄밉게까지 느껴지던 겸의 새카만 눈동자가 흔들리는 게 보인다. 자신 있게 척 내밀었던 손끝 역시 미세하게 떨리고 있다.

이미 자신의 마음을 눈치채고도 남았을 텐데, 그래도 혹시나 거절할지도 모른다는 1%의 불안감 때문에 떨리는 모양이었다.

한겸이 이렇게까지 소심한 녀석인 줄은 지금껏 몰랐었다. 저를 향한 그의 마음을 까맣게 몰랐던 것처럼.

문득 우습다는 생각이 들었다. 누구보다 서로에 대해 잘 알고 있다고 생각했는데, 정작 중요한 건 모르고 있었던 것이다.

"겸아."

온몸으로 진심을 표현하는 겸을 물끄러미 바라보던 윤아는 이내 저를 향해 내밀어진 그의 손을 잡았다.

역시, 겸은 떨고 있었다. 미세한 떨림이 그녀에게까지 고스란히 전해졌다.

그 떨림이 윤아의 가슴까지 간질였다. 간지럽다 못해 아릿하고 시큰거렸다. 하지만 나쁘지 않은 느낌이었다. 벅차고 또 벅찬 느낌.

나도 너를 좋아했었다고 말을 할까. 너를 친구가 아닌 남자로 봤었다고. 나 역시 용기가 없어 그동안 말하지 못했었다고. 오랜 시간 네 맘을 몰라줘서 미안하다고. 이제라도 먼저 용기를 내어준 너에게 고맙다고.

하고 싶은 말이 많았다. 아니, 꼭 해야 할 말들이었다.

하지만 떨리는 마음으로 자신의 대답을 기다리고 있는 겸의 눈빛을 보고 있자니 입술이 쉽게 떨어지지 않는다.

잠깐 고민하던 윤아는 살짝 웃으며 맞잡은 손을 자신의 쪽으로 확 끌어당겼다. 그와 동시에 겸의 상체가 윤아의 쪽으로 쏠리듯 다가왔다.

윤아의 팔이 겸의 목을 와락 끌어안았다. 두 사람의 이마가 살짝궁 부딪혔다.

"이게 내 대답이야."

작게 속삭인 윤아는 천천히 눈을 감으며 그대로 겸의 입술 위로 제 입술을 내렸다. 놀란 듯 살짝 커져 있던 겸의 눈 역시 이내 자연스럽게 감겼다.

겸의 입술이 살짝 벌어지며 틈을 만들어 주었다. 윤아는 기꺼이 저를 위해 준비된 그 틈으로 비집고 들어갔다.

조금의 공간도 남기지 않고 꽉 찼다. 마치 처음부터 서로를 위해 준비되었던 것처럼.

뜨거운 여름.

시원한 나무 그늘 아래에서 두 사람은 작열하는 태양 빛보다 더욱 뜨거워져 갔다.

처음으로 그녀가 먼저 다가간 키스.

그 어떤 대답보다 확실한 대답이었다.

Bad relationships

비하인드 스토리

벨소리가 시끄럽게 울려 댔다. 무시하면 대충 울리다가 끊길 줄 알았는데 벌써 몇 분째 집요하게 울려 대고 있었다.

결국 겸은 뒤집어쓰고 있던 이불을 박차고 상체를 일으켰다. 머리맡에 놓인 시계를 보니 아직 5시도 채 되지 않은 이른 시각이었다.

이 시간에 대체 누구야.

짜증스럽게 휴대폰을 확인한 겸의 눈이 살짝 커졌다. 발신인은 윤아였다. 시차를 모르는 것도 아니고 이렇게 예의 없이 전화를 할 녀석이 아닌데 말이다.

혹시 무슨 큰일이라도 난 건가 싶은 마음에 겸은 얼른 전화를 받았다.

— 겸아아아아아!

여보세요, 라는 말이 나가기도 전에 상대방의 목소리가 들려왔다. 목소리가 잔뜩 늘어지는 게 심상치가 않다. 겸의 눈이 가늘어졌다.

"너 혹시 술 먹었냐?"

— 웅! 나 술 먹었어. 아주 마아아아안이 먹었어.

평소의 서윤아답지 않게 애교가 아주 철철 넘쳐 난다. 딱히 주사가 별로 없는 녀석이 이렇게까지 술주정을 부리고 있다는 건 이미 만취했다는 얘기였다.

겸은 다시 한 번 시간을 확인했다. 한국 시간으로는 이제 막 오후 6시쯤. 아직 해가 채 떨어지기도 전에 이렇게 취했다니. 술도 잘 못하는 게. 황당했다.

"대체 누구랑?"

— 혼자!

"혼자?"

— 웅. 나 혼자 먹었어. 나 혼자서. 나 혼자 밥을 먹고…… 나 혼자 술을 먹고…….

유행이 지나도 한참 지난 노랫말을 흥얼거리는 윤아의 목소리에 겸의 얼굴이 순간 딱딱하게 굳었다. 늘어지는 목소리가 축축이 젖어 있다는 걸 눈치챘기 때문이었다.

"무슨 일이야?"

— …….

"서윤아. 너 바른대로 말 안 할래?"

겸의 채근에도 윤아는 한동안 대답이 없었다.

무거운 침묵에서 겸은 느꼈다. 윤아에게 무슨 일이 생긴 게 분명했다. 대체 무슨 일이기에 술도 잘 못 먹는 녀석이 대낮부터 술에 취했단 말인가.

답답한 마음에 겸이 다시 한 번 재촉하려는 순간, 윤아의 목소리가 들려왔다.

— 겸아.

울먹이는 목소리에 겸의 얼굴이 확 일그러졌다.

"너, 설마 울어?"

— 아니야. 안 울어.

"안 울기는. 귀신을 속여라!"

꼭두새벽부터 참을 수 없을 정도로 화가 머리끝까지 났다. 아무리 일에 치여도 늘 씩씩한 서윤아를 울리는 건, 겸이 알기로는 딱 한 놈뿐이었다. 그녀의 연인인 김정훈.

이름만 떠올려도 이가 바득 갈린다. 매번 그놈한테 제대로 대접도 받지 못하면서 연애를 이어 가는 윤아도 답답했지만, 역시나 그놈이 미운 게 더 크다.

그 놈팡이 같은 놈이 이번엔 대체 또 무슨 짓을 한 걸까. 그놈은 서윤아가 저한테 아까워 죽을 여자라는 걸 진정 모르는 걸까. 저가 얼마나 복받은 줄도 모르고, 호강에 겨워 요강에 똥칠을 할 놈 같으니라고.

저도 모르게 분노에 가득 차서 자리를 박차고 일어났을 때였다. 다시 한 번 윤아의 목소리가 이어졌다.

— 나…… 헤어졌어.

순간 겸은 제 귀를 의심했다.

"뭐라고?"

— 헤어졌다고.

"……헤어졌다고?"

— 그래! 나 헤어졌어! 그 망할 자식이랑 헤어졌다고!

꽥꽥 소리를 내지르던 윤아는 급기야 와아앙, 울음을 터뜨린다.

— 너 빨리 한국 들어와. 으허허헝. 너 없으니까 같이 술 먹어 주는 친구도 없단 말이야. 민지는 만날 바쁘고……. 끄윽. 끄윽. 너어, 망할 미국에 있지 말고 여기 와! 당장 돌아오라고오오오오!

울든지, 소리를 지르든지, 한 가지만 했으면 좋겠는데 윤아는 둘 다 했다. 진상도 이런 진상이 없다. 그것도 소리는 또 어찌나 큰지. 집이라면 다행이지만 밖이라면 신고당하기 딱 좋은 상황이었다.

하지만 이 와중에도 짜증이 나기는커녕 자꾸만 입술을 비집고 실실 웃음이 흐른다. 그렇게 전화기를 붙들고 실실거리던 겸은 윤아가 대성통곡을 시작했을 때서야 정신을 번쩍 차렸다.

그제야 겸은 윤아를 달래기 시작했다. 다행히도 윤아는 집이라고 했다. 하지만 그것 외에는 대화가 도저히 통하지 않았다. 그녀는 계속해서 얼른 한국으로 돌아오라는 말만 반복해 댔다.

그 후로도 약 10분가량을 더 술주정을 부리던 윤아는 결국 지쳐 잠들었다. 수화기 너머로 새근거리는 그녀의 숨소리를 들은 후에야 겸은 전화를 끊었다.

꼭두새벽부터 날아든 전화에 잠이 완전히 깨 버렸다. 겸은 주
방으로 가 냉수를 한 잔 들이켰다. 차가운 것이 들어가자 머리까
지 덩달아 차분해지는 느낌이다.

"헤어졌다라……."

하지만 한번 올라간 입꼬리는 좀처럼 내려올 생각을 하지 않았
다.

사실 정확히 언제부터였는지는 모르겠다. 다만 중학교에 들어
가자, 눈에 띄게 예쁜 윤아를 보며 같은 반 남자애들이 침을 흘린
다는 것을 알게 됐을 때 매우 불쾌했다. 그리고 다른 남자에게 윤
아를 절대 뺏길 순 없다고 생각했다.

아주 당연한 감정이라고 생각했었다. 서윤아는 언제나 한겸 옆
에 있었고 평생 그럴 줄 알았으니까. 다른 남자 옆에 있는 서윤아
따위는 상상해 본 적이 없었다.

하지만 나중에서야 그 감정이, 우정이 아닌 사랑이었음을 깨달
았다. 지금껏 단 한 번도 윤아를 여자가 아닌 친구로 의식한 적이
없었다는 것까지도.

제 마음을 완전히 깨닫게 된 그날, 겸은 윤아에게 제 마음을 전
하려고 했었다. 더 뜸을 들일 수가 없었다. 같은 반 남자애들뿐만
아니라 선배, 후배 할 것 없이 윤아의 인기가 하늘 높은 줄 모르
고 치솟고 있었으므로. 이대로 더 있다가는 뺏길 것 같다는 불안
감이 겸을 조급하게 만들었다.

하지만 그의 고백은 시작도 하기 전에 좌절되고 말았다. 우연

히 윤아가 친구들과 나누는 얘기를 듣게 된 탓이다.

'한겹이랑 너, 진짜 무슨 사이야? 정말 사귀는 거 아니야?'

흔하게 퍼져 있는 소문이었다. 당사자인 겹 역시 알고 있었지만 바람직한 소문이라고 생각해서 딱히 바로 잡으려 애쓰지 않았던 그 소문. 아니, 바로 잡을 생각은커녕 은근히 즐기기까지 했다.

하지만 겹과는 생각이 전혀 달랐던지, 윤아는 정색을 하고 부정했다.

'아니라니까 그러네. 겹이랑 나랑은 친구야. 하늘을 우러러 한 점 부끄러움이 없는 친구!'

'정말이야? 강한 부정은 강한 긍정이라던데, 너 지금 좀 수상해.'

'수상하긴 뭐가. 강한 부정은 그냥 강한 부정이야. 다른 의미 없어.'

윤아는 단호하게 말했다.

'부탁할게. 너희들 괜한 소리 좀 하지 마, 제발. 난 겹이를 평생 친구로 옆에 두고 싶어. 만약 그런 헛소문 때문에 겹이랑 불편해져서 멀어지게 된다면, 너무 슬플 것 같아.'

아주 오래전 알게 된 윤아의 진심. 저를 남자로 본 적이 전혀 없다는 그 말이 가슴 아프기는 했지만, 고백하기 전에 알게 돼 얼마나 다행인지 몰랐다. 아무것도 모르고 제 마음을 고백했다면 분명 빵 차였을 테니까 말이다.

사실 생각해 보면 지금까지도 충분히 좋았다. 누구보다 윤아와 자신은 가까웠고, 특별했으니까. 굳이 이 관계를 어그러뜨리지 않아도, 이대로 평생 친구로 옆에 남아 있을 수 있는 것도 괜찮지 않을까 생각했었다.

그래서 그 뒤로는 제 마음을 꽁꽁 숨겼었다. 혹시라도 자신이 다른 마음을 품고 있는 걸 알게 된다면 친구로도 그녀의 옆에 있지 못할까 봐. 불편해져서 멀어지게 된다면 슬플 것 같다는 윤아의 말처럼 자신 역시 그녀와 멀어지고 싶지 않았으니까. 친구라는 이름으로라도 평생 그녀의 옆에 있고 싶었으니까.

이제 와 생각해 보니 참으로 미련한 선택이었던 것 같다.

그땐, 시간이 지나면 윤아를 향한 마음이 잦아들 수 있을 거라 생각했다. 제 마음을 알고 있는 유일한 친구 녀석이 사랑은 또 다른 사랑으로 잊는 거라고 시답잖은 위로를 해 준 덕분에 고등학교에 진학해서부터는 수없이 많은 여자들을 만나기도 했다.

오는 여자는 막지 않고 가는 여자는 잡지 않았다. 바람둥이, 나쁜 남자, 라는 별명을 달고 살았을 정도로.

하지만 아무리 많은 여자들을 만나도 윤아를 향한 마음은 쉬이 사그라지지 않았다. 아니, 그러기는커녕 점점 더 제 마음에 확신이 들 뿐이었다. 한겸에겐 서윤아밖에 없다는 것이.

순정남이라고 하기에도 뭐할 정도로 지긋지긋하고 집요한 제 마음을 확실히 깨닫고 난 뒤부터는 혼란스러움의 연속이었다.

이렇게 제 마음을 숨긴 채로 앞으로도 친구라는 껍데기를 뒤집어쓰고 그녀의 옆에서 살아가야 하는 건지. 아니면 죽이 되든 밥이 되든 부딪쳐 봐야 하는 건지.

치열한 고민 속에서 후자 쪽으로 마음이 점점 기울고 있던 어느 날이었다.

'나 결혼하게 될 것 같아.'

네 번째 손가락에 낀 반지를 자랑하듯 보이며, 윤아는 세상에서 누구보다 가장 예쁘게 웃는 얼굴로 겸의 가슴을 후벼 팠다.

처음 윤아에게서 그 얘기를 전해 들었을 때, 겸이 받은 충격은 이루 말할 수가 없었다. 저와 비슷한 성향으로 늘 짧은 연애만 하던 윤아가 이번에는 웬일로 길게 연애를 이어 가는 게 조금 불안하긴 했었다.

하지만 언젠가는 끝이 날 거고, 그러면 자신에게도 기회가 돌아올 거라 생각했다. 많이 늦었지만 기회가 찾아온다면 이번에는 절대 놓치지 않을 생각이었다. 그 결과가 어떻다고 한들.

그런데 그 끝이 결혼일 줄이야. 단 한 번도 상상한 적 없는 일이었다.

다른 남자의 아내가 된 서윤아.

그저 상상만 했을 뿐인데 심장이 얼어붙는 느낌이었다. 다른 남자와 연애를 하는 모습에도 심장이 시큰거려서 다 아플 지경이었는데, 이건 아예 차원이 다른 아픔이었다.

그 후로는 문득문득 웨딩드레스를 입은 윤아의 모습이 상상이 됐다. 물론 그녀의 옆에 서 있는 남자의 얼굴까지도. 가끔은 상상이 더 진전되어 윤아가 아기를 안고 있는 모습까지 그려졌다.

다른 남자의 아내가 된 윤아의 옆에서, 다른 남자의 아이 엄마가 된 윤아의 옆에서, 과연 나는 그때도 친구라는 탈을 쓰고 아무렇지 않은 척 웃을 수 있을까?

대답은 금방 나왔다. NO였다.

상상만으로도 화가 나서 참을 수가 없었다. 가슴이 아파서 견딜 수가 없었다. 그제야 겸은 깨달았다. 자신이 원했던 건 서윤아의 친구라는 자리가 아니었다는 것을. 친구로 그녀의 곁에 남아 있는 건 전혀 의미가 없다는 것을.

윤아의 얼굴을 볼 때마다 불쑥불쑥 속마음이 튀어나오려고 했다.

다른 남자의 아내가 되지 말라고. 친구가 아닌 남자이고 싶다고.

재채기처럼 튀어나오려는 진심을 겸은 삭이고 또 삭였다. 이제 와서 뒤늦은 고백을 하고 관계를 엉망진창으로 만들고 싶지는 않았다. 무엇보다 행복함에 젖어 있는 윤아의 얼굴에 굳이 그늘을 만들어 놓고 싶지가 않았다.

결국 그가 선택한 것은 도피였다. 억울할 건 없었다. 지금껏 누구보다 그녀의 가까이에 있었으면서 단 한 번도 용기를 내지 못했던 자신의 탓이었으니까.

그런데.

헤어졌다니. 기대라고는 눈곱만큼도 없었는데, 이렇게 좋은 소식이 들려올 줄이야.

사실 연인 사이에 한두 번 헤어졌다 다시 만나는 건 흔한 일이었다. 그러니 윤아 역시 지금은 헤어졌다고 하지만 얼마 못 가 다시 재회할 수도 있다는 건 알고 있었다.

하지만 헤어졌다는 건, 이유가 어쨌건 두 사람 사이에 틈이 생겼다는 얘기다. 그리고 조금은 치사한 것 같기도 하지만, 그 틈이 어쩌면 자신에게 주어진 마지막 기회일지도 몰랐다.

고민은 길어지지 않았다. 겸은 당장 휴대폰을 뒤져 어디론가 전화를 걸었다.

— 어이고, 이게 누구야. 바쁘고 바쁘신 한겸 아니야.

상대방은 아주 반갑게 전화를 받았다.

"오랜만입니다, 대표님. 잘 지내셨죠?"

— 그럼. 나야 잘 지냈지. 자네가 이 시간에 웬일인가? 아직 자고 있을 시간 아닌가?

"드릴 말씀이 있어서 전화드렸습니다."

— 뭔가, 말해 보게.

"일전에 제안해 주셨던 것 말입니다."

방 한편에 놓인 커다란 캐리어에 시선을 두며, 겸은 말을 이어 갔다.

"아직도 유효한지 여쭙고 싶어서 연락드렸습니다."

마지막 기회라면, 이번엔 모든 걸 걸고 붙잡아 볼 생각이었다.

모든 건 그의 생각대로 착착 진행이 되었다. 윤아의 연락을 받고 1분 만에 한국행을 결정했고, 한 달 만에 정말로 미국 생활을 깔끔하게 정리하고 비행기에 올랐다.

한국에 도착하자마자 겸은 친구에게 부탁해 캐리어를 집으로 보내고는 곧장 동기 모임이 있는 장소로 향했다. 긴 비행시간 동안 잠깐도 눈을 붙이지 못했지만, 마음이 급해서인지 피곤함은 전혀 느껴지지 않았다.

마지막 기회.

'마지막'이라는 단어가 지금까지 수많은 기회를 놓쳐 온 그를 간절하게 만들었다.

"한겸! 너 뭐야, 말도 없이?"

예고 없던 등장에 동기들도 모두 눈이 커졌지만 그중 가장 눈이 커진 건 단연 윤아였다. 갑작스러운 자신의 등장에 대해 많은 것이 궁금한 눈치였다. 하긴, 일말의 언질도 준 적이 없으니 당연한 상황이었다.

하지만 이쪽이 조금 더 급했다. 겸은 대답 대신 윤아의 왼쪽 손을 살폈다.

미국으로 떠날 때까지만 해도 반짝이던 네 번째 손가락이 웬일로 깔끔했다.

아직 늦지 않았구나.

겸은 싱긋 웃었다.

"네가 오라며."

"뭐? 내가 언제?"

일전의 통화에 대해 기억 못 할 줄 알았다. 하지만 전혀 기분이 나쁘지 않았다. 겸은 제 코앞까지 드리워진 동글동글한 윤아의 이마를 살짝 밀어 내며 가볍게 대꾸했다.

"그런 게 있어."

지금까지 초조했던 마음이 언제 그랬냐는 듯 여유로워졌다. 겸은 한 달 만에 처음으로 느긋하게 의자에 몸을 기댔다.

오전 내내 새로운 회사에 대해, 그리고 업무에 대해 익히느라 정신이 없었다. 하지만 그러는 짬짬이 겸은 휴대폰을 들여다보았다. 아니, 휴대폰을 보느라 정신이 없었고 짬짬이 업무를 익혔다고 말해야 더 맞는 말이리라.

하지만 여전히 휴대폰은 조용했다. 윤아와의 문자 기록에는 온통 그가 보낸 문자들뿐이었다. 지금까지 대답은 단 한 통도 없었다.

[계속 이런 식으로 나오면, 너 분명 후회할 텐데?]

마지막으로 찍혀 있는 문자를 확인한 겸은, 피식, 엷게 웃으며 휴대폰을 바지 주머니에 집어넣었다.

며칠 전, 눈을 떴을 때 혼자 호텔에 남겨져 있는 상황이 기가 막혔다. 간밤에 까무룩 잠든 윤아의 얼굴을 한참 동안 바라보다 자신도 잠이 들 때쯤, 다음 날 이렇게 되지는 않을까 대충 예상은 했었지만 막상 그런 상황이 닥치니 예상했던 것보다 기분이 더러웠다.

술을 먹고 마음이 동해 함께 사고를 쳤는데, 맨정신이 되자마자 몰래 저 혼자 도망을 가다니. 참으로 괘씸하기 짝이 없지 않은가. 생판 남도 아닌 우리 사이에.

그런데 심지어 그 후로 연락조차 되질 않으니 더욱 괘씸죄가 추가가 됐다. 전화도 씹고, 문자도 씹고. 그래서 겸은 한국에 아예 들어왔다는 얘기도, 그녀와 같은 회사에 다니게 됐다는 얘기도, 언질조차 주지 않았다. 어디 한 번 놀라 뒤로 자빠지는 얼굴을 보고 싶어서.

한국에 들어오기 전에 계획했던 것과 달라 많은 차질이 있었지만, 상황이 나쁘게 돌아가는 것 같진 않았다. 술에 취해서였지만 그래도 싫었으면 호텔까지 같이 갔을까. 게다가 호텔에 들어가기 직전까지는 거의 맨정신인 것처럼 자연스러운 대화도 나눴으니까, 아마 그녀 역시 아예 마음이 없어서 일을 저지른 건 아닐 것이다.

사실은 남자 친구와 헤어지고 외로워서 하룻밤 자신과 불장난을 저지른 거라고 해도 딱히 상관은 없었다. 어쨌든 서윤아는 독 안에 든 쥐였으니까 말이다.

그런데 생각과는 달리 바로 옆 사무실인데도 불구하고 오늘 하루 종일 윤아와 단 한 번을 마주치지 않았다. 일부러 이것저것 핑계를 대며 수시로 복도를 왔다 갔다 했는데 정말이지 단 한 번도.

설마 고작 그 한 달 새에 회사를 옮긴 건 아니겠지. 그렇다면 더욱 조건 좋은 회사들을 팽개치고 이 회사를 굳이 고를 이유가 없었는데 말이다.

"한 팀장님. 점심시간이에요."

겸이 사색에 잠겨 있을 때, 살가운 부하 직원이 친절하게 웃으며 말했다.

"아, 고맙습니다."

겸은 고개를 끄덕이며 자리에서 일어났다. 팀끼리 점심을 먹는 게 이 회사의 보통 분위기라고 해서 팀원들을 따라 느긋하게 사무실을 나오는 순간이었다. 엘리베이터 앞에 서 있는 익숙한 뒷모습이 보였다.

거리가 꽤나 멀고 뒷모습뿐이었지만 겸은 단번에 알아차릴 수 있었다. 그토록 보고 싶던 서윤아라는 것을.

느긋하던 겸의 걸음이 조금 빨라지기 시작했다. 그날 밤 이후로 오랜만에 윤아를 볼 생각에 가슴이 두근거리기까지 했다.

날 보면 넌 어떤 얼굴을 할까?

30년 동안 지겹도록 봐 온 얼굴이지만 어떤 표정을 지을지 상상이 가질 않는다. 그래서 더 기대가 되는 것 같다.

그와 먼저 시선이 마주친 건 윤아와 같은 사무실에서 일한다는 다른 여직원이었다. 그녀가 뭐라고 말을 하자, 윤아가 고개를 돌렸다. 그와 동시에 두 사람의 시선이 부딪쳤다.

겸은 윤아의 시선을 피하지 않았다. 그리고 윤아 역시 그의 시선을 피하지 않았다. 아니, 피하지 않은 게 아니라 얼어붙은 것 같았지만 말이다.

이게 꿈이야, 생시야. 하며 커다란 눈을 깜빡이는 윤아의 모습이 상상했던 것보다 조금 더 귀여워서 겸은 저도 모르게 웃을 뻔했다.

"점심 드시러 가시나 봐요. 한 팀장님."

생글 웃으며 친한 척하는 여자에겐 미안했지만 겸의 시선은 윤아에게 붙박인 채 움직이질 않았다. 흔히 볼 수 있는 표정이 아니었다. 볼 수 있을 때 많이 봐 둬야지. 겸은 놀란 토끼가 된 윤아를 빤히 바라보며 가볍게 대답했다.

"네."

독 안에 든 쥐가 아니라 사냥꾼에게 두 귀가 붙잡힌 토끼로 정정해야겠다.

"……지금 섹스 파트너로 못 지낼 것 같으면, 아예 인연을 끊자는 거야?"

파르르 떨리는 속눈썹만큼이나 파르르 떨리는 목소리에 겸은 뒤통수라도 맞은 듯 윤아를 빤히 바라보았다. 아침에 호텔에서 혼자 눈을 떴을 때보다 조금 더 충격적이었다.

그러니까, 몇십 년 만에 용기를 쥐어짜 내 한 고백이 고작 섹스 파트너 제안으로 들렸단 말인가?

겸은 하늘을 우러러 한 점 부끄러움 없이 말할 수 있었다. 섹스 파트너 따위의 불경스러운 생각은 단 한 번도 해 본 적이 없다고.

굳이 섹스 얘기를 꺼낸 건, 상황이 어차피 이렇게 되기도 했으니 친구가 아닌 남자이고 싶다는 것을 노골적으로 어필해도 괜찮을 것 같아서였다. 그런데 서윤아는 왜곡을 해도 제대로 왜곡을 해 버렸다.

바로 고백을 못 한 건 분명 제 실수였다. 하지만 그도 할 말은 있었다. 설마, 저 순진한 녀석이 섹스 파트너 제안으로 받아들일 줄은 상상도 하지 못했으니까 말이다.

하, 환장하겠네.

겸은 속으로 크게 한숨을 내쉬었다. 대체 저 엉뚱한 생각을 어떻게 고쳐 잡아 줘야 할까. 무릎을 꿇고 꽃다발이라도 건네야 하는 걸까.

하지만 그 순간 겸의 뇌리를 스치는 생각이 있었으니, 윤아가 남자 친구와 헤어진 지 채 한 달도 되지 않았다는 것이었다.

남자 친구와 헤어진 지 얼마나 됐다고 남자를 만나. 난 그런 거 못 해.

서윤아의 속마음은 안 봐도 뻔했다. 마음이 급해서 그녀의 그런 성격을 완전히 잊고 있었던 것이다.

지금 고백한다면, 윤아는 아마 칼같이 거절하지 않을까. 그렇다면 이렇게 오해를 한 채로 두는 게 차라리 잘된 게 아닐까.

사랑은 타이밍이라는데, 아무래도 지금은 고백을 하기에 좋은 타이밍은 아닌 것 같았다.

고민 끝에 겸은 서두르지 않기로 했다. 윤아의 마음이 열리는, 최고의 타이밍을 잡을 때까지 한발 물러서 있을 생각이었다. 몇십 년을 기다렸는데 그 조금을 못 기다리겠는가. 기다리는 건 누구보다 자신 있었다.

그리고 솔직히 '친구'라는 가식적인 껍데기보다야 '섹스 파트너'라는 원초적인 껍데기가 더 마음에 들기도 했고.

지금 이런 오해가 자신을 쓰레기처럼 보이게 할 수도 있지만. 아니, 윤아의 굳은 얼굴을 보고 있자니 이미 자신을 쓰레기로 보고 있는 것 같기는 했지만. 그래도 몇십 년 만에 용기를 냈는데 허무하게 뻥 차이는 것보다야 이편이 겸에게는 이득이었다.

오해야 나중에 차근차근 풀어 나가면 되는 거니까.

섹스 파트너로 지내는 건 생각보다 나쁘지 않았다. 이름만 섹스 파트너일 뿐, 함께 밥을 먹고 둘만의 시간을 보내고 자연스럽게 섹스를 하고. 아무리 봐도 보통의 연인들과 다를 바가 없었다. 아니, 솔직하게 말하자면 그 어떤 연인들보다도 밤엔 열정적이었다.

겸의 입장에서는 참으로 만족스러운 시간들의 연속이었다. 늘 혼자 몰래 꿈꿔 왔던 그런 시간들. 이대로라면 그 타이밍이라는 게 많이 늦는다 하더라도 기꺼이 기다릴 수 있을 것 같다는 생각이 들 정도로.

하지만,

"설마 소개팅한 것도 너한테 사과해야 한다는 거야?"

당당한 윤아의 질문을 듣는 순간, 그 마음은 완전히 산산조각이 났다.

"그래서 넌 지금 당당하다?"

"그래. 당당해. 내가 네 앞에서 당당하지 못할 이유 있어?"

겸은 이 순간 한 가지에 대해 인정할 수밖에 없었다. 제 무덤을 제가 팠다는 사실을.

마지막 기회를 잡기 위해 여기까지 온 이상 피하면 안 되는 거였는데. 죽이 되든 밥이 되든 부딪쳐 봤어야 하는 건데. 상황을 모면하기 위해 또 피해 버린 제 잘못이 컸다.

화가 났다. 미운 말만 골라 하는 윤아에게. 그리고 이런 상황을 만든 자신에게.

그래서 말도 안 되는 말을 하며 윤아를 몰아붙였다. 미운 말을 하는 그 입을 제 입술로 막았고, 흥분에 취해 장소가 회사라는 사실도 잊고 그녀의 몸을 탐했다. 조금 더 가면 정말이지 이성의 끈이 완전히 끊어질 것 같다는 생각을 한 그 순간에야 겸은 윤아에게서 떨어졌다.

정말 위험했다, 이번엔.

"명심해, 서윤아."

"……."

"난 내 거 남이랑 나눠 갖는 취미 없으니까."

세상에 이런 병신 같은 말이 또 어디 있을까.

난 널 사랑해. 그러니까 다른 남자는 만나지 마. 제발 나만 바라봐.

진심을 다해 고백하고 그녀의 바짓가랑이를 붙잡아도 모자랄 판에 이런 뻘짓과 헛소리라니. 스스로 생각해도 너무 찌질하고 못난 것 같다.

윤아를 등지고 탕비실을 나온 겸은 복도 벽에 이마를 쿵쿵 박았다.

죽어라, 이 못난 놈아.

Bad relationships

에필로그

　인간은 적응하는 동물이라는 말이 여실히 와 닿는 요즘이었다. 몇 달간 섹스 파트너라는 유예 기간을 가진 탓일까. 30년을 친구로 지내다가 하루아침에 연인이 된 두 사람은 생각보다 아주 자연스럽게 이 관계를 받아들이고 있었다.

　사실 이전과 별반 다를 건 없었다. 섹스 파트너라는 이름으로 지냈던 그 시간들이 보통의 연인들의 생활과 크게 다르지 않았음을 새삼 깨달았다.

　그래도 굳이 바뀐 점을 꼽자면, 그전엔 일주일에 한두 번 찾아오던 겸이 이젠 시도 때도 없이 그녀의 집에 출근 도장을 찍는다는 점이랄까.

　예전에도 뻔뻔했지만 확실히 최근 들어서는 뻔뻔함이 배가 되었다. 오죽했으면 요즘엔 집에서 혼자 있는 시간보다 겸과 함께 있는 시간이 더 많을 지경이다. 게다가 회사까지 같은 곳에 다니다 보니 정말로 24시간 내내 붙어 있는 것과 다를 바가 없었다.

금요일 밤.

오늘도 역시 퇴근 후 아주 자연스럽게 윤아의 집으로 함께 귀가를 한 겸은 집주인보다 더 당당하게 소파를 차지한 채 TV를 보고 있었다. 팔을 괴고 모로 누워서 예능 프로그램을 시청하고 있는 겸은 세상에서 더없이 편안해 보인다.

어쩜 뻔뻔해도 저렇게 뻔뻔할 수가 있을까.

이제 막 샤워를 끝마치고 나온 윤아는 그런 겸의 뒷모습을 빤히 바라보며 물었다.

"너 집에 안 가? 지금 시간이 몇 신데."

"그래. 네 말대로 지금 시간이 몇 신데 날 내쫓으려고 그러냐? 밤길이 요즘 얼마나 위험한데."

이쪽은 보지도 않고 화면에만 얼굴을 고정한 채 뱉어 내는 겸의 뻔뻔스러운 말에 윤아가 황당하다는 듯 눈썹을 치떴다.

"네가 걸어 다녀? 차 갖고 다니잖아."

"엘리베이터나 주차장에서 사건이 날 수도 있잖아. 가다가 교통사고가 날 수도 있는 거고."

"평소엔 대체 무서워서 어떻게 다니니?"

"무서움을 꾹 참고 다니지. 속으론 바들바들 떨면서."

되지도 않는 헛소리를 얼굴 표정 하나 안 바뀌고 당당하게 할 수 있는 사람이 세상에 몇이나 될까. 그럼에도 밉지 않으니 콩깍지가 쓴 건지, 아니면 저 잘난 껍데기 때문인 건지. 하여튼 저것도 능력이라면 아주 대단한 능력이다.

"농담이 아니라 너 요즘 외박이 너무 잦은 것 같아."

화장대 앞에 앉은 윤아가 젖은 머리를 말리기 위해 헤어드라이어를 꺼내며 짐짓 진지한 얼굴로 말했다.

"집에 좀 들어가지 그래?"

"이 나이에 집에 꼬박꼬박 들어가는 게 더 불효라는 걸 왜 몰라."

"아이고. 그러세요?"

윤아의 비아냥거림에 겸이 화면에 고정되어 있던 시선을 틀어 그녀를 똑바로 바라보며 대답했다.

"그래. 그리고 지금까지 어긋났던 거 바로 잡으려면 앞으로 남은 시간들은 샴쌍둥이처럼 붙어 있어도 모자랄 판이야. 알아?"

윤아가 사실은 나도 널 좋아했어. 라고 솔직하게 고백을 했던 게 화근이었다. 서로 좋아했다는 사실을 알게 된 순간 겸은 기뻐하기보다는 오히려 크나큰 짜증을 냈다.

어쩌면 아주 오래전 이어졌을지도 모르는데, 10년이 넘는 시간을 돌아온 것이 겸은 아까워 죽겠다는 것이다. 그 생각만 하면 억울해서 자다가도 벌떡 눈이 떠진다나 뭐라나.

윤아 역시 어긋났던 그 긴 시간이 아깝지 않은 건 아니었다. 하지만 이미 엎질러진 물은 후회해 봐야 소용이 없는 법 아닌가.

좋은 게 좋은 거라고, 그 당시에 서로의 마음이 통했다고 해서 지금까지 둘이 함께할 수 있다는 보장은 없는 법이라며 마인드 컨트롤을 하는 중이었다.

물론 겸은 그런 마인드 컨트롤을 할 생각이 전혀 없는 것 같지만 말이다.

"그리고 요즘 최 여사가 나 장가 못 보내서 안달인 거 몰라? 얼굴 안 마주치는 게 상책이야."

순간 윤아의 얼굴에 작은 그늘이 드리웠다. 겸이 말하는 최 여사. 그러니까, 그의 어머니인 미영에게 미안한 마음이 들어서였다.

"요즘도 선보라고 얘기하셔?"

티를 내지 않으려고 했지만 가라앉은 목소리에 티가 난 모양이었다. 겸이 격양됐던 목소리를 살짝 누그러뜨린 채 말했다.

"왜. 신경 쓰여?"

"당연히 신경 쓰이지. 본의 아니게 선 자리 파투 낸 게 돼 버렸잖아."

"본의 아니기는. 나 선본다니까 눈이 뒤집혀서 달려와 놓고."

장난스러운 겸의 말에 윤아의 얼굴이 살짝 찌푸려졌다.

"기억 왜곡은 정도껏 하지 그래? 내가 언제 눈이 뒤집혔었다고."

"그래. 아니라고 치자."

"아니라고 치는 게 아니라 아니거든?"

"그래, 그래. 알겠다니까."

"아. 완전 재수 없어, 진짜."

윤아가 짜증스럽게 내뱉었지만 겸은 그러든지 말든지 상관없다는 듯 시종일관 여유롭게 웃고 있을 뿐이었다. 그 모습이 더 얄밉게 느껴져서 윤아는 헤어드라이어를 켰다.

위이잉—

헤어드라이어에서 바람과 함께 시끄러운 소음이 흘러나오기 시작했다. 고운 머리카락이 바람에 이리저리 흩날리는 걸 물끄러미 바라보고 있던 겸이 불쑥 말했다.

"사실은 최 여사가 하도 선 자리 얘기를 계속해서 만나는 여자 있다고 얘기했어."

뚝.

헤어드라이어 소리가 끊겼다. 윤아는 믿을 수 없다는 듯 겸을 바라보았다.

"뭐라고?"

"얘기했다고. 나 요즘 만나는 여자 있다고."

소음 때문에 잘못 들은 것이길 바랐건만 겸의 입에서 나오는 말은 변함이 없었다. 믿을 수 없는, 아니, 믿고 싶지 않은 이야기에 윤아가 큰 눈을 깜빡이며 되물었다.

"대체 왜……?"

"뭐가 왜야. 선보라고 하도 닦달을 하니까 그렇지."

몇 달 전 겸의 선 자리가 파투 난 정확한 이유에 대해선 어른들의 귀에 들어가지 않았다. 고맙게도 여자 쪽에서 먼저 '별로 제 스타일이 아니었어요.' 라고 말을 해 주었다고 했다.

윤아의 입장에선 참으로 다행스러운 일이었다. 그 여자에게 감사의 인사라도 전하고 싶을 정도로.

일이 잘 해결됐다고 생각했다. 하지만 그건 끝이 아니라 또 다른 시작이었다. 그 뒤로도 미영이 자꾸만 들어오는 선 자리를 겸에게 은근히 강요하기 시작한 것이다.

겸이 이런저런 핑계를 대며 선 자리를 피하고 있다는 것은 알고 있었다. 그게 겸의 입장에서는 꽤나 곤욕스러울 것이라는 것도.

하지만 두 사람이 연애를 하고 있다는 사실을 어른들께 알릴 용기가 윤아에게는 아직 없었다.

"걱정 마."

바람 앞의 등불처럼 흔들리는 그녀의 눈빛을 읽은 듯 겸이 차분하게 말했다.

"그 상대가 너라고는 아직 얘기 안 했으니까."

그리 말을 하는 겸의 표정이 별로 좋지가 않다고 생각하는 순간이었다. 겸의 입이 다시금 열렸다.

"근데 언제까지 숨길 생각이야? 계속 숨길 수 있는 것도 아니잖아."

연애를 시작했을 때, 윤아가 주변엔 비밀로 했으면 좋겠다는 말에 죄를 지은 것도 아닌데 왜? 라며 겸은 전혀 이해하지 못했다는 듯 반문했었다.

내 입장이 좀 그래. 라는 윤아의 말에 겸은 알겠어, 그렇게 해. 말했지만 사실 완벽하게 이해하지 못하고 있는 게 분명했다.

"음. 아직은 좀 더……."

뜸을 들이는 윤아의 대답이 마음에 들지 않는지 겸의 얼굴이 와락 일그러졌다.

"나 솔직히 좀 섭섭하려고 그래."

"섭섭하다고?"

"그래. 너 김정훈 만날 땐 동네방네 다 떠들고 다녔으면서 왜 나만 숨기려는 건데?"

역시. 전혀 그녀의 입장을 이해 못 하고 있었던 거다.

윤아는 짧게 한숨을 내쉬며 몇 번이나 반복했던 얘기를 다시금 꺼냈다.

"내가 말했잖아. 내 입장이……."

"네 입장이 뭐? 막말로 우리가 바람을 폈어, 뭘 했어. 다 끝나고 깔끔하게 시작한 건데, 뭐가 문제야. 대체?"

좋겠다, 넌. 쉬워서. 나도 너처럼 그렇게 쉽게 생각할 수 있으면 얼마나 좋을까.

윤아는 나지막이 한숨을 내쉬었다.

그의 말대로 바람을 핀 건 아니었으니 딱히 문제가 될 건 없었다. 다른 남자와 연애를 오래 했다는 것이 분명 죄도 아니었고.

하지만 같은 상황에 처해 있어도 사람에 따라 입장은 다 다른 법이다. 특히나 겸의 부모님 입장에서는, 아들의 상대로 그런 과거가 있는 여자라니, 썩 내키는 조건은 아닐 것이다.

게다가 과거라고 하기에는 지나치게 가까운 곳에서 지켜보지 않았던가. 결혼 얘기가 오가기도 했었고.

하지만 겸의 말대로 언제까지고 이 상황을 숨길 수 있는 건 아니었다. 아무리 시간이 지난다고 해도 이미 지나간 과거는 돌이킬 수 없고, 그렇다고 겸과 가볍게 만날 것도 아니었으니까.

윤아 역시 언젠가는 얘기를 해야 한다는 걸 알지만, 용기가 나질 않아 계속 미루고 있는 것이었다.

"나는 하루라도 빨리 온 세상에 네가 내 여자다, 알리고 싶어."

할 말이 없어 입을 딱 다물고 있는 윤아를 보며, 겸이 깊은 한숨을 내쉬며 얘기했다.

"회사에서 남자들이 너한테 집적거릴 때, 얼마나 기분이 엿 같은 줄 알아? 최 여사가 내 선 자리 얘기하면서, 네 선 자리까지 신경 쓸 땐 또 어떻고."

"……."

"하루에도 수십 번씩 서윤아는 내 여자다, 얘기하고 싶어 죽겠다고. 정말로."

겸이 섭섭해하는 건 충분히 이해했다.

소유욕과 질투심이 엄청난 녀석이 저 때문에 팔자에도 없는 비밀 연애를 하느라 얼마나 마음이 답답한지도 알고 있다. 그리고 부모님을 속이는 것 역시 겸의 입장에선 내키지 않는 일일 것이다.

하지만 아직은 아니었다. 이기적이라고 할지라도 아직은 용기가 나질 않는다.

윤아는 짧게 한숨을 내쉬었다.

"……조금만 더 시간을 줘."

끝내 원하는 대답을 주지 않는 윤아를 원망하듯 바라보던 겸이 이내 토라진 듯 팩 고개를 돌렸다. 그러고는 TV를 끈 다음 침대로 올라가더니 이불까지 휙 뒤집어쓰고 돌아눕는다.

진지하게 화를 낼 법도 한데, 곤란한 그녀의 입장을 배려해 주기 위해 그저 나 뿔났어요! 정도로만 티를 꽉꽉 내는 겸의 모습이 귀여우면서도 고맙기도 하고 또 한편으론 너무 미안해서 윤아는 다시금 한숨을 내쉬었다.

시간을 되돌릴 수 있다면 얼마나 좋을까.

사실 그 생각을 가장 많이 하고, 또 간절하고, 또 억울한 건 겸보다 자신이 훨씬 더할 것이다. 연애를 한 게 분명 잘못한 건 아닌데. 왜 이렇게 미안해야 할 상대가 많은지 모르겠다.

겸의 부모님께는 물론이거니와 제대로 된 연애는 윤아가 처음이라는 겸에게도 자신은 처음이 아니라 미안했다. 미안해할 일이 아니라는 걸 잘 아는데도, 오히려 겸은 신경 쓰지 말라는데도 괜히 미안해지는 건 어쩔 수 없었다.

시간을 돌릴 수 있다면, 여태 만난 남자들에게는 미안하지만 아무도 만나지 않고 오직 겸과 마음이 통하는 그날을 기다리고 또 기다릴 수 있을 것 같았다.

아니, 겸보다 더 먼저 용기 내 고백을 할 수 있을 텐데.

"……휴우."

부질없는 생각을 하는 동안 머리는 헤어드라이어를 더 쓸 필요 없이 완전히 다 말라 있었다. 드라이어를 대충 정리한 윤아는 침대 위를 물끄러미 바라보았다.

이불을 뒤집어쓴 둥근 물체가 꼼지락거리는 게 보인다.

삐진 티는 내야겠고, 이불 속은 답답하고. 아주 지금쯤 딱 죽을 맛인 겸의 마음의 소리가 들리는 듯해서 윤아는 피식, 엷게 웃었다.

"겸아아아."

침대 위로 올라서며 윤아가 애교 섞인 목소리를 뱉어 냈다. 그러자 겸의 등이 움찔거렸다.

하지만 그게 끝이었다. 보통 같았으면 그녀의 애교 섞인 목소리에 못 이긴 척 웃어 줬을 텐데 말이다.

"화 많이 났어?"

"어. 엄청 많이 났어."

대답은 금방 돌아왔다. 연애를 시작한 뒤로는 손에 꼽을 정도로 아주 가끔씩만 들을 수 있던 무뚝뚝한 목소리가, 겸이 삐진 강도가 평소와 달리 세다는 것을 여실히 알려 주고 있었다.

끄응.

곤란하다는 듯 이불 속에 파묻힌 겸의 너른 등짝을 바라보고 있던 윤아는 아랫입술을 살짝 깨물었다. 그러고는 천천히 팔을 뻗어 이불 속으로 손을 쓱 집어넣었다. 그러자 당황한 듯 겸의 몸이 다시금 움찔거렸다.

윤아는 머뭇거리지 않고 그대로 그의 바지 안까지 손을 내렸다. 이제는 눈을 감고도 찾을 수 있는 그의 중심에 그녀의 손바닥이 정확하게 닿았다. 손이 닿기가 무섭게 풍선처럼 부풀어 오르는 것이 느껴졌다.

어쩜 이렇게 흥분을 잘하는지. 아랫도리만 보면 혈기 왕성한 10대 못지않은 것 같다. 이런 녀석을 고자일지도 모른다고 누군가는 의심했었다는 것을 떠올리니 설핏 웃음이 날 지경이다.

손바닥으로 부드럽게 팬티 위를 쓸어내리며 윤아가 은근한 목소리를 내뱉었다.

"계속 화내고 있을 거야?"

"……."

"이래도?"

윤아가 팬티 안으로 손을 집어넣어 성난 그의 페니스를 움켜쥐었다. 그러자 억지로 침묵을 유지하고 있던 겸의 입에서 참지 못한 신음이 흘렀다.

"으읏!"

윤아는 조금 더 과감하게 그의 페니스를 어루만졌다. 몇 초 지나지 않아 원하는 반응이 돌아왔다. 겸이 뒤집어쓰고 있던 이불을 휙 걷어 내고 상체를 벌떡 일으킨 것이다.

"서윤아, 너 언제 이렇게 여시가 됐냐? 어?"

얼굴이 시뻘게진 겸이 윤아를 바라보며 입을 쩍 벌렸다.

"글쎄. 아마도 너랑 연애하고 나서부터?"

"어쭈. 이제 뻔뻔하기까지!"

"그래서 싫어?"

손을 빼낸 윤아가 긴 속눈썹을 깜빡이며 되묻자, 겸이 그녀의 어깨를 확 밀치듯 밀었다.

"싫기는."

뒤로 발라당 넘어져 침대에 드러누운 윤아의 위로 올라탄 겸이 한쪽 입꼬리를 말아 올리며 위험한 미소를 지어 보였다.

"아주 바람직한 변화라고 생각해. 매일 화난 척하고 싶을 정도로."

"그건 좀 곤란한데?"

윤아가 픽 웃자, 겸이 그녀의 목덜미에 입술을 내리며 속삭이듯 말했다.

"그게 싫으면 평소에도 자주 이런 도발을 보여 주든지."

뜨거운 입김이 목덜미를 간질이는 느낌에 살짝 움츠러들었던 윤아가 이내 팔을 뻗어 그를 와락 끌어안았다. 그러고는 겸이 했던 그대로 그의 목덜미에 입술을 가져다 대며 작게 속삭였다.

"노력해 볼게."

윤아의 대답이 끝나기가 무섭게 겸의 입술이 그녀의 입술을 집어삼켰다. 겸의 손이 헐렁한 박스 티 속으로 훅 들어오더니 윤아의 브래지어를 자연스럽게 풀었다. 그와 동시에 탄력 있는 가슴이 드러났다.

짧은 키스를 끝낸 겸의 입술이 윤아의 가슴으로 내려왔다. 그는 오똑 솟은 유두를 혓바닥으로 지분거리며 한 손으로는 그녀의 허벅지 안쪽을 부드럽게 쓰다듬기 시작했다.

위아래로 간질거리는 느낌에 윤아는 몸을 살짝 움찔했다. 그 순간, 허벅지를 쓰다듬던 겸의 손이 팬티 안으로 쑥 들어오더니 그녀의 중심부를 가차 없이 건드려 댔다.

"읏."

가장 예민한 곳을 엄지로 꾹 누르는 겸의 행동에 윤아의 등이 들썩였다. 유두를 물고 있던 겸이 입술을 떼며 속삭였다.

"아무것도 안 했는데 벌써 잔뜩 젖어 있네. 이 변태."

변태라니. 누가 누구한테 할 소리를.

하지만 윤아는 반박의 말을 할 수가 없었다. 곧이어 겸의 단단한 손가락이 그녀의 안을 파고들었기 때문이다. 이물감에 다리를 확 오므렸지만 겸은 아랑곳 않고 손끝으로 그녀의 내벽을 휘저었다.

"아앗!"

겸의 말대로였다. 잔뜩 젖은 그녀의 안은 그의 손가락을 단번에 집어삼켰다.

겸의 손가락이 움직일 때마다 질척거리는 소리가 고요한 방 안에 퍼졌다. 그때마다 윤아는 아랫입술을 깨문 채 신음을 흘렸고, 겸은 그런 그녀를 내려다보며 흥분했다.

좁은 팬티 속에서도 겸의 손가락은 자유자재로 움직였다. 엄지는 부풀어 오른 클리토리스를 부드럽게 매만졌으며 중지로는 예민한 지점을 쉴 새 없이 건드려 댔다.

"여기 좋아?"

"아훗. 웃!"

대답 대신 신음이 흘렀다. 하지만 겸은 충분히 만족스럽다는 듯 씩 웃으며 포인트를 향해 좀 더 격렬하게 손가락을 움직여 댔다.

찌걱찌걱. 푹푹.

텅 빈 머릿속엔 질척거리는 외설스러운 소리와 자신의 신음만이 가득 찼다. 손가락만으로도 갈 수 있을 것 같다는 생각이 들 무렵이었다. 별안간 겸의 손가락이 밖으로 쑥 빠져나왔다.

"미안. 한 번 가게 해 주고 시작하려고 했는데……."

질끈 감고 있던 눈을 뜨고 저를 바라보는 윤아를 향해 겸이 변명하듯 얘기하며 자신의 팬티를 벗었다. 그러자 성난 그의 페니스가 일자로 볼똑 솟아올랐다.

"아무래도 더는 못 참을 것 같아서."

못 참겠다는 말이 와 닿았다. 피가 완전히 쏠려 시뻘겋다 못해 검붉게 변한 그의 페니스 끝에는 투명한 액체까지 맺혀 있었다. 아무래도 조금 전 애무를 하며, 또 느끼는 그녀를 감상하며, 겸역시 흥분을 했던 모양이다.

"나야말로 아무것도 안 했는데…… 변태."

조금 전 겸에게 들었던 말을 그대로 읊으며, 윤아가 느릿하게 웃었다. 흐트러진 시트 위에 잔뜩 흐트러진 머리카락과 함께 나른한 눈빛으로 그를 바라보는 윤아의 모습은 어느 때보다 야했다.

"환장하겠네, 진짜."

남자는 시각에 약한 동물이다. 이젠 정말 한계라는 것을 느낀 겸은 묵직한 숨을 뱉은 후, 그녀의 팬티를 벗길 생각도 하지 못하고 옆으로 살짝 젖힌 채 자신의 중심을 밀어 넣었다.

"하앗!"

형광등 불빛 아래에서 번들거릴 정도로 젖었던 탓에 그의 페니스는 어렵지 않게 단번에 뿌리까지 박혔다. 이미 그의 손가락에 익숙해져 있던 여린 살은 굵고 단단한 그의 것을 꽉 물었다.

탁탁탁.

겸이 빠른 속도로 허리를 움직이기 시작했다. 평소보다 훨씬 거친 움직임에 윤아는 거의 실신 직전이었다. 조금 전 이미 겸의 애무에 절정 바로 앞까지 갔던 터라 조금만 움직여도 환장할 정도로 느낌이 강했다.

더는 참지 못할 것 같았다. 머릿속을 잠식하는 쾌락에 윤아가 마치 비명을 지르듯 소리를 내질렀다.

"아훗! 겸아, 나 갈 것 같아!"

"웃. 나도 마찬가지야."

신음과도 같은 탁한 겸의 목소리를 끝으로 좁은 그녀의 안을 뜨거운 액체가 가득 채웠다. 그의 것인지, 그녀의 것인지 알 수 없을 정도로 타이밍이 절묘했다. 아마 둘 다겠지만.

하아. 하아.

두 사람의 입에서 거친 숨이 흘러나왔다. 겸의 몸이 마치 윤아를 덮칠 듯 그대로 쓰러졌다. 185센티가 넘는 덩치는 제법 무거웠지만 윤아는 굳이 피하지 않고 그의 무게를 그대로 견뎌 냈다.

맨살과 맨살이 닿는 느낌이 좋다. 기분 좋은 노곤함에 눈꺼풀이 슬며시 감겼다.

"아, 이대로 잠들고 싶다."

겸 역시 같은 생각을 한 모양이었다. 나른한 그의 목소리에 윤아는 두 팔을 뻗어 그의 등을 감싸 안았다.

여전히 하나로 이어져 있는 상태였지만, 두 사람은 마치 처음부터 한 몸이었던 것처럼 서로를 끌어안은 채 체온을 나누었다. 뜨겁게 달아오른 몸이 적당하게 식을 때까지, 꽤 오랫동안.

속궁합이라는 건 오묘했다. 시간이 지날수록 점점 더, 마음이 깊어질수록 점점 더 딱 들어맞았다. 이보다 더 황홀할 수 있을까, 생각하며 만족해도 다음번엔 더욱더 황홀한 감각을 맛보게 되니. 이제는 섹스를 하면서도 다음 섹스가 기대가 될 지경이었다.

그 맛을 알고 나니 어제처럼 윤아가 은근슬쩍 먼저 겸을 건드리는 경우도 종종 있었다. 그럴 때면 겸은 평소보다 더욱 뜨겁게 타올랐다. 그런 날은 두 번 연속 확정이었다.

그런 생활을 계속하다 보니 둘 다 따로 하는 운동이 없음에도 불구하고 점점 살이 빠져 갔다. 겸이야 잘 먹으면서 밤 운동까지 열심히 하는 덕에 잔 근육이 점점 더 탄탄해지고 있었지만, 원래 살이 안 찌는 체질인 윤아는 날이 갈수록 핼쑥해져 갔다.

그 때문일까. 일요일 오전, 이른 시간부터 미영에게서 전화가 한 통 걸려 왔다.

— 오늘 별일 없으면 집으로 오지 않을래?

미영의 다정한 목소리에 윤아는 저도 모르게 어깨를 움찔했다. 어젯밤 겸을 억지로 집으로 보내서 참 다행이라고 생각하며 윤아는 차분하게 대답했다.

"집으로요?"

— 응. 신선한 대게 선물 받았거든. 한가득 쪄 났으니까 이리 와서 가져가.

"아니에요. 괜찮아요."

— 너희 집에 주고도 한참 남아서 그래.

"진짜 괜찮은데……."

하지만 거절도 한두 번이나 괜찮지, 그 이상 넘어가면 예의에 어긋나는 법이다. 더는 거절하기 어렵겠다고 생각했을 때, 미영이 말을 덧붙였다.

— 너 얼마 전에 보니까 얼굴도 핼쑥한 게, 영 못쓰겠더라. 혼자 있다고 대충 먹지 말고 잘 챙겨 먹어야지. 점심도 같이 먹게 시간 맞춰서 와. 알겠지?

얼마 전에 반찬을 가지러 집에 갔다가 놀러 와 있던 미영과 또한 번 마주쳤었다. 그때 어머, 너 왜 이렇게 살이 빠졌니? 놀라며 물으시더니, 그게 마음에 걸렸던 모양이었다.

밥은 아침을 제외하곤 평소처럼 두 끼를 제대로 챙겨 먹고 있었다. 아니, 오히려 혼자 지낼 때보다 겸과 함께 식사하는 날이 늘어난 지금은 더 잘 챙겨 먹고 있는 중이었다. 그럼에도 핼쑥해 보이는 건, 수시로 찾아와 저를 집요하게 괴롭히는 겸 탓이었다.

하지만 그렇다고 미영에게 이러한 얘기를 다 할 수는 없는 법 아닌가. 결국 윤아는 알겠다고 대답하고 전화를 끊을 수밖에 없었다.

전화를 끊고 난 다음부터 윤아는 정신이 없었다. 독립을 한 후로 지금껏 엄마표 반찬만큼이나 미영에게서도 반찬을 자주 얻어먹곤 했었다. 그러니 이런 미영의 연락도, 뭔가를 얻어먹는 상황도, 옆집에 가는 것마저도 윤아에겐 흔하디흔한 일이었다.

하지만 이번엔 상황이 달라서인지 마음이 영 불편했다. 그래서 윤아는 공들여 드라이를 하고, 최대한 신경 써서 옷을 고르며 평소와 달리 만반의 준비를 했다.

본집에 들를 생각도 못 하고 윤아는 옆집으로 곧장 향했다. 겸의 집 대문과 현관문은 마치 윤아를 기다리고 있던 것처럼 활짝 열려 있었다. 열려 있는 문을 뻔히 보고도 벨을 누르자니 어색해서 그냥 조심스럽게 집 안으로 들어갔다.

"이모. 저 왔어요."

이 집 아들인 겸만큼이나 자연스럽게 드나들었던 예전과는 달리 머뭇거리며 신발을 벗었을 때였다. 마침 1층으로 내려오고 있던 겸이 계단에 멈춰 선 채, 윤아를 보고 눈을 크게 떴다.

"서윤아……?"

그는 마치 귀신이라도 본 듯한 얼굴이었다.

"네가 왜 여기 있어?"

"아, 말을 한다는 게 깜빡했네. 미안, 너무 정신이 없어서."

정말로 미영에게 연락을 받은 뒤로 정신이 너무 없어서 겸에게 알려야겠다는 생각도 못 했다. 윤아는 멋쩍은 듯 웃으며 대답했다.

"좀 전에 이모가 대게 가지러 오라고 하셨거든……."

"대게?"

겸이 황당하다는 듯 윤아를 바라보았다. 요즘 같은 상황에 윤아가 자신의 집에 와서 미영과 얼굴을 마주하는 일이 그녀에게 얼마나 불편할지 잘 알고 있는데, 고작 대게 때문에 여기까지 오다니.

"나한테 얘기하지. 그럼 내가 갖다 줬을 텐데."

"점심도 먹으러 오라고 하셔서 거절을 못 했어."

"너도 참, 너다."

겸이 쯧, 혀를 찼을 때였다. 주방에서 두 사람의 소리를 듣고 빼꼼 고개를 내민 미영이 윤아를 불렀다.

"윤아 왔니?"

"네, 이모. 저 왔어요."

괜스레 겸에게서 훌쩍 멀어지고는 윤아가 얼른 미영을 향해 웃으며 인사를 건넸다.

"배고프지? 얼른 밥부터 먹자."

미영을 따라 주방으로 가자 상다리가 휘어질 정도로 많은 음식들이 차려져 있었다. 윤아가 좋아하는 소갈비찜부터 시작해서 오동통한 계란말이, 그리고 그 외에도 여러 가지 밑반찬들이 식탁을 가득 채우고 있었다.

무슨 날인가? 싶을 정도로 어마어마한 상차림에 윤아는 살짝 놀랐다. 하지만 그녀보다 더 놀란 사람이 있었으니, 바로 이 집의 아들인 겸이었다. 겸은 지정석에 앉으며 입을 쩍 벌렸다.

"최 여사. 혹시 오늘 무슨 날이야?"

"응? 아닌데?"

"근데 왜 이렇게 음식에 힘을 줬어."

호호. 웃으며 미영이 윤아를 끌어다 겸의 맞은편 자리에 앉혔다.

"우리 아들딸 먹이려고 힘 좀 줬다, 왜."

억지로 자리에 앉혀진 윤아는 잘 차려진 음식들을 눈으로 쓱 훑었다. 미영의 음식 솜씨는 자신의 어머니보다도 훌륭한 편이었다. 하지만 맛깔난 음식들을 앞에 두고도 식욕이 좀처럼 돋지 않았다. 방금 전 들은 '아들딸'이라는 말이 목에 걸려 도저히 밥을 먹을 수 없을 것 같았다.

그런 윤아의 마음을 읽었는지, 겸이 살짝 미간을 좁히며 말했다.

"아들딸은 무슨. 최 여사한테 딸이 어디 있다고 그래?"

"어머. 너 왜 그러니? 윤아 들으면 섭섭하겠다."

미영이 겸의 어깨를 찰싹 치며, 윤아를 향해 활짝 웃어 보였다. 그 순간 윤아는 가슴에 찌르르한 통증을 느꼈다. 아마도 양심이 찔리는 것이리라.

엄마만큼이나 저를 생각해 주는 미영. 그리고 그런 미영과 자신 사이에서 곤란해하는 겸.

두 사람의 모습을 보자 더는 생각을 길게 할 필요가 없어졌다. 저도 모르게 저절로 입이 떨어졌다.

"이모. 저…… 드릴 말씀이 있어요."

비장하게 뱉어진 윤아의 말에 미영은 물론이고 겸 역시도 눈을 살짝 크게 떴다. 설마, 하는 눈빛이었다.

"사실은요……."

저를 향하고 있는 네 개의 눈동자를 똑바로 바라보며, 윤아는 마른침을 꼴깍 삼켰다. 그러고는 마지막 말을 덧붙였다.

"저희 요즘 만나고 있어요."

말을 다 내뱉었을 때 겸의 두 눈이 휘둥그레지는 게 보였다. 하지만 차마 미영의 얼굴까진 살필 용기가 없어서 윤아는 그대로 고개를 푹 숙였다.

　세 사람이 앉은 식탁에 묘한 정적이 흘렀다. 막상 질러 놓고 보니 너무 밑도 끝도 없이 얘기한 건 아닌가, 이제 와 걱정이 들었다. 하지만 이미 엎질러진 물. 미영의 대답을 기다리는 수밖에 없었다.

　짧은, 그러나 윤아에게는 너무도 길게 느껴지는 정적 끝에 미영이 말했다.

　"음. 그러니?"

　생각했던 것과는 전혀 다른 반응이다. 게다가 목소리에는 살짝 웃음기까지 서려 있는 것이 이상했다.

　뭔가가 잘못된 것 같은 느낌에 윤아는 천천히 고개를 들어 올렸다. 제일 먼저 보이는 건, 저와 비슷한 표정을 짓고 있는 겸이었다. 그리고 그 옆에서 해사하게 웃고 있는 미영의 모습이 보인다.

　"안 놀라셨어요?"

　"어머, 내가 놀라야 하는 거야?"

　미영이 생글생글 웃으며 장난스럽게 얘기했다.

　"사실은 너희들이 대체 언제 얘기해 주려나, 기다리고 있었어."

　"최 여사. 알고 있었어?"

　"어떻게 모를 수가 있겠니? 네가 그렇게 티를 폴폴 내는데."

　"내가 티를 냈다고?"

"우리 아드님이 얼마나 팔불출처럼 티를 냈는지 어디 한번 읊어 봐?"

겸이 무슨 말이냐는 듯 바라보자, 미영이 잘 들어 보라는 듯 말을 이어 갔다.

"어릴 때부터 윤아만 졸졸 쫓아다녔지. 집에 와서도 만날 윤아가, 윤아가. 입버릇처럼 입에 달고 살았어. 윤아밖에 몰랐어."

"……."

"그리고 대학. 남자들만 득실거리는 공대는 죽어도 안 갈 거라더니, 윤아가 공대 가겠다고 말한 뒤로 그 말 쏙 집어넣고 같은 학교 선택했잖아. 장래 희망 물어볼 때마다 꿈 같은 거 없어, 하더니 윤아가 건축가 되고 싶다니까 덩달아 너도 건축가가 되고 싶다고 하고. 안 그래?"

"그건……."

미영의 말이 다 사실인 모양이었다. 도저히 부정은 못 하겠는지 겸이 윤아의 눈치를 보며 짧게 한숨을 내쉬었다.

윤아는 살짝 놀랐다. 겸이 저 때문에 대학까지 같은 학교로 온 줄은 몰랐기 때문이다. 뭐가 되고 싶냐고 물었을 때 겸이 건축가, 라고 망설임 없이 대답했을 땐 그저 늘 같이 지냈으니 꿈도 비슷한 거구나, 그렇게 생각했었다.

"어디 그것뿐인 줄 아니?"

"그만해. 최 여사."

겸이 미영의 입을 막으려는 듯 손을 뻗었다. 하지만 미영은 웃는 얼굴로 그의 손을 가볍게 툭 쳐 냈다.

"어머, 뭘 그만해? 윤아도 알아야 할 거 아냐. 우리 아드님의 순정을."

미영은 아들을 놀리는 재미에 푹 빠진 듯 웃으며 말을 이어 갔다. 마치 오늘을 아주 오랫동안 기다려 온 사람처럼.

"글쎄 윤 네가 결혼한다는 소식을 들었을 때는 몇 날 며칠을 밥도 제대로 안 먹고, 우울해하더니. 급기야는 갑자기 미국에 가서 살 거라고 하는 거 있지?"

"네? 설마요."

"설마는 무슨. 영영 미국에서 살 것처럼 떠날 땐 언제고 네가 헤어지자마자 때맞춰 바로 귀국한 것 좀 봐. 딱 냄새가 나지 않니?"

윤아가 눈을 동그랗게 뜨고 겸을 바라보았다. 그러자 겸이 시선을 피한다. 이번에도 진실인 모양이었다.

갑자기 미국행을 결정한 게 당황스럽기는 했지만, 그래도 설마 그게 다 저 때문이었다니. 상상도 하지 못했을뿐더러, 도저히 믿을 수가 없었다.

"너희 제대로 연애 시작한 거, 겸이 예전에 선 파투 났던 그 시점이지?"

"최 여사 신내림이라도 받았어?"

"모르려야 모를 수가 없게 행동을 했잖니, 네가. 그 뒤로 어디 나사라도 하나 빠진 것처럼 워낙 실실거리고 다녔으니까. 외박도 티 나게 잦아졌지, 아마?"

미영이 겸을 흘기며 말했다. 겸은 할 말이 없다는 듯 입맛을 쩝

다셨고, 그 앞에서 윤아는 괜히 죄송한 마음에 다시금 고개를 푹 숙였다.

"죄송해요. 먼저 말씀드렸어야 하는 건데……."

"아니야. 신중하고 마음이 착한 우리 윤아를 내가 모르는 것도 아니고. 그동안 얼마나 고민이 많았겠니. 이해한단다, 나는."

고백을 망설였던 윤아의 마음을 단번에 파악한 듯 다정하게 말하는 미영의 목소리에 윤아는 순간 울컥하는 마음이 들어 아랫입술을 살짝 깨물었다.

"사실은…… 반대하실 거라고 생각했어요. 아무래도 아들 짝으로는 안 내키실 거 같아서……."

"반대는 아니고 두 사람이 만나는가 보다, 생각했을 땐 조금 아쉽긴 했어."

미영의 말에 윤아는 마음이 아프지만 고개를 끄덕였다. 그래, 자신의 조건이 마음에 걸리지 않았을 리가 없다. 부모의 마음이란 다 그런 거니까.

하지만 이어지는 미영의 말은 그녀의 예상과는 조금 달랐다.

"아들 키워 봐야 소용없다더니. 여자 때문에 미국 간다는 얘기 들었을 땐, 어찌나 괘씸하던지. 이번에 한국 왔을 때도 속셈이 뻔히 보이는데. 내가 얼마나 약이 올랐는지 아니? 아주 그냥, 윤아한테 뻥 차여서 혼쭐이 났으면 좋겠다, 생각했을 정도라니까. 근데 너무 쉽게 네가 겸이 마음을 받아 준 것 같아서 어찌나 아쉽던지! 조금 더 맘고생시켰어야 하는데."

"……."

"윤아야. 우리 아들 마음 받아 줘서 고마워. 사실 기대도 안 하고 있었는데, 고맙다, 정말."

기대를 안 하고 있었던 건 오히려 이쪽이었다. 반대는커녕 두 팔 벌려 저를 환영해 줄 거라고는 전혀 생각하지 못했으니까 말이다.

그간 밤마다 수도 없이 했던 걱정들이 한순간에 눈 녹듯이 사라지는 것만 같았다. 그 서러운 감정들이 밖으로 표출되려는지, 두 눈이 뜨거워지는가 싶더니 이내 그녀의 뺨을 타고 눈물이 흘러내리기 시작했다.

"어머, 너 지금 우는 거니?"

"죄송해요. 울 상황이 아닌데……."

윤아는 고개를 푹 숙였다. 그러자 눈물방울이 투둑, 투둑, 허벅지를 적시기 시작했다.

"아이 참. 이 좋은 날 애가 울긴 왜 울어. 누가 보면 못된 시어머니인 줄 오해하겠어."

얼른 티슈를 뽑아서 윤아에게 건네며 미영이 호들갑을 떨었다. 장난스러운 그 말에 윤아는 휴지로 눈물을 훔치며 살짝 미소를 지었다.

"근데 너희 두 사람 결혼은 언제 할 생각이야?"

훌쩍.

"……결혼이요?"

눈물 대신 흐르는 콧물 때문에 훌쩍이며 윤아가 저도 모르게 되물었다. 그러자 겸이 윤아에게 아예 티슈 갑을 통째로 건네주며 미영을 향해 말했다.

"최 여사. 너무 앞서가는 거 아니야?"

"그럼 너희 그 정도 생각도 안 하고 연애 시작한 거니?"

미영은 오히려 아무 생각이 없는 두 사람이 황당하다는 듯 물었다.

"난 니들 결혼 날짜 잡아 놓고 연애하는 거 아니면, 이 연애 허락 못 해."

"……최 여사!"

겸이 곤란하다는 듯 말을 끊으려 했지만, 미영은 짐짓 단호한 얼굴로 말했다.

"결혼까지 골인 못 할 것 같으면, 아예 시작도 하지 마. 난 내 예쁜 딸 잃고 싶진 않아. 30년이 넘는 시간 동안 잘 지내 온 옆집이랑 어색해지고 싶지도 않고."

미영의 말이 무슨 말인지 알고 있었다. 틀린 말도 아니었고.

하지만 연애를 허락받을 수 있을지조차 몰랐던 두 사람이었기에 결혼에 대해서는 생각도 해 보지 않았었다. 그래서 가타부타 하는 대답 대신 어색하게 서로를 바라볼 뿐이었다.

점심 식사를 마치고 곧바로 집을 나선 두 사람은 찐 대게와 밑반찬을 양손 가득 들고 집 앞 골목에 세워진 윤아의 차로 나란히 향했다.

"정말 생각도 못 했어."

뒷좌석에 조심스럽게 반찬들을 놓아두는 겸의 뒷모습을 보며 윤아가 아직도 얼떨떨한 듯 말했다.

"이렇게 쉽게 허락해 주실 거라고는……."

"거봐. 내가 쓸데없는 걱정 말라고 했지."

"웃겨. 너도 아까 엄청 놀라 놓고."

윤아의 말에 겸이 혓바닥을 살짝 내밀며 웃어 보였다.

"사실 나는 허락해 준 것보다도 내 마음을 최 여사가 지금까지 알고 있었다는 게 더 충격이야."

"아까 이모가 한 말들, 다 사실이야?"

"음. 과장된 부분이 조금 있긴 하지만 대부분은."

겸이 가뿐하게 고개를 끄덕였다.

"정말 건축 쪽으로 결정한 것도 나 때문이야?"

"솔직히 시작은 그랬어. 근데 지금은 천직이다 싶어. 그 부분은 너랑 내가 같이 커서 그런지 성향이 비슷한가 보다, 생각해."

겸이 이렇게 말하지 않았다면 억울할 뻔했다. 그 꿈을 간절하게 원한 건 자신이었는데, 굴러온 돌이 박힌 돌 뺀다고 가볍게 절 따라 이 세계로 들어온 겸이 훨씬 더 잘나간다는 건 좀 괘씸하니까.

"그럼 미국 간 건?"

"으음."

"진짜 나 때문이었다고? 나 결혼한다고 해서?"

윤아의 질문 공세에 겸은 시선을 피했다. 제 쪼잔한 속내가 고스란히 드러나서 꽤나 민망한 모양이었다.

"그건 그렇고 어떻게 생각해?"

아무리 그래도 이렇게 화제를 티 나게 돌리다니. 윤아가 귀엽다는 듯 겸을 바라보며 웃었다.

"뭘?"

"아까 최 여사가 한 말 말이야."

"아……."

순간 윤아의 얼굴에서 웃음기가 확 사라졌다.

사실 생각해 보니 완전히 허락받은 건 아니었다. 결혼 날짜를 잡으라는 전제 조건이 있었으니까 말이다. 게다가 미영은 눈곱만큼의 농담도 없이 온전히 진심인 듯 보였으니 더 걱정이었다.

평소엔 소녀 같은 성격의 미영이지만 한번 고집을 피울 땐 아무도 못 이길 정도라는 걸 알고 있다. 겸의 똥고집은 사실 아버지보다는 어머니인 미영에게서 물려받은 것이었다.

"나는 좋아."

살짝 굳어지는 윤아의 얼굴을 물끄러미 바라보던 겸이 툭 던지듯 말했다.

"응?"

"결혼 날짜 잡고 연애하는 거, 나는 좋다고."

"……."

"너는 싫어?"

겸의 질문에 윤아는 잠깐 대답을 망설였다. 싫으냐고 묻는다면 대답은 NO였다. 하지만 결혼이라는 건 싫고 말고 하는 간단한 문제가 아니지 않은가.

물론 겸과의 연애를 가벼운 마음으로 시작한 건 절대 아니었다. 하지만 지금 당장 결혼에 대해서 결정을 하기엔 무리가 있었다.

이미 한 번 데인 탓에 결혼이라는 단어가 윤아에게는 까슬까슬하게만 느껴졌다. 결혼이라는 건, 한없이 조심스럽게 결정해야 한다는 걸 이미 깨달은 후였으니까.

"싫은 건 아니야. 근데 지금 결혼에 대해 결정하긴 너무 성급한 것 같아."

망설이던 윤아가 솔직하게 대답했다. 그러자 겸이 팔을 뻗어 윤아의 양 뺨을 붙들고는 저와 시선을 맞추었다.

"나는 바람 안 펴."

이 무슨 생뚱맞은 대사란 말인가. 하지만 곧 겸이 하고자 하는 말이 무슨 뜻인지 알 수 있었다.

"지금까지 그랬던 것처럼 평생 너만 볼 거야. 죽을 때까지."

"……."

"그러니까 믿어도 좋아."

지난 연애 때문에 자신이 망설인다는 걸 눈치챈 게 분명했다. 따뜻하지만 확신이 가득한 어조에 윤아는 고개를 끄덕였다.

"응. 믿어."

가벼운 말이 아니었다. 겸에 대한 신뢰는 아주 오래전부터 두 터웠다. 언제나 어느 상황에서나 겸이 허튼 선택을 하는 것은 단 한 번도 본 적이 없었다. 그래서 겸을 믿어 왔다. 자기 자신보다도 더.

"그럼 이번에도 나 믿고 따라오면 안 돼?"

"……."

"아니다. 그냥 따라와."

윤아가 쉽사리 대답을 하지 못하자, 겸이 그녀의 이마에 자신의 이마를 꽁 박았다. 그러고는 시선을 똑바로 마주했다.

"어차피 우리의 끝은 결혼이야. 또 다른 엔딩은 없어."

"……."

"어때. 혹시 네 생각은 달라?"

"……아니. 같아."

윤아가 조심스럽게 대꾸하자 겸이 더없이 예쁘게 웃어 보였다.

"그럼 양쪽 어른들께 다 말씀드리고 얼른 결혼 날짜 잡자. 알 겠지?"

겸의 말을 듣고 있자니, 상황이 명확해지는 것 같았다. 가장 걱 정했던 미영의 허락까지 받은 이 마당에 더 이상 복잡하게 생각 할 건 아무것도 없는 듯했다.

그의 말대로 우리의 엔딩은 결혼일 테니까.

윤아가 피식, 웃자 그녀의 대답을 눈치챈 겸이 두 눈을 감으며 부드럽게 말했다.

"이번에도 대답은 키스로 해 줘."

"여기 집 앞인데?"

"다들 나와서 보라고 해. 아저씨한테 뒈지게 맞게 되더라도 난 괜찮아. 오늘 당장 결혼 날짜 잡으면 되지, 뭐."

패기 넘치는 겸의 말에 윤아가 활짝 웃었다.

"그래. 그러면 되지, 뭐."

겸의 말을 따라 해 봤다, 그러자 거짓말처럼 모든 걱정과 고민이 싹 사라지는 것 같았다. 마치 주문처럼.

그래. 그러면 되지, 뭐.

윤아는 다시 한 번 같은 말을 속으로 곱씹어 보고는, 키스를 기다리는 겸의 입술에 제 입술을 살포시 내렸다.

비록 제대로 된 프러포즈를 받은 것도 아니고 그렇다고 야경이나 경치가 멋진 장소도 아닌, 고작 집 앞 골목에서 나누는 키스였지만, 두 사람은 확신할 수 있었다.

지금까지 했던 키스 중 단연 가장 달콤한 키스라는걸.

Bad relationships

외전. 예쁘게 봐 주세요

　사내 연애 4개월 차가 되자 이제 조금은 알 것 같다. 왜 대부분의 사람들이 사내 연애에 대해서 부정적인 시각을 갖고 있는 것인지.

　겪어 보니 확실히 사내 연애는 장점보다 단점이 훨씬 많은 것 같았다. 아니, 사실 장점은 거의 찾아볼 수 없고 자잘한 것부터 시작해 큰 것들까지, 온통 단점들뿐이라는 게 더 정답이리라.

　그중에서도 대개 사내 연애의 가장 큰 단점은 헤어지고 난 뒤에 서로 얼굴 보기가 민망하다는 점이라고들 말한다. 하지만 그녀는 지금 헤어지고 난 뒤의 일까지 생각할 것도 없었다.

　바로 당장이 최악이었으니까 말이다.

　"한 팀장님!"

이제 막 회식이 시작되고 있을 때였다. 회사에 일이 있어서 조금 늦게 합류하게 된 겸이 가게 안으로 들어오는 모습을 가장 먼저 발견한 지연이 손을 번쩍 들고 그를 불렀다.

"여기로 오세요. 여기요!"

왜 하필이면 우리 테이블에 한 자리가 비어 있는 걸까. 윤아는 제 바로 맞은편 자리에 착석하는 겸을 못마땅한 시선으로 바라보았다.

그 찐한 시선이 느껴졌을 텐데도 겸은 전혀 모르는 척 주변 직원들을 향해 싱긋 웃어 보일 뿐이었다.

어쭈. 무시하겠다, 이거지?

윤아가 겸을 노려보며 입술을 슬쩍 비틀었다. 어쩜 저렇게 뻔뻔할 수가 있을까. 평소에도 얼굴에 철판을 깔고 사는 놈이라고 생각하긴 했지만 오늘은 유독 더 얄밉다.

지금 두 사람은 냉전 중이었다. 오늘로써 벌써 3일째.

다툼의 시작은 늘 그렇듯 사소한 문제였다. 시작이 뭣 때문이었는지는 기억도 나지 않는다. 다만 서로 언성이 높아졌고 그건 곧 자존심 싸움으로 이어졌다. 고작 3일 만에 까먹을 정도로 사소하게 시작된 말다툼이 이렇게 커져 버린 것이었다.

동갑인 데다가 오랜 친구여서 그런지 두 사람의 싸움은 늘 자존심 싸움으로 번졌다. 둘 중 누구 하나 쉽게 져 주는 타입이 아니라 더욱 그랬다.

물론 대부분은 그의 똥고집을 이기지 못하고 윤아가 백기를 드는 편이었다. 한겸의 똥고집은 정말이지 대단하니까. 하지만 이번

만큼은 그녀 역시 절대 쉽게 져 주지 않을 생각이다.

사내 연애의 가장 큰 단점은, 이처럼 다툼이 있을 때에 꼴도 보기 싫은 연인을 어쩔 수 없이 봐야 한다는 것 아닐까?

아무 일 없었던 것처럼 뻔뻔하게 제 바로 앞에서 고기를 주워먹고 있는 겸을 보며, 윤아는 속으로 그렇게 자신만의 정의를 내렸다.

회식이 무르익어 갈수록 분위기는 점점 좋아졌다. 술이 들어가면 아무래도 사람들이 너그러워지는 법이니까 말이다.

하지만 반대로 윤아는 술을 마실수록 마음이 점점 더 좁아지는 것 같았다. 술은 기분 좋을 때만 마시고, 나쁠 땐 마시면 안 되는 거라더니. 이제야 무슨 말인지 알겠다.

술기운이 올라올수록 겸의 웃는 얼굴이 점점 더 꼴 보기 싫어지고 있었다. 이보다 술을 조금 더 과하게 먹게 된다면, 어쩌면 저 웃는 얼굴에 침을 뱉을 수 있을지도 모르겠다는 생각이 들 정도였다.

아무리 밉다지만 그런 일은 생기면 안 되겠지. 암, 절대 안 되고말고.

아직 남아 있는 이성의 끈을 가까스로 잡은 윤아가 들고 있던 술잔을 다시금 테이블 위에 탁, 내려놓았을 때였다. 다른 테이블에 있던 대표가 그녀가 있는 테이블로 다가왔다.

"나 여기 잠깐 앉아도 되지?"

이 상황에서 누가 감히 안 되는데요? 반기를 들 수 있겠는가.

그녀까지 포함해 같은 테이블에 앉아 있던 모든 직원들은 웃으며 대표를 반겼다.

"그럼요, 당연하죠. 어서 오세요, 사장님."

가식적인 환대에도 대표는 껄껄 웃으며 겸의 옆에 엉덩이를 붙였다.

처음 입사했을 때부터 대표가 유독 그를 아낀다는 건, 〈드림〉 직원들 중에선 모르는 이가 없을 정도로 유명한 이야기였다. 대표의 차별이 얼마나 심했냐면, 겸이 대표의 숨겨진 아들이거나, 못해도 친인척일 거라는 헛소문이 돌 정도였다.

"한 팀장한테 한 잔 받고 싶은데."

"영광입니다."

겸이 능청스레 웃으며 대표의 술잔에 술을 따랐다. 대표는 그 모습마저도 마음에 쏙 드는지, 흡족한 표정을 지으며 그를 바라보고 있었다.

"참, 그런데 말이야."

그가 따라 준 술을 깔끔하게 비워 낸 대표가 빈 잔을 테이블 위에 내려놓으며 느릿하게 운을 뗐다.

"한 팀장, 요즘 만나는 여자 있어?"

"네?"

"애인 말이야. 애인."

순간 겸의 시선이 윤아를 향했다. 하지만 1초도 머무르지 않고 이내 도로 제자리를 찾아갔다.

그가 느릿하게 대답했다.

"······아뇨."

지금 이 순간, 다른 사람들은 전혀 눈치채지 못하겠지만, 윤아의 눈에는 그가 거짓말하는 걸 영 내키지 않아 하는 게 또렷하게 보였다. 신경이 쓰여서 윤아는 괜히 크흠, 하고 작게 헛기침을 했다.

두 사람은 지금까지 쭉 비밀 연애를 유지하는 중이다. 결혼을 약속하던 날, 겸은 온 동네방네 소문을 내고 싶어 안달이 났지만 윤아는 단호했다.

'뭐, 계속해서 비밀 연애를 하자고?'

'응. 지금까지 이미 숨겨 왔는데, 이제 와서 알리는 것도 좀 그렇잖아. 사내 연애는 불편하기도 하고.'

'뭐가 좀 그래? 그리고 난 불편할 거 전혀 없는데?'

'원래 이런 쪽으로는 여자가 좀 더 힘든 법이야.'

'우리 어차피 결혼할 거 아니야? 근데 이 마당에 무슨 비밀 연애야.'

'당장 결혼하는 거 아니잖아. 단 하루라도 불편하게 일하고 싶지 않아.'

처음에 겸은 굉장히 못마땅해했었다. 하지만 끊임없는 설득에 결국 그는 그녀의 의견을 존중해 주기로 했다. 그에겐 그것이 엄청난 배려였던 것이다.

어쨌든 그 후로 지금까지, 두 사람은 회사의 그 누구에게도 들키지 않고 잘 만나는 중이었다.

"정말이야? 이렇게 멋진 한 팀장이 왜 여태 솔로야?"

대표가 과장되게 놀라는 척을 했다.

"우리 회사에만 해도 한 팀장 좋다는 여자들이 넘쳐 나는 것 같던데. 혹시 한 팀장 눈이 너무 높은 거 아니야?"

"솔직히, 눈이 낮진 않은 것 같습니다."

"대답이 솔직해서 아주 좋네."

솔직 담백한 그의 대답이 만족스러웠는지 대표가 껄껄, 웃었다. 마치 별것 아닌 손주의 재롱을 보며 기뻐하는 할아버지 같았다.

하긴. 직접 공들여 스카우트해 온 부하 직원이니 뭔들 예뻐 보이지 않겠는가. 대표의 편애가 이해가 안 되는 것도 아니었다. 다만, 그 정도가 지나치다는 게 문제였다.

말도 안 되는 루머라는 걸 누구보다 잘 아는 윤아마저도 순간, 겸에게 정말 출생의 비밀이 있는 건 아닐까, 하는 생각이 들었을 정도니까 말이다.

"그러니까, 여자 만날 생각이 아예 없는 건 아니란 거지?"

"그럼요. 신체 건강한 남자인데요, 저도."

"역시 한 팀장 성에 차는 여자가 여태 안 나타난 거구만."

"뭐, 언젠가는 나타나겠죠."

겸이 어깨를 으쓱하며 대답했다. 누가 봐도 대화를 종결하고자 하는 그의 의지가 잘 드러나는 대사였다. 대표에게 아무리 사랑받는 부하 직원이라 해도 사생활까지 시시콜콜 얘기하고 싶을 리 없지 않은가.

하지만 대표는 눈치가 없는 건지, 아니면 없는 척을 하고 싶은 건지, 집요하게 껌을 물고 늘어졌다.

"한 팀장은 이상형이 어떻게 돼?"

"이상형이요?"

"여자를 볼 때 뭘 가장 중요하게 봐? 뭐, 외모라든가. 성격이라든가. 하는 것들 말이야."

"아……."

껌의 시선이 다시금 윤아에게 향했다. 윤아가 뭘 봐? 하고 슬쩍 노려보자 그가 입꼬리를 살짝 말아 올리며 말했다.

"외모도 보고, 성격도 보고. 다 봅니다."

"외모랑 성격 다 본다고?"

"네. 이제 보니 제가 눈이 너무 높았던 것 같네요."

껌은 여전히 그녀를 빤히 바라보고 있었다. 다른 사람들은 전혀 눈치채지 못한 듯했지만, 윤아는 저를 향해 있는 그의 시선을 완벽하게 느낄 수 있었다. 순간 얼굴로 열이 확 솟구치는 듯했다.

그러니까 지금 그 말은, 내가 외모도 괜찮고 성격도 괜찮다는 얘긴 거야?

빤히 저 들으라고 내뱉어진 그의 대답에 윤아는 속으로 흥, 콧방귀를 뀌었다.

그런다고 내가 뭐, 좋아할 줄 알고?

하지만 저도 모르게 비실비실 새어 나오는 웃음은 막을 수가 없었다. 그녀는 껌의 시선을 피해 고개를 반대편으로 돌리며 하늘로 승천하려는 입꼬리를 단단히 붙들었다. 그러고는 손부채질을 하며 얼굴을 식혔다.

그런 그녀를 바라보며 겸이 피식, 웃을 때였다. 대표가 다시금 질문을 던졌다.

"한 팀장. 소개팅 안 할래?"

"네?"

뜬금없는 대사에 겸의 눈이 살짝 커졌다. 하지만 지금 이 순간 당사자보다 더욱 놀란 건, 바로 윤아였다. 돌아갔던 고개가 다시금 휙 제자리로 돌아왔다.

"여자 만날 생각이 없는 건 아니라며."

"그건 그런데……."

"외모도 괜찮고, 성격도 괜찮고, 나이도 괜찮고. 심지어 집안도 괜찮은 여자가 하나 있거든."

세상에 그렇게 완벽한 여자가 어디 있어?

윤아는 속으로 콧방귀를 꼈다. 그 순간 대표가 말을 덧붙였다.

"사실 내 조카 녀석이야."

겸의 얼굴에 당황스러운 기색이 역력하게 피어올랐다. 물론 윤아의 얼굴에도.

"대표님 조카요……?"

"근데 내 조카라서 하는 말이 아니라 정말 애가 참하고 괜찮거든. 가만 보니 한 팀장이랑 잘 어울릴 것 같아서 말이야."

앞에 이것저것 집요하게 물어 대더니, 결국 이 말을 하려고 밑밥을 깔았던 모양이다.

윤아의 눈이 세모나게 변했다. 사실 그에게 소개팅 제안이 들어온 게 이번이 처음은 아니었다. 그녀가 직접 목격한 것만 해도 이번이 벌써 세 번째였다.

대체 녀석이 행동거지를 어떻게 하고 다녔기에 다들 여자를 못 붙여 줘서 안달인 걸까.

하지만 그녀도 알고 있었다. 이런 게 그의 탓이 아니라는 것을.

외모 완벽하지, 능력도 완벽하지, 성격도 사실 제 앞에서나 똥고집을 부리지 남들 앞에선 멀쩡하고. 이런 남자가 솔로라고 하니, 다들 자신의 주변 사람과 엮고 싶어 하는 게 어쩌면 당연할지도 모르겠다.

"무조건 잘해 보란 얘기는 절대 안 할 테니까, 그냥 밥이라도 먹어 봐. 응?"

말과는 달리 대표는 제 조카와 겸이 잘되기를 진심으로 바라는 눈치였다.

얘기를 듣고 있던 윤아가 겸을 빤히 바라보았다. 따가운 그 시선을 느꼈는지 그 역시 그녀를 슬쩍 바라보았다. 허공에서 두 사람의 눈이 마주쳤다.

얼른 대답 안 하고 뭐 해?

재촉하는 윤아의 눈빛에 그의 입술이 천천히 열렸다.

"……글쎄요."

글쎄요, 라니?

윤아는 당연히 겸의 입에서 여태 그랬던 것처럼 거절의 말이 나올 줄 알았다. 하지만 겸의 입에서 나온 건 애매모호한 말뿐이었다. 설마, 하는 생각에 뒷말을 기다렸지만 한번 닫힌 그의 입은 더 이상 열리지 않았다.

뭐야, 진짜 그게 끝이야?

윤아의 얼굴이 와락 일그러졌다.

콸콸콸.

수도꼭지를 틀자 물줄기가 시원하게 쏟아져 내렸다.

며칠째 영하의 날씨를 기록하고 있는 12월이었다. 하지만 윤아는 망설임 없이 차가운 물줄기 속으로 손을 집어넣었다. 입을 열면 입김이 흩어질 정도로 날씨는 추웠지만, 어쩐지 손바닥에 닿는 물은 춥다기보다는 시원하게 느껴졌다.

사실 그녀는 지금, 마음 같아서는 세수까지 하고 싶은 심정이었다. 여름날처럼 워터프루프 제품으로 화장을 했다면, 아마 망설임 없이 세수를 했을 것이다.

"뭐? '글쎄요.' 라고?"

거울 속 제 얼굴을 똑바로 바라보며 윤아는 아까 겸이 했던 말을 곱씹어 보았다. 하. 헛웃음이 절로 나왔다.

그 뒤로도 대표는 계속해서 겸에게 소개팅을 권유했다. 정말로 그와 자신의 조카를 이어 주고 싶은 모양이었다. 외모, 성격, 나이, 집안까지. 모든 게 완벽하다는 조카에 대해 끊임없이 어필을 했다.

학창 시절엔 어땠고. 지금은 또 어떻고.

어찌나 모든 얘기를 구구절절하던지, 듣다 보니 얼굴도 모르는 그 여자가 친근하게 느껴질 정도였다.

하지만 그런 상황에서도 겸은 끝까지 확실한 거절의 말을 내뱉지 않았다. 이건 뭐, 대표를 희망고문을 하려는 것도 아니고. 그저 대표의 말을 들으며 윤아와 이따금 시선을 맞출 뿐이었다. 마치 내가 이 정도야. 라고 자랑이라도 하듯.

'그래요, 한 팀장님. 한번 만나 봐요. 대표님이 없는 말 하실 분은 아니잖아요.'

대표의 조카 자랑에 현혹된 주변 사람들도 한몫 거들었다. 어느덧 분위기는, 대표의 조카와 겸이 소개팅을 하는 게 기정사실화되는 듯했다.

결국 윤아는 참지 못하고 자리에서 벌떡 일어났다. 그 자리에서 아무 말도 할 수 없는 제 상황이 답답하게 느껴졌기 때문이다. 차라리 이 꼴을 안 보는 게 속 편할 것 같았다.

아무리 생각해 봐도 이건 저를 약 올리려는 수작이 분명했다. 그러니 괜히 휘둘리지 말자, 무시하자, 싶은데도 생각처럼 쿨하기가 쉽지 않다.

"그래. 인정하자, 서윤아. 너 속 좁아. 엄청 좁아."

짧은 자아 성찰을 끝으로 윤아가 화장실을 막 나오고 있을 무렵이었다. 이제 막 화장실을 가려는 듯 복도로 나온 겸과 시선이 딱 마주쳤다.

윤아의 걸음이 뚝 멈춰졌다. 하지만 겸은 아무렇지 않은 표정으로 제 갈 길을 갈 뿐이었다.

그가 점점 더 가까워지고 있었다. 윤아는 재빠르게 주변을 살폈다. 다행히도 복도에는 저와 겸뿐이었다.

"야, 한겸."

겸이 막 옆을 스쳐 지나가려는 순간, 윤아가 손을 뻗어 그의 팔을 잡아챘다. 그제야 겸의 걸음이 뚝 멈춰졌다.

"누가 들으면 어쩌려고 호칭이 '야'입니까. 서 대리?"

"지금 여기에 아무도 없거든?"

"낮말은 새가 듣고 밤말은 쥐가 듣는다고. 아무도 없는 곳에서도 '공과 사'는 구분했으면 좋겠다고 했던 게 누구였더라?"

능글맞은 겸의 물음에 윤아는 입을 꾹 다물었다. 할 말이 없었다. 그의 말대로 먼저 '공과 사'는 확실히 구분했으면 좋겠다고 선을 그었던 게 본인이었으니까 말이다. 그리고 지금은 회식 중이니 엄밀히 따지자면 '사'보다는 '공'에 가까운 자리였다.

"너 진짜 이럴 거야?"

궁지에 몰린 윤아가 찌릿, 겸을 노려보았다. 논리적으로 밀렸을 땐 이렇게 감정적으로 나가는 수밖에.

"내가 뭘? 네 무덤 네가 판 거지."

"그거 말고!"

"그럼?"

"아까 대표님이 말한 소개팅 말이야."

"아, 그거?"

누가 보면 남 일 얘기하는 줄 알겠다. 별 대수롭지 않게 대꾸하는 겸의 반응에 윤아의 미간이 한껏 좁아졌다.

"끝까지 거절은 안 하더라?"

"거절할 여지가 있어야 말이지. 누구 덕분에 적성에도 맞지 않는 비밀 연애 하느라, 남들이 봤을 땐 거절할 이유가 없는 불쌍한 솔로잖아, 나."

결국 제 탓이란 말이었다. 굳이 '불쌍한' 이라는 형용사를 덧붙인 이유도 아마 제 양심을 콕, 찌르기 위함이었으리라. 이번에도 딱히 할 말이 없는 윤아가 뾰족하게 되물었다.

"그래서. 기어이 소개팅을 하겠다고?"

"글쎄다?"

아, 내 혈압!

오늘 저 입에서 나온 '글쎄' 라는 말만 대체 몇 번째인지. 대놓고 약 올리는 겸의 앞에서 윤아는 저도 모르게 주먹을 꽉 그러쥐었다.

회식 자리만 아니었어도 등짝에 강 스파이크를 날리는 건데. 손이 다 근질거린다.

"참. 그리고 보니까 너도 소개팅이라는 거 했었지, 아마?"

"뭐?"

"기억 안 나? 예전에 초밥집 사장이랑 소개팅했던 거."

친절한 겸의 설명에 허, 소리가 절로 나왔다. 설마 정말 기억이 안 나서 되물었을까 봐. 기가 막혀서 되물은 거지.

이제는 잊고 살 정도로 별거 없었던 그날의 소개팅에 대해 겸은 이런 식으로 종종 들춰내곤 했다. 초밥집 사장이라는 말까진 한 적 없는 것 같은데 그건 또 어떻게 알고 저럴까. 보나 마나 지연을 살살 건드려 정보를 캐낸 거겠지만.

"그 얘기가 지금 왜 나와?"

"지금이 딱 나올 타이밍 아닌가? 네가 나 '몰래' 한 소개팅."

'몰래'라는 단어가 유독 크게 들리는 게, 꼭 기분 탓만은 아닐 것이다. 그러고 보면 처음 소개팅을 했다는 사실을 들켰을 때부터 그는 꼭 그녀가 바람이라도 핀 것처럼 몰아갔었다.

말도 안 되는 억지가 아닐 수 없었다. 물론 저가 잘했다는 것은 아니다. 하지만 엄밀히 따지자면 결코 바람은 아니지 않은가.

"어떻게 그게 그거랑 같아?"

"뭐가 다른데?"

"그땐 우리 연애 전이었잖아. 지금은 연애 중이고."

윤아는 스스로가 생각해도 지금 뱉은 말이 제법 논리 정연하다고 생각했다. 하지만 겸은 그녀의 말에 전혀 납득하지 못하겠다는 듯 뻔뻔한 얼굴로 맞받아칠 뿐이었다.

"몇 번을 말해. 섹스 파트너라고 생각한 건 너뿐이라고. 나는 처음부터 연애였다니까?"

억지의 끝판왕 되시겠다. 더 이상 대화를 해 봐야 득 될 게 없다는 판단을 내린 윤아가 겸을 향해 꽥 소리를 내질렀다.

"그래, 소개팅을 하든 말든 네 마음대로 해!"

"진심이야?"

"아, 몰라!"

진심일 리가 있겠는가. 뻔히 알면서 되묻는 그 의도가 너무 괘씸해서 윤아는 겸을 등지고 성큼성큼 걸음을 옮겼다.

그녀가 자리로 돌아왔을 때에도 대표는 아직 같은 자리에 있었다. 오늘 회식의 마무리는 이 테이블에서 하리라고 아예 마음을 먹은 듯했다.

"지연 씨. 거기 있는 술병 좀 줄래?"

"맥주요?"

"아니, 소주."

윤아의 대답에 지연이 잡았던 맥주병을 놓고 소주병을 집어 들었다. 그러고는 그녀의 빈 잔에 술을 따라 주며 묻는다.

"무슨 일 있으세요?"

"아니. 왜?"

"오늘도 또 달리시려는 것 같아서요."

지연이 걱정스럽다는 듯 윤아를 바라보고 있었다. 사실 이미 아까 먹은 술만 해도 주량을 거의 채우긴 했다.

"가끔 술이 당기는 날이 있잖아."

가득 찬 술잔을 집어 들며 윤아가 걱정 말라는 듯 싱긋 웃어 보였다. 하지만 그 모습에도 영 신경이 쓰이는지 지연이 잔소리를 뱉어 냈다.

"술도 잘 못하시면서 요즘 그런 날이 참 잦으시네요. 예전엔 술은 절대 과하게 안 드셨는데."

"그랬나?"

"네. 그러셨어요."

지연의 말이 맞았다. 애초에 술이 약한 타입이었기에, 살면서 술이 당긴다는 생각을 해 본 적이 별로 없었다. 어쩔 수 없이 술을 마셔야 하는 자리에서는 맥주 몇 잔을 마시는 게 전부였다.

하지만 요즘엔 술이 당기는 날이 잦았다. 그리고 그런 날엔 꼭, 맥주보다 소주가 더 당겼다. 이런 걸 보고 술맛을 알게 됐다고 표현하는 걸까.

정훈과 연애했을 때의 제 감정 그래프는 늘 완만한 곡선을 유지했었다. 기분이 다운될 때와 업될 때의 차이가 그리 크지 않았다. 딱히 나쁘지도, 그렇다고 너무 좋지도 않은, 그런 평범한 연애였다.

어른의 연애는 다 그런 줄 알았다. 사소한 일에 일희일비할 나이는 지났으니까. 연애 역시 그저 수많은 인간관계 중 하나일 뿐이라는 것을 알고 있는 나이니까. 제 연애의 온도가 미지근한 것도 당연하다 생각했다.

하지만 새로운 연애를 하면서 그건 완전한 착각이었음을 깨달았다.

겸과의 연애는 달랐다. 작은 것에도 기뻤고, 반대로 작은 것에도 섭섭함을 느꼈다. 머리로는 유치하다는 걸 알면서도 쓸데없는 질투심에 화르륵 불타는 일도 종종 있었다.

조금 전 일도 그랬다.

겸이 칼같이 거절하기가 곤란한 상황이라는 것도. 진심으로 다른 여자를 만나고 싶어 하는 게 아니라는 것도. 연애를 당당하게 밝히고 싶어 한다는 것도. 다 알면서도 괜히 그에게 섭섭함을 느꼈다. 사실 정말로 섭섭해야 할 사람은, 자신이 아니라 바로 겸이라는 것 역시 잘 알고 있는데 말이다.

요즘은 계속 이렇게 이성과 감정이 완전히 따로 노는 기분이다. 한순간에 감정이라는 녀석만 한 10년쯤 어려져 버린 것 같다.

"그러게. 나도 요즘 내가 왜 이러는지 모르겠네. 뒤늦게 사춘기가 왔나……."

윤아가 작게 중얼거리며 술잔을 입 안에 털어 넣었다.

소주는 쓰디썼다. 역시 술은 맛으로 먹는 게 아니라는 생각을 하며, 그녀가 술잔을 테이블 위에 내려놓을 때였다. 지연이 그녀의 옆구리를 쿡 찔렀다.

"혹시 요즘 연애하세요?"

그녀가 찔린 건 옆구리가 아니라 정곡이었다. 당황한 윤아의 눈이 둥그렇게 커졌다.

"으응……?"

"아니, 부쩍 예뻐지신 것도 그렇고. 감정 기복이 꽤 심해지신 것도 그렇고. 요즘 대리님한테 나타난 증상들이 연애할 때 여자에게 나타나는 일련의 증상들이랑 너무 비슷한 것 같아서요."

지연은 눈치가 빠른 편이었다. 사실 겸과 제 사이에 대해 진작부터 의심하고 있었다는 사실을, 그녀 역시 알고 있었다.

"솔직히 말해 보세요. 연애하시는 거 맞죠?"

오늘이야말로 대답을 들으리라 작정을 한 모양이었다. 지연이 집요하게 물어 왔다. 그 순간 그녀의 시야에 이제 막 테이블로 다가오고 있는 겸의 모습이 보였다.

'회사에서 남자들이 너한테 집적거릴 때, 얼마나 기분이 엿

같은 줄 알아?'

'하루에도 수십 번씩 서윤아는 내 여자다, 얘기하고 싶어 죽겠다고. 정말로.'

왜 하필 지금 이 순간에, 그가 예전에 했던 말이 떠오르는 걸까.

그러고 보니 잊고 있던 이번 싸움의 원인도 떠오른다. 이와 비슷한 맥락이었다.

시작은 같은 팀 직원들과 티타임을 갖고 있는 그녀의 모습을 본 겸의 질투였다. 너무 헤프게 웃고 다니는 거 아니냐는 겸의 타박에, 윤아가 참지 못하고 함께 성질을 내면서 싸움으로 번진 것이다.

'그러니까, 나는 비밀 연애 따위 싫다고 했잖아!'

3일 전 싸움이 있던 그날, 그에게서 마지막으로 들었던 말까지 생생하게 떠오르자 윤아는 저도 모르게 마른침을 꿀꺽 삼켰다.

알고 있다. 지금 솔직하게 얘기하게 되면 녀석의 계략에 완전히 말린 거라는 걸. 그리고 앞으로 회사 생활이 한층 더 고단해지리라는 것까지도.

하지만 술기운 때문인지 뭔지, 입이 절로 움직인다.

"맞아. 지연 씨. 나 연애해."

"그럴 줄 알았어요!"

이미 예상했었다는 듯 지연은 전혀 놀란 눈치가 아니었다. 아니, 오히려 솔직한 그녀의 고백에 신이 난 것 같았다.

"상대가 누구예요? 제가 생각하는 그분, 맞죠?"

신이 아주 많이 난 모양이다. 되묻는 지연의 목소리가 너무도 컸다. 그와 동시에 테이블에 있던 다른 직원들의 시선이 윤아에게 쏠렸다.

수십 개의 눈동자 속엔 호기심이 그득했다. 아닌 척하면서 두 사람의 대화를 다 듣고 있었던 모양이다. 남의 연애사는 술자리에서 가장 흥미로운 소재니까 말이다.

"아……마도?"

너무도 집중된 상황에 당황한 윤아가 더듬거리며 대답했다. 그러자 지연이 쐐기를 박듯 물었다.

"한 팀장님, 맞죠?"

'한 팀장'이라는 단어에 윤아를 향해 있던 시선이, 약속이라도 한 듯 한꺼번에 곁에게로 쏠렸다. 그중에서도 가장 놀란 듯 보이는 건 대표였다.

왜일까. 대표의 얼굴을 보자마자 그냥 확 질러 버려야겠다는, 쓸데없는 용기가 치솟는 건.

에라, 모르겠다!

윤아는 두 눈을 질끈 감고 소리쳤다.

"그래, 맞아. 나 한 팀장이랑 연애해!"

그 순간, 찬물이라도 끼얹은 듯 사위가 고요해졌다. 아니, 찬물이 아니라 핵폭탄이라도 떨어진 듯했다.

오늘따라 유난히 길고 힘들게 느껴졌던 회식이 파하고, 집으로 들어가자마자 윤아는 침대 위로 털썩 쓰러졌다. 혼이 나가고 껍데기만 남은 듯했다.

술기운 탓이 아니었다. 평소 주량보다 조금 더 먹긴 했지만 이미 술은 깬 지 오래였다.

"내가 미쳤지. 미쳤어."

이불에 얼굴을 박은 채로 윤아가 작게 중얼거렸다.

그래, 미친 게 분명했다. 미치지 않고서야 그런 짓을 할 수가 없지. 왜 거기서 폭탄을 터트렸는지, 조금 전 제 행동이 스스로도 이해가 가질 않는다.

'나 한 팀장이랑 연애해!'

〈드림〉에서 한겸이 유명 인사였기 때문일까. 그녀의 입에서 나온 그 한마디는 생각보다 큰 파장을 불러일으켰다. 정말 폭탄이 떨어지기라도 한 듯 회식 자리가 한바탕 난리가 났으니 말이다.

대놓고 티를 내지는 않았지만 호시탐탐 겸을 노리던 여자들은 질투심이 가득 어린 시선으로 윤아를 노려보았고, 마찬가지로 윤아에게 관심이 있던 남자들은 아예 대놓고 겸에게 타박을 주었다. 말 그대로 난장판이었다.

하지만 그중에서도 가장 큰 문제가 있었으니, 바로 대표였다.

조카의 짝으로 겸을 점찍어 둘 정도로 그를 아꼈던 만큼 대표는 꽤나 충격을 받은 듯했다.

'서 대리, 한 팀장. 이게 정말이야?'

'……'

'그냥 만우절 농담 같은 게 아니라? 응?'

대표는 몇 번이나 되물었다. 마치 거짓말이라고 말해 주길 바라는 듯. 하지만 원하는 대답은 끝내 얻지 못했고, 그는 회식 자리가 끝난 그 순간까지도 충격에서 못 벗어나는 모습이었다.

물론, 그간 속여 온 시간이 있으니 놀랄 거라는 예상은 했다. 하지만 대표뿐만 아니라 다들, 그녀가 예상했던 것보다도 훨씬 격한 반응이었다. 사람들의 반응만 보자면 마치 큰 죄라도 지은 듯했다.

윤아의 입장에서는 당황스러울 수밖에 없었다. 애초에 사내 연애가 금지된 회사도 아니었고, 사내 연애 커플이 없는 것도 아니었으니까 말이다.

사고를 쳐 놓고 얼어붙어 버린 윤아를 대신해 상황 수습에 나선 건 겸이었다. 사실 말이 수습이지. 사실 여부를 확인하는 사람들에게 방긋 웃으며 쿨하게 인정한 게 전부였다.

'네, 저희 연애합니다. 예쁘게 봐 주세요.'

예쁘게 봐 달라니. 뻔뻔스러운 것도 정도가 있지.

상의 없이 그녀가 멋대로 저지른 일이었지만 겸은 전혀 당황스럽지 않은 듯했다. 아니, 오히려 이런 상황을 즐기는 것 같았다. 아마도 그는 제 도발에 그녀가 홀라당 넘어갈 거라는 걸, 이미 예상하고 있었으리라.

얄미운 놈. 여우 같은 놈.

조금 전 겸의 모습을 떠올리며 윤아가 주먹을 꽉 그러쥘 때였다. 문득 침대 위에 시체처럼 널브러져 있는 그녀의 등 뒤로 인기척이 느껴졌다.

"일어나. 씻고 자야지."

생각지도 못한 목소리에 깜짝 놀란 윤아가 고개를 휙 돌리자, 일을 이렇게 만든 원흉의 얼굴이 보인다.

"뭐야. 너 언제 왔어?"

윤아가 황당해서 겸을 빤히 바라보며 물었다.

회식이 끝나고 대리를 불러서 제 차를 타고 혼자 집에 들어왔었다. 겸과 함께 들어온 기억은 전혀 없었다. 그런데 그는 마치 처음부터 이 집에 있던 것처럼 너무도 자연스럽게 그녀를 내려다보고 있었다.

"너 들어오기 10분 전쯤에?"

"나보다 먼저 우리 집에 왔다고?"

"내 차 대리기사가 먼저 왔으니까."

윤아의 입에서 허, 소리가 절로 나왔다.

"그렇다고 주인 허락도 없이 집에 막 들어와 있었다고?"

"허락? 우리 사이에 그런 게 필요해?"

뻔뻔하게 되묻는 겸을 어이없다는 듯 바라보던 윤아의 눈이 문득 둥그렇게 커졌다.

너무도 자연스러워서 금방 눈치채지 못했지만, 지금 그는 팬티 한 장만 딸랑 걸치고 있었다. 그것도 심지어 어제 빨래 건조대에서 걷어 와 곱게 개켜 두었던 빨간 팬티였다.

윤아의 시선이 자연스레 욕실 문 앞에 놓여 있는 빨래통으로 향했다. 사각팬티 하나가 빨래통에 아슬아슬하게 걸쳐져 있는 게 보인다. 빨래통을 비운 게 바로 어제였으니, 저 팬티는 아마 겸이 오늘 하루 종일 입었던 팬티일 것이다.

"설마…… 샤워도 했니?"

"어. 머리에 고기 냄새가 많이 배서."

그가 젖은 머리를 가볍게 툭 털었다. 그러자 물방울이 공중으로 흩어지며 윤아의 얼굴로 떨어졌다.

"앗, 차거!"

갑작스러운 물방울 세례에 윤아가 눈을 질끈 감으며 꽥 소리를 내질렀다.

그러거나 말거나 겸은 그녀의 화장대로 향했다. 헤어드라이어를 꺼내 드는 걸 보니 머리를 말릴 생각인 듯했다.

그 모습을 멍하니 바라보고 있던 윤아가 별안간 자리에서 벌떡 일어나 그의 곁으로 다가갔다. 그러곤 망설임 없이 콘센트에 꽂힌 헤어드라이어의 선을 뽑아냈다.

"뭐 하는 거야?"

겸의 물음에 윤아가 삐딱하게 선 채로 그를 내려다보며 말했다.

"너야말로 뭐 하는 건데?"

"내가 뭘?"

"허락도 안 받고 남의 집에 온 것도 모자라서 샤워는 왜 해? 누가 자고 가게 허락해 준대?"

"내가 언제는 허락받고 잤어? 새삼스럽게 왜 이래."

"그거야 사이가 좋았을 때 얘기지. 우리 지금 냉전 중인 거 잊었어?"

소 닭 보듯, 닭 소 보듯, 매일 회사에서 마주치면서도 서로를 무시했던 게 자그마치 3일이었다. 그 3일 동안, 속 편해 보이는 겸과 달리 윤아는 혼자 롤러코스터를 타야만 했다.

오늘 술을 과하게 마신 것도. 그래서 그런 말도 안 되는 사고를 치게 된 것도. 모두 다 그것의 연장선이었다.

그런데 이렇게 갑자기, 마치 아무 일 없었다는 듯 은근슬쩍 넘어갈 순 없는 일이었다. 이번만큼은 한겸의 페이스에 휘말리지 않으리라. 꼭 제대로 된 사과를 받고 마리라. 윤아는 속으로 다짐했다.

"냉전, 벌써 끝난 거 아니었어?"

"누구 마음대로?"

윤아가 끝까지 강하게 나오자, 겸이 한쪽 입꼬리를 슬쩍 말아 올리며 말했다.

"아까 네가 사람들 다 보는 앞에서 열렬한 사랑 고백을 했잖

아. 그래서 난 우리의 냉전도 끝난 줄 알았지."

열렬한 사랑 고백이라니. 괜히 민망해진 윤아가 애써 덤덤한 척 되받아쳤다.

"그거, 사랑 고백이 아니라 술주정이었거든?"

"대부분의 사람들은 그런 걸 보고 취중 진담이라고 해."

친절하게도 그녀의 말을 정정해 준 겸이 자리에서 쓱 일어섰다. 운동으로 다져진 탄탄한 맨몸이 여실히 드러났다. 이젠 제법 익숙해진 장면이었다.

그래도 역시 밝은 형광등 불빛 아래에서는 조금 민망한 것 같아 윤아가 시선을 슬쩍 피했다. 그러자 그가 성큼성큼 그녀를 향해 다가오기 시작했다.

"왜, 왜?"

갑작스러운 행동에 당황한 윤아가 저도 모르게 뒷걸음질을 치려던 순간이었다. 겸이 팔을 뻗어 그녀의 머리를 쓰다듬기 시작했다.

토닥토닥.

무심하면서도 부드러운 손길이었다. 두 단어가 모순되는 건 알지만, 지금이 딱 그랬다.

"뭐 하는 건데?"

그의 손길에 가만히 멈춰 선 채 윤아가 묻자, 무심한 목소리가 툭 튀어나왔다.

"기특해서."

"뭐?"

"내 생각 해서 회사에 알린 거잖아. 내가 워낙 애처럼 질투하고 징징댔으니까."

윤아가 슬쩍 시선을 들어 올려 겸을 바라보았다. 얄미울 정도로 뻔뻔하던 기색은 오간 데 없었다. 그는 짙은 시선으로 그녀를 내려다보고 있었다.

30년이라는 시간 동안 익숙해져 버린 눈빛이 아닌, 낯선 남자의 눈빛.

겸이 이렇게 바라볼 때면 속절없이 콩콩, 가슴이 뛰었다. 그리고 그건 지금도 마찬가지였다.

"알긴 아나 보지?"

예고도 없이 급하게 바뀐 분위기에 멋쩍어진 윤아가 괜히 불퉁거렸다. 그러자 겸이 살짝 눈웃음을 지으며 말했다.

"네가 이해해. 원래 남자는, 애 아니면 개라잖아."

화해 요청이었다. 이렇게 쉽게 넘어가면 안 되는데 하는 생각이 들었지만, 상대가 이렇게까지 나오는데 싸움을 더 걸 수도 없는 노릇 아닌가. 웃는 얼굴에 침을 뱉을 수도 없고.

하여튼, 진짜 선수라니까.

윤아가 얄미워 죽겠다는 듯, 밉지 않게 그를 슬쩍 흘겨봤다.

"그래서, 뭐. 개는 아니어서 고맙다고 인사라도 하라는 거야, 지금?"

윤아를 빤히 바라보던 겸은 대답 대신 그녀의 허리를 제 품으로 확 끌어당겼다. 그와 동시에 탄탄한 그의 가슴팍에 보드라운 뺨이 뭉근하게 눌려졌다.

기분 좋은 온기와 함께 달콤한 향이 코를 흠뻑 적셔 온다. 향이 유독 마음에 들어 자취를 시작하면서부터 지금까지 바꾸지 않고 쭉 써 왔던 바디워시였다. 같은 향이지만, 왠지 모르게 저가 쓸 때보다 그의 몸에서 나는 향이 조금 더 좋은 것 같다.

"고마워, 서윤아."

투욱, 그녀의 머리 위에 턱을 괴며 겸이 낮게 중얼거렸다.

"그리고 미안해."

고맙다는 말은 이해할 수 있었다. 하지만 미안하다는 말은 왜?

생뚱맞은 사과에 의아해진 윤아가 고개를 들어 그를 보려고 했다. 그러나 겸은 가만히 있으라는 듯 턱으로 그녀의 머리를 묵직하게 짓누르며 말을 이어 갔다.

"며칠 전에 너한테 말실수했던 것까지 다 포함해서, 그동안 애처럼 유치하게 굴었던 거 사과할게."

"갑자기 왜 이래?"

"뭐가?"

"이렇게 저자세로 나오는 거 너답지 않잖아. 너 혹시 나한테 뭐 잘못한 거 있어?"

무거운 분위기가 어색해서 윤아가 일부러 장난스럽게 되물었다. 하지만 겸은 여전히 낮은 목소리를 내뱉었다.

"갑자기가 아니야."

그가 이렇게 분위기를 잡는 건 흔치 않은 일이었다. 아무래도 뭔가 할 말이 있는 모양이었다. 이런 어색한 분위기는 싫지만 피할 수 있을 것 같지 않았다.

"알겠어. 얘기해."

결국 윤아는 포기한 채 잠자코 그의 품에 안겼다. 그러자 머리 위에서 그의 목소리가 이어졌다.

"이러면 안 된다는 거 알면서도 욕심이 자꾸 많아지더라. 처음 엔 네가 내 옆에 와 준 것만 해도 세상을 다 가진 것 같았는데. 점점 시간이 지날수록 나도 모르게 바라는 게 많아졌어."

"……."

"네가 우리 사이에 대해 회사에 알리고 싶어 하지 않는 게, 네 가 나한테 확신이 없어서일까, 싶은 걱정이 먼저 들더라. 우리 평 생을 친구로 지내 왔잖아. 그래서 어쩌면 너한테는 아직 내가 남 자보다는 친구에 더 가깝게 느껴질 수도 있겠다는 생각이 들었 어."

"……."

"그러다 보니까 네가 나 아닌 다른 사람들한테 웃어 주는 것까 지 속 좁게 질투하게 되고. 어느덧 정신 차려 보니 자꾸 너한테 심술부리고 있더라, 내가."

하. 그가 낮게 웃었다. 스스로에 대한 조소였다.

멋진 남자이고 싶었다. 오랫동안 꿈꿔 왔던 사랑을 힘들게 얻 은 만큼, 그녀를 세상 그 어떤 것보다도 더 소중하게 지켜 주고 싶었다. 분명 그럴 수 있을 거라 자신했었다.

하지만 그건 자만이고 착각이었다. 그는 지금까지 제 속에 꽁 꽁 숨겨져 있던 치졸하고 유치한 민낯을 몰랐었다.

연애에 있어서만큼은 남자와 여자의 입장이 다르다는 걸 그도 잘 알고 있었다. 게다가 사내 연애가 아니던가. 그러니 제가 배려를 해야 한다는 걸 알면서도 제 욕심에 계속 보챘다. 끝내 오늘 그녀의 입에서 듣고 싶던 말을 듣고야 말았다.

결국 그가 원하는 대로 된 것이다. 솔직히 기쁘지 않았다면 거짓말이다. 그토록 원했던 상황이었으니까. 하지만 마음 한편으로는 자괴감이 들었다.

"잘해 주겠다고 해 놓고 약속 못 지켰어. 미안."

또 한 번의 사과. 이번에는 그의 입에서 나온 미안하다는 말이 그녀의 가슴에 묵직하게 내려앉았다.

설마 그가 불안해하고 있을 거라고는 상상도 하지 못했다. 그도 그럴 것이 최근 그녀의 머릿속엔 온통 한겸뿐이었으니까 말이다.

그의 말대로 30여 년을 친구로 지내 왔는데, 고작 몇 달 만에 마치 그 시간들은 모조리 기억에서 지워지기라도 한 것처럼, 서윤아에게 한겸은 오롯이 남자였다.

우리는 평생을 함께해 왔으니까. 눈만 마주쳐도 뭘 생각하는지 알 정도로 가까운 사이였으니까. 이런 제 마음을 굳이 말하지 않아도 그가 알아줄 거라 생각했다.

한겸은 신이 아닌데. 바보 같게도.

여태 불안한 마음을 숨긴 채 제 옆에서 웃고 있었던 걸까. 자신만만하던 그 웃음 속에 저가 몰랐던 또 다른 얼굴이 있었을 거라 생각하니, 가슴 귀퉁이에서 찌르르한 통증이 느껴진다.

"겸아."

가만히 안겨만 있던 윤아가 팔을 뻗어 그의 허리를 휘감으며 작게 속삭였다.

"응."

"나 좀 봐 봐."

겸이 그녀의 머리 위에서 천천히 물러났다. 그러곤 마찬가지로 아주 천천히 고개를 내려 그녀와 시선을 맞추었다.

저를 담은 눈동자가 흔들리고 있는 게 여실히 보인다. 그게 왠지 안쓰럽게 느껴져서 윤아는 손을 뻗어 그의 양 볼을 부드럽게 감쌌다.

"나도 마찬가지야."

대뜸 뱉어진 말에 겸이 무슨 뜻이냐는 듯 그녀를 바라보았다. 윤아가 말을 덧붙였다.

"티만 안 냈을 뿐이지 나도 너처럼 질투 엄청 했었다고. 사실 이건 무덤까지 가져가려고 했었는데, 지연 씨한테 질투한 적도 있어."

"정말이야?"

그는 좀처럼 믿지 못하겠다는 표정이다. 윤아가 작게 웃으며 말했다.

"그럼 정말이지. 이런 걸로 내가 왜 거짓말을 하겠어."

"네 말대로 티가 정말 하나도 안 났으니까 그렇잖아."

겸이 괜스레 불퉁거렸다. 다 알면서도 지난 시간 섭섭했던 마음이 컸던 모양이었다. 그 마음을 잘 알기에 윤아는 왜 이렇게 의심이 많아? 하고 짜증을 내는 대신 차분하게 말했다.

"섭섭하게 했던 건 미안해. 그래도 내 마음은 의심하지 마. 쓸데없는 걱정도 하지 말고. 너 이제 나한테 친구 아니야."

"……."

"나한테 너, 남자야."

다시는 의심하지 말라는 듯, 강조하며 한 번 더 뱉어진 그녀의 말에 겸의 입꼬리가 슬쩍 말려 올라갔다.

"서윤아."

"응."

"키스해 줘."

평소 같았으면 부끄럽다는 생각 때문에 망설였을 것이다. 하지만 오늘은 달랐다. 윤아는 망설임 없이 까치발을 들고서 그의 입술에 제 입술을 포갰다.

살짝 부딪힌 입술은 벌어졌고 뜨거운 서로의 숨결이 전해졌다. 질척이는 타액이 바쁘게 오갔다.

시작은 윤아가 했지만 키스가 길어질수록 리드를 하는 건 겸이였다. 그녀의 달콤한 숨을 듬뿍 빨아들이던 겸이 그녀의 허리를 제 쪽으로 바짝 끌어당겼다. 두 사람의 몸이 빈틈없이 포개졌다.

불과 반년 전만 해도 상상도 못 했을 행동들이, 지금은 마치 물 흐르듯 너무도 자연스럽게 이어지고 있었다.

여전히 짙은 키스를 나누며 그가 그녀의 등을 천천히 쓸어내렸다. 목덜미에서 등으로, 등에서 더 아래로. 그렇게 척추를 타고 천천히 몸을 훑어 내려가던 손이 그녀의 엉덩이에 닿았다.

그가 그것을 부드럽게 움켜쥐었다. 으응. 그녀의 입술을 비집고 신음이 흘렀다.

"침대로 갈까?"

"나 아직 안 씻었어."

"괜찮아."

"내가 안 괜찮아."

윤아가 단호하게 고개를 내저었다. 오늘 하루 종일 회사 업무에 시달린 데다가 회식까지 했다. 찝찝하지 않을 수가 없었다.

"나 지금 좀 급한데."

"조금만 참아. 얼른 씻고 나올게."

매정하긴.

욕실로 향하는 윤아의 뒷모습을 바라보는 겸의 눈썹이 찌푸려졌다. 조금 전 나눴던 키스로 그의 아랫도리는 이미 뻐근할 정도로 부풀어 있었다.

이 상황에서 '조금만'이라니. 1초도 더 참을 수 없을 것 같은데. 그녀는 남자를 몰라도 너무 모르는 것 같다.

팽팽하게 솟아오른 팬티를 물끄러미 내려다보던 그는 이내 그것에서 시선을 떼고는 욕실로 향했다.

"왜?"

갑작스러운 그의 등장에 옷을 벗고 있던 윤아가 멈칫 놀라며 물었다.

"같이 씻어."

"아까 샤워했다며?"

"한 번 더 하지, 뭐."

능청스레 대답한 겸은 입고 있던 팬티를 훌러덩 벗고는 샤워기
아래에 섰다.

곧이어 쏴아아, 따뜻한 물줄기가 쏟아져 내린다. 기껏 물기가
말라 가고 있던 그의 몸이 다시금 젖어 들기 시작했다.

그 모습을 바라보던 윤아가 황당하다는 듯 물었다.

"잠깐 기다리는 게 그렇게 힘들어?"

"딱 보면 모르겠어?"

되묻는 겸의 말에 윤아의 시선이 절로 한 곳을 향했다. 노골적
으로 솟아올라 있는 그의 것을 보니 입이 딱 다물어진다.

그래, 모르고 싶어도 모를 수가 없겠다.

그녀는 괜스레 헛기침을 하며 고개를 돌렸다.

"얼른 와."

겸이 제 옆자리를 가리키며 손짓했다.

연애를 시작하고 그와 수많은 밤을 함께 보냈다. 하지만 같이
샤워를 한 적은 아직 없었다.

왜일까. 환한 형광등 불빛 아래에서 사랑을 나눴던 적도 많았
으면서, 노란 백열등 아래에서 그와 마주하고 있자니 괜스레 부끄
러워진다. 둘 다 나체로 있는 건 같은데도 말이다.

잠깐 망설이던 윤아가 속옷을 마저 벗어 낸 뒤 머뭇거리며 겸
의 옆으로 다가갔다. 그가 한 발 옆으로 물러나며 그녀에게 샤워
기를 양보했다.

"왠지 민망해."

"난 좋은데."

씩, 웃는 겸의 대답에 더욱 민망해진 윤아는 물줄기 아래로 쏙 들어갔다. 겸이 맞춘 온도는 뜨겁지도 않고, 차갑지도 않고, 딱 적당했다. 따뜻한 물을 맞자 살짝 경직되었던 근육에 긴장이 서서히 풀리는 듯했다.

그녀가 바디워시를 집어 들려는 순간이었다. 등에 탄탄한 그의 가슴이 바짝 다가서는 게 느껴졌다.

순간 놀라서 몸을 돌리려는데, 불쑥 그의 손이 뻗어 나와 그녀의 가슴을 움켜쥐었다. 그의 양팔 안에 갇혀 옴짝달싹할 수가 없었다.

"나 씻어야 해."

"누가 씻지 말래?"

"그럼 이건 뭔데?"

윤아가 제 엉덩이를 뭉근하게 짓누르고 있는 그의 페니스를 가리켰다. 그러자 그가 뻔뻔하게 대답했다.

"제 자리가 거긴 줄 아나 보지."

"이 부위랑 한겸은 인격이 다른가 봐?"

"어. 걘 내 말 안 들어. 나도 어려워, 걘."

마치 일부러 그러는 게 아니라 어쩔 수 없는 상황이라는 듯. 제 분신을 '걔'라고 칭하는 겸의 말에 윤아의 반듯한 미간이 확 구겨졌다.

"아, 헛소리 좀 그만하고 치워. 손도 치우고."

가슴에 닿은 손을 떼어 내려고 했지만 겸은 요지부동이다. 오

히려 페니스는 그녀의 엉덩이를 조금 더 묵직하게 짓누르기까지
했다.

"넌 네 할 일 해. 난 내 할 일 할 테니까."

고집스러운 말과 함께 그의 한 손이 미끄러지듯 그녀의 납작한
배를 훑어 내렸다. 그러곤 말릴 새도 없이 그녀의 소중한 곳을 부
드럽게 쓸었다. 젖어 있는 수풀을 헤집고 들어간 그의 손가락은
금방 은밀한 곳을 찾았다.

"한겸!"

윤아가 다급하게 그의 손을 붙들었다. 누가 봐도 멈추라는 제
스처가 분명했지만 겸은 아랑곳 않았다. 돌기 주위를 배회하던 손
가락이 미끄러지듯 그녀의 안으로 들어갔다.

"하앗."

꽉 잠겨 있던 살을 비집고 들어오는 이물감에 질끈 깨문 입술
사이로 가뿐 신음이 터져 나왔다. 고개가 뒤로 젖혀지자 겸이 기
다렸다는 듯 그녀의 입술을 삼켰다.

꽉 닫힌 그녀의 입술 표면을 혀로 훑으며, 기다란 손가락으로
는 원을 그리듯 그녀의 내벽을 천천히 훑었다. 그의 손가락을 집
어 삼킨 아래가 찌걱 소리를 냈다.

"말과 행동이 너무 다른 거 아니야? 벌써 젖어 있잖아, 여긴."

그가 짓궂게 말하며 그녀의 귓불을 입에 물고 쪼옥, 빨아 당겼
다.

그녀의 몸 중에서도 가장 예민한 성감대라 조그만 자극에도 온
몸에 소름이 끼쳤다. 너무 크게 느껴지는 자극에 윤아가 소스라치

게 놀라며 고개를 피했지만, 겸은 귓불을 아예 삼켜 버렸다.

조그만 귓불을 입 안에 가둬 놓고 혓바닥으로 이리저리 굴려 댔다. 말랑거리는 귓불이 그의 입 안에서 씹히고 짓눌리기를 반복한다.

귓가에서 타액이 질척거리는 소리가 물소리를 비집고 흘러나왔다. 한쪽 귀에서 흘러나와 반대쪽 귀로 다시금 흘러드는 그 소리가, 너무도 외설적으로 들려서 저도 모르게 아랫배에 힘이 들어간다.

겸의 애무는 그의 성격만큼이나 늘 집요했다. 절대 쉽게 봐주는 법이 없었다. 위와 아래를 동시에 공략하면서도 어느 한쪽도 소홀하지 않았다.

물에 젖은 피부뿐만 아니라 안쪽까지 완전히 젖어 버렸다. 결국 다리에 힘이 풀린 그녀가 그의 품에서 무너져 내렸다. 허벅지 안쪽이 덜덜 떨려 왔다.

물소리가 뚝 끊겼다. 겸이 벌겋게 달아오른 그녀의 몸을 받쳐 들고는 벽을 짚게 했다. 샤워는 이미 포기한 윤아는 얌전히 그의 말을 따랐다.

잘 익은 과실처럼 탐스러운 엉덩이가 그의 시야에 가득 들어찼다. 열감이 올라 새하얀 피부가 분홍빛으로 물들어 한층 더 탐스러워 보였다.

둥근 엉덩이를 양손으로 그러쥐자 가운데가 벌어지며 그녀의 소중한 곳이 여실히 드러난다. 깨끗한 핑크색을 보자 꼭 맛있는 음식을 눈앞에 둔 것처럼 입 안에 군침이 돌았다.

촉촉이 젖은 입구가 벌름거렸다. 꼭 저를 맛봐 달라고 유혹하는 것 같았다. 입을 가져다 댈까 했지만 그럴 여유가 없다는 것을 금방 깨달은 그는, 아까부터 터질 듯 시뻘겋게 달아오른 제 것을 가져다 댔다.

미끈거리는 귀두 끝으로 입구 주위를 쿡쿡 찌르자 달뜬 신음과 함께 그녀의 허리가 바들바들 떨려 왔다. 그 모습이 그의 새카만 눈동자 안에서 마치 슬로 모션을 건 것처럼 느리게 재생된다. 그의 눈빛이 한층 더 짙어졌다.

"그거 알아? 지금 네 뒷모습 환장하게 섹시하다는 거."

나른한 목소리를 뱉어 내며 그가 제 것을 깊숙이 찔러 넣었다. 충분히 준비된 그녀의 안은 그의 분신을 단번에 삼켜 버렸다.

쿡. 뜨거운 불기둥의 끄트머리가 가장 깊숙한 곳을 찌르자 윤아의 허리가 뒤로 휘었다. 그와 동시에 벌어진 입으로 울음과도 같은 신음이 토해 내듯 튀어나왔다.

"아흐읏……!"

좁은 공간을 빈틈없이 채운 그의 것이 천천히 움직이기 시작했다. 움직임에 따라 그녀의 아래가 수축과 이완을 반복했다. 이제는 언제 어떻게 해야 그에게 가장 큰 만족을 줄 수 있는지 잘 알고 있었다.

점점 그의 허리짓에 속도가 붙었다. 단단한 그의 몸이 보드라운 엉덩이를 사정없이 짓눌러 댔다. 살과 살이 맞물리는 소리와 헐떡이는 숨소리가 욕실을 울렸다.

그녀가 할 수 있는 건 엎드려진 채 그를 받아들이는 것뿐이었다. 평소에도 그렇지만 특히나 이런 자세로 사랑을 나눌 때면, 그녀는 꼭 저가 짐승이 된 것 같았다.

아니, 사실 짐승과 다름없었다. 지금 이 순간 그녀를 잠식하고 있는 건 오직 본능뿐이었으니까 말이다.

"나, 더는 못 참겠어."

거친 숨과 함께 겸이 탁한 목소리를 뱉어 냈다. 윤아는 대답 대신 고개를 끄덕였다. 정말 천생연분이기라도 한 건지 두 사람은 늘 절정에 비슷하게 달했다.

겸이 윤아의 등을 꽉 끌어안았다. 그와 동시에 빠르게 속도를 내던 그의 움직임이 뚝 멈췄다. 뜨거운 불기둥이 아슬아슬하게 밖으로 빠져나왔다.

안쪽 허벅지에 닿은 그의 페니스에서 정액이 마치 활화산이 폭발하듯 왈칵거리며 쏟아졌다. 그것은 곧 그녀의 뽀얀 허벅지를 타고 주르륵 흘러내렸다.

어둠 속에서 눈을 느리게 깜빡였다. 창문 너머로 가로등 불빛이 희미하게 들어와 천장에 기묘한 문양을 만든 게 보였다. 저건 대체 무슨 모양일까. 의미 없다는 걸 알면서도 괜스레 생각해 본다.

자려고 누운 지 벌써 30분이 흘러가고 있었지만 윤아는 아직 잠에 들지 못했다. 꽉 채운 업무에 회식, 그리고 욕실에서의 뜨거운 정사까지. 몸은 고된데 이상하게 잠이 오질 않는다.

내일이 주말이라 다행이긴 했다. 하지만 그렇다고 스케줄이 아예 없는 것도 아니었기에 잠에 들어야만 했다.

내일은 정식으로 상견례를 하기로 한 날이었다. 이미 이웃사촌인 부모님들끼리는 워낙 친해서 결혼은 내년 4월 중으로 하는 게 어떻겠느냐는 얘기까지 나오긴 했지만, 그래도 정식으로 자리를 만든 건 이번이 처음이었다.

30년 넘게 이웃사촌으로 살면서 두 가족이 만나 식사를 하는 건 사실 흔한 일이었다. 하지만 상견례라는 프레임을 씌운 탓일까. 왠지 긴장이 된다.

그래서 잠이 안 오는 건가.

한참을 뒤척이던 윤아가 우유라도 데워 먹어야겠다는 생각에 자리에서 일어나려 할 때였다. 겸이 뒤에서 그녀의 몸을 끌어안았다.

"왜. 잠이 안 와?"

놀란 윤아가 몸을 돌려 그와 마주 보며 대답했다.

"자는 줄 알았는데."

"나도 잠이 안 와서."

"왜?"

"글쎄. 아마도 너랑 같은 이유가 아닐까 싶은데."

그가 손끝으로 윤아의 동그란 이마를 부드럽게 쓸며 말했다. 간지러워서 살짝 미간을 찌푸리며 윤아가 되물었다.

"너도 내일 상견례 하는 거, 긴장돼?"

"당연하지."

"의외네. 너라면 긴장 안 할 줄 알았는데."

그녀가 의외라는 듯 눈을 크게 뜨자, 겸이 살짝 한숨을 내쉬며 대답했다.

"아저씨, 아니 장인어른이 나 못마땅해하시잖아."

겸이 윤아의 부모님께 정식으로 인사를 드린 건 딱 한 달 전이었다.

물론 겸과 결혼을 해야겠다는 결심은 진작 했었다. 하지만 파혼을 한 지 얼마나 됐다고, 부모님께 다른 남자와 결혼을 하고 싶다는 말을 하기가 어려워서 미뤘던 것이다.

'윤아와 결혼하고 싶습니다. 허락해 주십시오.'

집으로 들어오자마자 그리 말하며 겸이 대뜸 큰절을 올렸을 때, 그녀의 아버지 경호는 꽤나 당황한 눈치였다. 윤아가 은옥에게는 미리 이야기를 대충 흘렸었지만 경호는 정말로 처음 듣는 일이었기 때문이다.

경호는 평소 겸을 아들이라고 부를 정도로 좋아했었다. 그래서 단번에 허락할 거라 생각했었다. 하지만 막상 제 딸과 결혼을 하겠다고 하니 다르게 보였던 모양이다.

무릎을 꿇고 있는 겸을 뻔히 보면서도 경호는 한동안 침묵을 지켰다. 반대를 하는 눈치는 아니었지만, 그렇다고 시원하게 허락을 하는 것도 아니었다. 그래서 당황한 은옥과 윤아가 중간에서 나서야만 했다.

결국은 경호의 허락을 받아 내기는 했지만, 그것과 별개로 겸의 입장에서는 섭섭할 수도 있는 부분이었다. 게다가 윤아는 겸의 부모님 두 분에게 열렬한 환영을 받았으니, 겸의 입장에서는 더욱 섭섭할 수밖에.

"내가 대신 사과할게."

윤아가 겸의 품으로 파고들며 애교 있게 속삭였다.

"근데 아빠가 정말로 네가 싫어서 그런 거 아니라는 건, 너도 알지?"

"응. 알아. 나라도 그럴 것 같으니까."

"그게 무슨 말이야?"

"내가 생각해 봤거든. 근데 나도 우리 딸이 시커먼 남자애 데려와서 결혼할 거라 그러면, 그 자식 못마땅할 것 같더라고. 장인어른 마음, 충분히 이해돼."

아직 태어나지도 않은 자식이 딸일지, 아들일지, 아무것도 모르는 상황임에도 불구하고 겸은 진지했다. 그는 이미 자신이 딸을 가진 아버지가 될 거라고 확신하는 듯했다.

너무 멀리 가는 거 아니야? 물으려던 윤아는 그냥 입을 다물었다. 경호에게 섭섭함을 느끼는 것보다는 이러는 편이 더 나을 테니까 말이다.

"벌써부터 딸바보 예약하는 거야?"

"걱정 마. 그래도 딸보단 늘 네가 먼저일 테니까."

"그것 참 영광이네."

"영광이어야지. 이렇게 멋지고 잘났고, 게다가 너밖에 모르는 남자랑 평생을 살게 됐으니까."

자기애가 넘치는 자랑인데도 왠지 밉게 들리지 않아서 윤아는 옅게 웃었다.

"얼른 4월이 됐으면 좋겠다."

"왜?"

"너랑 결혼하고 서류에다가 도장 꽝 찍고 싶어서. 아주 **빼도 박도** 못 하게."

"지금도 이미 **빼도 박도** 못 하는 상황인데, 뭘."

오늘 회식 자리에서 예정에도 없던 일을 저질러 버리지 않았던 가. 하지만 겸은 그 정도로는 성에 차지 않는다는 듯 단호하게 말했다.

"좀 더 확실한 걸 원해, 나는."

"어우. 한겸, 집착 완전 심해."

윤아가 장난스럽게 중얼거렸다. 그러자 겸이 그녀의 몸을 꽈악 끌어안으며 부드럽게 속삭였다.

"서윤아 한정이야."

서윤아 한정.

머리 위에서 잔잔하게 울리는 겸의 목소리를 속으로 천천히 곱 씹어 보았다. 그러자 가슴 귀퉁이가 간질거리기 시작한다. 발끝까 지 움찔거릴 정도로 간지러운 기분이었다.

서윤아 한정이라니.

세상 그 어떤 말보다 로맨틱한 것 같았다. 사랑한다는 말보다도 더.

두근두근.

저를 향해 뛰고 있는 겸의 심장 소리가 고스란히 전해지고 있었다. 규칙적인 소리를 듣고 있어서일까. 데운 우유를 먹지도 않았는데 슬슬 졸음이 쏟아지기 시작한다.

"나 졸려."

윤아가 웅얼거리자 겸이 마치 아기를 재우듯 토닥토닥 그녀의 등을 두드려 주었다. 더없이 부드러운 손길이다.

"잘 자."

"너도."

따뜻하고 너른 품에서 그녀는 기분 좋게 눈을 감았다. 왠지 행복한 꿈을 꾸게 될 것만 같은 기분이 든다.

서로를 껴안은 두 사람의 모습이 창문에 연하게 비쳤다. 그리고 그런 창밖에서는 새카만 밤하늘 아래로 하얀 눈송이가 흩어지고 있었다.

올해의 첫눈이었다.

Bad relationships

외전2. 완전 좋아

다다다다.

우당탕탕.

온 집 안을 울리는 소음에 윤아가 눈을 떴다. 꽉 닫혀져 있는 커튼 사이로 빛 한 줄기가 흘러들어 오고 있었다.

고개를 돌려 시계를 확인한 윤아는 깜짝 놀랐다. 시간이 오전 11시가 훌쩍 넘어가고 있었다. 어제는 평소보다 이르게 11시쯤 잠들었으니 꼬박 12시간을 잔 것이다.

유독 고된 한 주를 보냈던 탓에 피곤이 많이 쌓여 있기는 했다. 그래도 이렇게까지 늦잠을 잔 건 오랜만이었다.

벌써 몇 시간이나 저 없이 둘만의 시간을 보냈을 부녀가 걱정되는 마음에 서둘러 이부자리를 정리하고 있을 때였다. 달칵, 방문이 열리더니 겸이 들어왔다.

"일어났어?"

"깨우지 그랬어."

"너무 곤히 자서 못 깨우겠더라."

눈곱도 제대로 떼지 못한 얼굴을 예뻐 죽겠다는 듯 바라보던 겸이 그녀의 둥근 이마에 가볍게 입을 맞춰 왔다.

매일 아침 있는 일이라 이제는 완전히 적응이 됐다. 윤아가 자연스럽게 그의 키스를 받으며 물었다.

"솔이는?"

"할머니 집 간다고 가방 챙기고 있어. 내가 챙겨 놨는데 더 챙길게 있으시다네."

굳이 눈으로 보지 않아도 솔이가 지금 뭘 어쩌고 있을지 상상이 간다. 제 방을 돌아다니며 인형이 눈에 보이는 족족 다 집어넣고 있을 게 뻔하다.

"밥은 먹었어?"

"당연하지."

"반찬 없었을 텐데."

"계란죽 해서 먹였어."

미국에서 잠깐 생활했을 때 마스터했다던 계란죽은, 지금까지도 겸이 가장 자신 있어 하는 요리였다. 그리고 이제 네 살이 된 딸 솔이 가장 좋아하는 특식이기도 했다.

"아, 그리고 빨래 돌려서 베란다에 널어 뒀어. 빨래통에 있는 거 말고 세탁기 안에 있는 것만 돌리면 되는 거 맞지?"

"응. 빨래통에 있는 건 흰 빨랫감만 담아 둔 거라 따로 돌려야해."

"잠깐 고민했었는데, 같이 돌렸으면 큰일 날 뻔했네."

잔소리 폭탄을 피할 수 있어서 다행이라는 듯 겸이 안도의 한숨을 작게 내쉬었다. 그 모습이 귀여워서 윤아가 피식, 웃었다.

결혼 전 어머니인 은옥이, 겸은 분명 가정적인 남편이 될 거라고 장담했었다. 겸의 아버지가 워낙에 가정적인 분이시니, 분명 보고 배운 게 있을 거라고. 그때 윤아는 기대도 않는다고 콧방귀를 꼈다. 그녀는 진심으로 그가 어리광이나 안 부리면 다행이라고 생각했었다.

하지만 막상 살아 보니 은옥의 말이 맞았다. 겸은 상상 이상으로 가정적인 남자였다.

유독 재주가 없는 요리를 제외한 나머지 집안일은 그가 거의 도맡아서 했다. 맞벌이를 하는 상황이니 어느 정도의 가사 분담은 당연한 거겠지만, 그녀보다 겸이 훨씬 더 많은 일을 했다. 육아도 마찬가지였다.

공대생 부부답게 굳이 수치로 따지자면 7:3 정도가 되겠다. 물론 그가 7이고 그녀가 3이다.

결혼을 하고 나면 남자들은 보통 애가 된다던데 겸은 그 반대였다. 누구보다도 든든한 남편이었다.

"암마! 빠빠!"

어눌한 발음으로 부모를 애타게 부르짖는 솔의 목소리에 두 사람은 얼른 방문을 열고 나왔다. 솔이는 제 몸집만 한 기저귀 가방을 질질 끌며 뒤뚱뒤뚱 거실을 가로지르는 중이었다.

역시나. 예상대로 가방 안에는 녀석이 아끼는 인형들이 아무렇게나 쑤셔 박혀 있었다. 조그만 녀석이 어찌나 욕심을 부렸는지, 몇 개는 벌써 오는 길에 떨어져 바닥을 나뒹굴고 있는 중이다.

"할무니 집 언능 가요! 솔이 준비 다 해쪄요!"

척. 두 사람의 앞에 저가 끌고 온 가방을 보여 주며 기세등등하게 말했다. 스스로 짐을 꾸린 것이 뿌듯한 모양이었다.

반대로 윤아는 벌써부터 머리가 띵해졌다. 녀석은 아빠를 빼다 박아서인지 둘째가라면 서러울 정도로 고집쟁이였다. 저 많은 걸 다 갖고 가겠다고 고집을 부릴 게 분명했다.

이번엔 또 어떤 말로 어르고 달래야 한다는 말인가. 인형 개수를 보니 실랑이가 꽤 길어질 것 같아 한숨이 절로 나온다.

"우리 딸. 짐이 한가득이네?"

한숨을 짓는 윤아와 달리 겸은 제 딸이 마냥 예뻐 죽겠다는 듯 눈에 하트를 그리며 다가갔다. 그러곤 솔이를 한 손으로 거뜬하게 안아 들며 복슬복슬한 뺨에 쪽, 뽀뽀를 했다.

"누가 보면 이사 가는 줄 알겠다. 누굴 닮아서 이렇게 통이 크실까요, 요 아가씨는?"

"아니아."

"응?"

"솔이 아가띠 아니아. 꽁주님이아."

네 살배기가 정색을 하며 친절하게 아빠의 말을 정정해 준다. 그 모습이 귀여웠는지 겸은 푸하하, 크게 웃으며 조그만 솔이의 온 얼굴에 쪽쪽쪽, 뽀뽀 세례를 퍼부어 댔다.

"아, 맞다. 그랬지이. 우리 솔이 공주님이었지. 아빠가 잘못했네. 그치?"

얼굴부터 똑 닮은 부녀는 쿵짝이 아주 잘 맞았다. 두 부녀의 알콩달콩한 모습을 물끄러미 바라보던 윤아가 말했다.

"솔아. 공주님은 예쁜 옷 입어야 하지?"

"응."

"아빠랑 같이 예쁜 옷으로 갈아입고 올래?"

요즘 들어 옷이 불편해서 입기 싫다며 투정을 부리는 날이 잦았다. 역시나. 이번에도 옷을 갈아입자는 말에 기저귀 차림의 솔은 잠깐 고민하는가 싶더니, 이내 고개를 끄덕인다.

"……응."

'공주님'이 먹힌 모양인지 다행히도 이번에는 무사통과였다. 윤아는 속으로 안도의 한숨을 쉬며 겸에게 말했다.

"방에 가면 원피스 꺼내 놓은 거 있어. 그거 입히면 돼."

"알겠습니다, 왕비님."

솔을 안아 든 겸이 방으로 들어가자마자 윤아는 기저귀 가방을 정리하기 시작했다.

솔이에겐 안타까운 일이지만, 이 많은 인형을 다 가져갈 순 없었다. 짐이 무거워지는 것도 문제였지만, 꼭 몇 개는 잃어버리고 돌아와서는 며칠 동안 인형이 사라졌다며 울고불고하기 때문이다. 이미 한두 번이 아니었다.

녀석이 가장 좋아하는 두어 개의 인형만 남겨 놓고 나머지는

다 상자에 담았다. 그러곤 아침부터 겸이 놀아 주느라 어질러져 있는 거실 바닥을 정리했다. 장난감부터 시작해서 동화책까지. 분명 어젯밤에 싹 치우고 잤는데 참 다양하게도 어질러져 있다.

"암마아!"

정리가 끝날 무렵 솔이 짧은 다리를 이용해 다다다, 달려 나왔다. 예쁜 개나리색 원피스를 입고 신이 난 듯했다.

"솔이 공주님 옷 입었쪄여!"

아빠와 엄마의 좋은 점만 쏙쏙 빼다 박은 녀석은 동글동글 예쁜 얼굴이었다. 주변에서는 어린이 모델을 시켜 보는 게 어떻겠냐는 말도 종종 할 정도였다.

물론 또래의 여자아이들에 비해 성격이 워낙 왈가닥인지라 어린이 모델은 절대 불가능한 일이지만 말이다.

"우와, 정말 공주님이네. 우리 솔이. 공주님 머리도 할까요?"

"웅!"

녀석이 가방 안을 확인할세라 윤아는 얼른 솔의 머리를 만져 주었다.

현관을 들어서자마자 은옥이 솔을 안아 들며 함박웃음을 지었다.

"오구, 우리 공주님 왔어?"

손녀딸에게 정신이 완전 팔려서 뒤이어 들어온 윤아에게는 시선도 주지 않았다. 하루 이틀 일도 아니고, 눈에 넣어도 안 아플 손녀딸이 반가울 은옥의 마음을 아는데도, 은근히 섭섭해서 윤아가 입을 불퉁 내밀었다.

"엄마 딸도 여기 같이 왔거든?"

"어머, 그랬니?"

"장모님. 사위도 왔습니다."

능청스럽게 겸이 덧붙이자 은옥이 멋쩍다는 듯 호호호, 웃었다.

"할무니! 솔이 까까 먹을래! 까까!"

거실 테이블 위에 놓여 있는 과자 봉지를 발견한 솔이 짧은 팔을 파닥파닥 내저었다. 그러자 은옥이 슬쩍 윤아의 눈치를 본다.

"과자 줘도 돼?"

"안 된다고 해도 줄 거잖아. 딱 보니까 솔이 주려고 사다 놓은 것 같은데."

"들켰어?"

은옥이 장난스럽게 웃으며 안고 있던 솔이를 내려 주자, 녀석은 뒤도 돌아보지 않고 과자를 향해서 달려간다. 짧은 다리로 어찌나 빠른지, 크면 육상선수를 시켜도 되겠다 싶다.

"이제 그냥 과자고 뭐고 다 먹이기로 했어. 내가 안 준다고 평생 안 먹일 수 있는 것도 아닌 거 같아서."

"그래. 잘 생각했어. 너무 유별나게 키워도 안 돼. 그리고 사실 너는 어렸을 때 솔이보다 더 나쁜 거 많이 먹고 컸어."

솔은 작은 손으로 야무지게 과자를 뜯어 먹기 시작했다. 그 모습을 흐뭇하게 바라보던 은옥의 시선이 한참 만에야 다시금 두 사람에게 향했다.

"과일 좀 깎아 줄까?"

"아냐, 됐어. 영화 예매해서 가 봐야 해."

윤아가 시계를 확인하며 말했다.

"근데 아빠는?"

"낚시 가셨지, 뭐."

"또? 저번 주도 갔다고 하지 않았어?"

"말도 마라. 요즘 사돈댁이랑 어찌나 짝짜꿍이 잘 맞는지. 매주 두 분이서 낚시 투어를 하고 있어, 얘."

아버님 두 분은 원래도 친하긴 했지만 결혼 후 부쩍 더 친해진 듯했다. 물론 사돈끼리 사이가 나쁜 것보단 좋은 게 낫겠지만 말이다.

은옥이 남편 얘기는 더 하고 싶지 않다는 듯 고개를 설레설레 내젓고는 윤아에게 물었다.

"내일 올 거지? 몇 시쯤 오려고?"

"오전에 일찍 올게."

"어머. 넌 뭘 그렇게 서두르고 그러니?"

"엄마 피곤할까 봐 그렇지."

"됐어. 요즘 하는 일도 없어서 체력이 만땅이야. 그러니까 내 걱정은 말고 오후 느직이 와. 와서 같이 저녁도 먹고 가면 되겠네. 사돈댁도 같이."

은옥의 말대로 내일 오후 늦게 오기로 하고 집을 나설 때였다. 두 사람이 온 소리를 들었는지 옆집에서 미영이 나오는 게 보였다. 윤아는 얼른 달려 나가 미영의 앞에 섰다.

"지금 인사드리러 가는 중이었는데."

"응. 안 그래도 너희 소리가 들리는 것 같아서 나와 봤어."

미영이 두 사람 뒤를 흘끗 살피더니 이내 물었다.

"근데 솔이는?"

"엄마한테 맡기고 나오는 길이에요."

"왜. 나한테는 묻지도 않구."

미영의 얼굴에 실망한 기색이 역력하게 드러났다. 진심으로 섭섭한 듯했다. 난감해진 윤아가 얼른 대답했다.

"죄송해요. 애 보는 게 보통 일이 아니니까, 힘드실 것 같아서 아예 안 여쭤봤어요."

"어머. 힘든 걸로 따지자면 나보단 사돈이 훨씬 힘드시겠지. 내가 두 살이나 젊은데, 얘."

"그러고 보니 그러네요."

"그러니까 다음엔 꼭 나한테 맡기는 거다, 알았지?"

"네, 어머니. 꼭 그럴게요."

확답을 받고 나서야 미영은 소녀처럼 호호, 웃었다.

"데이트 가는 거니?"

"네. 영화 보려고요."

"그래. 요즘 영화 재미있는 거 많이 나왔다고 하더라. 겸이한테 맛있는 것도 꼭 사 달라고 하고. 알았지?"

미영이 눈을 찡긋하며 말했다. 윤아는 배시시 웃으며 고개를 끄덕였다.

작년 딱 이맘때쯤 시집을 간 민지는 기가 센 시어머니와 영 맞지 않아서 불편해 죽겠다고 했다. '시' 자가 들어간 건 지긋지긋해서 시금치도 안 먹는다는 우스갯소리까지 할 정도였다.

'서윤아, 넌 전생에 나라를 구한 게 분명해.'

민지가 요즘 윤아를 보면 매일 입에 달고 사는 말이었다. 그녀는 남편 복도 남편 복이지만, 특히나 시어머니 복은 전생에 나라를 구하지 않는 이상 절대로 가질 수 없는 복이라고 했다.

윤아도 어느 정도는 인정하는 바였다. 주변에 결혼한 여자들을 보면 대부분 시댁과의 트러블로 고민을 하는 눈치였다. 하지만 그녀는 결혼한 지 5년이 되도록 시집살이의 '시' 자도 모르고 지내는 중이었다.

결혼하기 전에도 미영은 제 어머니인 은옥보다 훨씬 더 윤아를 예뻐해 주었다. 그리고 그건 결혼 후에도 여전했다.

"좋은 시간 보내렴. 나는 사돈댁에 놀러나 가야겠다."

가볍게 손을 흔들어 보인 미영은 두 사람을 등지고 얼른 옆집으로 쏙 들어갔다. 다급한 그녀의 뒷모습에 마치 솔이가 보고 싶어 죽겠다는 글자가 적혀 있는 듯했다.

"방금 봤어? 울 엄마 나한텐 시선도 안 주는 거."

현관문이 쾅 닫히자 겸이 입을 불퉁 내밀었다. 윤아가 고개를 끄덕이며 대답했다.

"우리 엄마도 나한테 시선 안 주는 거 봤잖아."

"솔이가 제일 인기 많네. 그다음이 여보고. 나는 꼴찌야."

"그래서, 섭섭해?"

"응."

겸이 시무룩하게 고개를 끄덕였다. 그 모습이 어찌나 귀여운지. 윤아는 주변을 살피다가 아무도 없다는 것을 확인한 후 겸의 허리를 끌어안았다.

"섭섭해할 거 없어. 나한텐 여보가 1등이니까."

"정말?"

"응. 여보가 1등. 그다음이 솔이."

애교 있는 윤아의 대답에 겸의 입꼬리가 씨익, 말려 올라갔다. 그가 그녀의 이마에 제 이마를 살짝 가져다 대며 말했다.

"근데 어떡해? 나는 솔이가 1등인데."

장난스러운 말에 윤아가 밉지 않게 눈을 흘겼다.

"뭐어? 언제는 딸이 생겨도 무조건 내가 먼저일 거라더니."

"내가 그랬나?"

"변했어, 진짜."

장난 반. 진담 반.

윤아가 삐진 척을 하며 겸의 허리를 감고 있던 팔을 풀었다. 그렇게 돌아서려고 하는 순간, 겸이 팔을 뻗어 그녀의 허리를 감싸 안았다. 그러곤 그녀의 눈을 빤히 바라보며 속삭이듯 말한다.

"서윤아는 0순위."

저를 바라보는 그의 눈빛은 예전이나 지금이나 변한 것이 하나도 없었다. 짙은 그의 시선에 윤아가 해사하게 웃었다.

"임기응변이 좋았어. 이번만 특별히 넘어가 줄게."

"영광입니다, 여왕님."

그녀의 장난을 되받아치며 겸이 고개를 꾸벅 숙였다. 그러곤 숙였던 고개를 들어 올렸을 때였다. 그의 얼굴을 빤히 바라보던 윤아가 붉은 입술을 달싹였다.

"여보."

"응."

"우리 키스할까?"

그녀의 과감한 도발에 겸이 눈을 살짝 둥그렇게 떴다.

"여기서?"

"뭐 어때. 5년 전에도 했는데."

그 말에 겸은 주위를 둘러보았다. 그러고 보니 지금 두 사람이 서 있는 곳은, 아주 오래전 그녀와 결혼을 약속하며 키스를 나누었던 장소였다.

장소를 인지하자 그날의 기억이 떠오른다. 그녀가 결혼을 받아들이던 그 순간의 벅찼던 감정과 두 사람 사이의 좁은 틈을 스쳐 지나가던 바람 내음까지도, 마치 어제 일처럼 생생했다.

오래전 그때, 그녀는 분명 키스를 해 달라는 제 말에 여기서? 라며 당황했었다. 그런데 시간이 지난 지금, 서윤아는 꽤나 당돌한 말을 한다.

"옛날에 비하면 너 엄청 뻔뻔해졌다는 거, 알아?"

장난스러운 겸의 말에 윤아가 새침하게 되묻는다.

"그래서 싫어?"

애 엄마가 이렇게 귀여운 건 반칙 아닌가. 속으로 생각하며 겸 은 입꼬리를 씩 말아 올렸다.

"아니, 완전 좋아."

윤아가 피식 웃는 그 순간이었다. 겸이 그녀의 뺨을 부드럽게 감싸며 지그시 바라보았다.

그게 신호라도 되는 듯 두 사람은 누가 먼저랄 것도 없이 입술 을 부딪쳤다. 그러곤 이제는 너무도 익숙해져 버린, 그래서 더욱 더 달콤하게 느껴지는 서로의 숨결을 듬뿍 들이켰다.

시간이 지났지만 두 사람은 나이를 조금 더 먹었다는 것을 제 외하면 별로 달라진 게 없었다. 굳이 달라진 점을 하나 꼽자면, 부모님의 집 앞에서 좀 더 대범하게 키스를 나눌 수 있게 됐다는 것 정도 아닐까.

달콤한 키스를 나누는 두 사람의 머리 위로 따뜻한 햇살이 쏟 아져 내린다. 찬란한 어느 봄날이었다.

— fin